英語為何成為世界通用語言

國際語言學權威克里斯托解析英語如何成為全球最強勢的語言，
又是否會因AI崛起而式微？

ENGLISH

AS A GLOBAL LANGUAGE

英語為何成為世界通用語言：
國際語言學權威克里斯托解析英語如何成為全球最強勢的語言，
又是否會因 AI 崛起而式微？
（初版書名：英語帝國）

作　　者　克里斯托
譯　　者　鄭佳美、林素朱、黎湛平
責任編輯　劉偉嘉、周宏瑋（三版）、李季鴻（四、五版）
特約編輯　林婉華
校　　對　林欣瑋、魏秋綢
版面構成　張靜怡
封面設計　兒日設計
版權專員　陳柏全
行銷專員　袁　饗
數位發展副總編輯　李季鴻
行銷總監兼副總編輯　張瑞芳
總 編 輯　謝宜英
出 版 者　貓頭鷹出版 OWL PUBLISHING HOUSE

事業群總經理　謝至平
發 行 人　何飛鵬
發　　行　英屬蓋曼群島商家庭傳媒股份有限公司城邦分公司
　　　　　115 台北市南港區昆陽街 16 號 8 樓
　　　　　劃撥帳號：19863813；戶名：書虫股份有限公司
城邦讀書花園：www.cite.com.tw ／購書服務信箱：service@readingclub.com.tw
購書服務專線：02-2500-7718~9 ／ 24 小時傳真專線：02-2500-1990~1
香港發行所　城邦（香港）出版集團有限公司／電話：852-2508-6231 ／ hkcite@biznetvigator.com
馬新發行所　城邦（馬新）出版集團／電話：603-9056-3833 ／傳真：603-9057-6622
印 製 廠　中原造像股份有限公司
初　　版　2000 年 2 月／二版 2007 年 3 月／三版 2015 年 8 月／四版 2021 年 6 月／五版 2025 年 7 月
定　　價　新台幣 450 元／港幣 150 元（紙本書）
　　　　　新台幣 315 元（電子書）
I S B N　978-986-262-769-3（紙本平裝）／ 978-986-262-761-7（電子書 EPUB）

讀者意見信箱　owl@cph.com.tw
投稿信箱　owl.book@gmail.com
貓頭鷹臉書　facebook.com/owlpublishing

國家圖書館出版品預行編目資料

英語為何成為世界通用語言：國際語言學權威克里斯托解析英語如何成為全球最強勢的語言，又是否會因 AI 崛起而式微？／克里斯托（David Crystal）著；鄭佳美譯. -- 五版. -- 臺北市：貓頭鷹出版：英屬蓋曼群島商家庭傳媒股份有限公司城邦分公司發行, 2025.07
　面；　公分. --
初版書名：英語帝國
譯自：English as a global language
ISBN 978-986-262-769-3（平裝）

1. CST：英語　2. CST：全球化

805.1　　114006747

本書採用品質穩定的紙張與無毒環保油墨印刷，以利讀者閱讀與典藏。

英語為何成為世界通用語言

目次

■中文版導讀

生在英語帝國的時代

文／南方朔

小說作家亞當斯（Douglas Adams）在《銀河便車指南》裡說道，不同語言的人種交流，只要在耳朵裡塞進「巴別魚」（Babel Fish），就會自動聽懂別人說的話。

而日本漫畫作者藤子不二雄的《哆啦A夢》裡，則是不管什麼人相互接觸，縱使碰到外太空人，只要吞下「翻譯麵包」，就會自動的將自己和別人所說的話翻譯妥當。

這兩個故事都和《舊約》〈創世記〉裡所說的巴別塔有關。巴別塔的故事是說人類最初都使用共同的語言，後來因為傲慢得要建造通天高塔，與上帝相比，於是耶和華遂變亂人們的語言，使大家不能同心協力，並流散四方。「巴別塔」的故事是一個寓言，也代表著人類未曾圓滿的渴望。由這個故事衍生許多語言上的問號：人類是否能尋找到一種「前巴別塔語言」，那是人人可懂，而且是上帝與亞當所說的語言？人類是否能發明或約定俗成地規定出一種共通的語言，以消除人間的隔閡？或者，人類隨著本身的進步，是否能發明出新的人工智能語言？隨著電子語言分析及翻譯技術的進步，是否有一天每個人帶個翻譯機，就能隻身環遊世界，再無語言上的障礙？

所有的這些問號，在過去兩千年裡，都一直是人類共同探索的課題。在尋找共同語言這個課題上，十九世紀後期開始，甚至還出現好幾十次各式各樣的「世界語運動」：

例如，一八七九年，一位德國神父許萊爾（Johann Martin Schleyer）即首度發明了一種稱為 Volapük 的後天設計語言。在那個人類極思彼此團結溝通的時代，這種語言快速的在南德及法國被推展，而後擴及歐美和澳洲。到了一八八九年，全球已有二百八十三個這種語言的團體。問題是這種人造語言一旦擴散，它便在使用中被人修改，最後是這種意圖克服「語言巴別化」而發明的人造語言，反而是本身被「巴別化」。經過幾年快速成長後，它很快地就宣告崩潰。但延續著這種人造語言，後來又有將近十種相似的系統被發明且推展，但也都壽命不長。

例如，一八八七年，一位住在立陶宛波蘭人區的猶太人札曼霍夫（Ledger Ludwik Zamenhof）以「希望博士」（Dr. Esperanto）的筆名，在華沙出版了一本俄語著作《世界語：前言及完全手冊》。札曼霍夫當時是個廿八歲的青年，他有感於人類的相互隔閡與欺凌壓迫，因而希望藉著人造的世界語來作為溝通的媒介。近代許多名人如羅素、哲學家卡納普（Rudolf Carnap）都對這個世界語推崇備至。儘管這個世界語運動並沒有任何政治勢力支持而無法普及，但縱使到了一百多年後的今天，它仍有各種團體在歐美等地存在，並有一百多個以這種語言所辦的雜誌繼續出版。民國初年的李石曾等人也曾是這種語言的支持者。

以人造的世界語來作為人類的溝通媒介，以消除由於語言的藩籬所造成的隔閡與敵對，這當然是個好想法，而且從語言學的角度而言，也沒有甚麼不可以。問題在於，語言問題涉及太多超語言因素，例如聯合國是否願意通過決議讓大家一體遵行？各國是否願意除了自己的語言外，再加上一種新的人造語言？當這些超語言因素存在，所謂的世界語當然也就難成大器。

然而，儘管人造的世界語未曾普及，另外一個夾帶著超級軍力、政治力、知識力、傳播力，以及經濟力而來的自然語言，卻的確已逐漸的正在成為一種新的世界語言，它就是英語。在「全球化」高潮的這個時刻，英語已和昔日羅馬帝國的拉丁語相同，成為一種最具支配性與發展潛力的語言。當代語言符號學家，同時也是著名小說家的艾柯（Umberto Eco）即如此說道：

> ——當今英語取得首要地位，乃是一連串歷史情況所致。它因大英帝國的商業及殖民擴張而開其端，接著又因美國在經濟上及科技上的霸權而使其確定。當然也或許有人會說，英語的成功乃是它有豐富的單音節字，可以使它易於吸收外來語和創造新語。不過，如果當年是希特勒贏得第二次世界大戰，而美國則退化成一個香蕉共和國聯盟，那

麼，我們今天就可能是使用德語，而非英語為國際性的媒介語言了。日本在香港機場的電子產品廣告也要用德語來表現了。

不論我們喜歡或不喜歡，在進入廿一世紀的此刻，英語的確已在這個全球化的時代成為最主要的世界語言。迄至目前，全球大約有四分之一的人口在說著程度優或劣的英語，英語人口已超過了說中國普通話的人口。有七十多國將英語列為官方語言，有一百多國將英語視為主要的第二外語。這種國家的數目正在持續增加中。例如，以前說比利時語的盧安達現已將英語改為官方語言，以前為法國殖民地的越南及阿爾及利亞，其第二外語已由法語改為英語。英語已成為語言世界的霸權。在知識、資訊、商業、娛樂、旅遊、網路等日益發達的此刻，英語在美國國力的支持下，正逐漸成為大家的必需。做生意的人不懂英語，難免經商碰壁，做學問的人再怎麼傑出，如果未能以英語發表著作或去美國執教，其地位必然遜色許多。英語變得愈來愈重要，這絕不意味著英語較其他語言更為傑出，而是「非語言因素」所致。它就是支撐英語的權力。

本書所討論的，其實和語言完全無關，而是將英語之重要，以及何以變得如此重要的「非語言因素」做了詳細的討論。可取的乃是作者在強調英語重要時，並沒有絲毫的英語傲慢出現，反而要求英語國家的人口更應努力多學習其他國家的語言，俾做為世界社會的好鄰居。除此之外，本書作者也能對全球仍然殘存的許多小眾語言的可能消滅表示憂慮。根據近代語言學家的研究，地球上的物種正在快速的消失中，同樣的乃是語種也面臨同樣的處境。全球目前殘存的語言大約仍有六千種，但使用人口不到六十萬，而且該語言社區缺乏足夠的自主性者，都將難免在廿一世紀裡流失。根據估算，這等於大約百分之八十都將流失。面對絕大多數語言都將流失的困境，或許自動翻譯機的出現才是唯一的救命良藥。

艾柯在《尋找完美語言》裡有幾段話很值得思考：

——沒有理由認為人造的世界語不能做為真正的國際語言，正如同像希臘語、拉丁語、法語、英語，以及非洲被廣泛使用的斯華西里語等，在不同的歷史時期，也都有一定的國際語言功能。

——在歐洲，國家的驕傲是把雙面的刃，未來的歐洲聯盟某個國家的語言可能大盛，其他弱勢國家有可能聯合起來支持用一種新的國際輔助語言來解決語言的衝突。

——未來的趨勢，將不再視語言的零碎為不幸的事情，而將成為國家認同及政治權力的一種，美國的加州隨著西班牙語人口的增加，而要求語言平等即是例證。

因此，在這個英語日益成為語言世界的霸權之時刻，我們當然更應努力增強我們自己的英語能力。但更應警惕的，乃是由語言與權力之關係，也顯示出想要自己的語言有地位，就必須一方面更加努力愛惜自己的語言，另方面則應更加努力以強化自己語言的權力，或許這才是讀完本書應有的啟示吧。

南方朔（1946-2025）　台灣當代最博學深思的媒體工作者。「新新聞周報」創辦人，著有《伊底帕斯王的悲劇》、《憤怒之愛》、《自由主義的反思批判》、《語言是我們的居所》、《語言是我們的星圖》、《世紀末抒情》等書。

表次

■最新增訂版前言

會有新的世界通用語言出現嗎？

雖然《英語為何成為世界通用語言》直到一九九七年才出版，但實際上是在一九九五年完成，而就世界通用語言獨發展來說，在二〇〇二年這似乎已經是好久以前的事了。九〇年代是革命性的十年，隨著網際網路的完成，新的語言變遷展開，人們對於瀕臨絕種的語言影響已經開始有危機意識，大眾也察覺英語在全世界的地位。與這議題相關的學術發表，在質與量上都增加許多。在過去十年中，這些文獻大多是探究性的、有計畫的、局限於個人環境、以軼事為例子、缺乏社會語言學架構，且僅著重於書面語。相反地，九〇年代出現了較廣泛的層次，為了解釋的目的、適當的一般性預測以及社會語言的特徵，口說語變得重要，描述性語料亦增加。

特別是一些論述英語的書籍，每每都是根據前人觀察及思索，再加上個人綜論，並以討論全球英語本身的現象為主。九〇年代末期，不同的態度點出了許多重要的理論議題，且使得作者個人觀點得以呈現。主要是因為懷舊，我重讀了第一版，檢驗是哪些歷史因素導致英語現在在世界上的地位。雖然我盡量避免對未來確切的推論，但我認為英語「已經獨立於任何形式的社會控制之外」了（第一版，第二〇八頁）。在我看來，英語成長的動力是如此巨大，以至於沒有任何事物可以阻止英語以全球性共同語言的形式擴散，至少在可預見的未來中是如此。其他書卻採不同角度，如大衛・葛拉多（David Graddol）一九九八年出版的《英語的未來》（*The future of English*）中，他以現今狀況檢視足以影響語言最終角色的當代潮流，展望未來。對他來說，英語絕對是可以阻止的。他強調語言使用中的不可預測性，提出「目前英語這個世界潮流將會失去動力」（第六十頁），並指出下個世紀將可能會展現出來的新的語言階層，而英語將較不具世界地位。接著是湯姆・麥克阿瑟（Tom MacArthur）的《英語》（*The English Languages*），也在一九九八年出版，撇開英語的整體概念，以不考慮歷史變化的「同時」角度，著重於世界擴展時的語言變異現象，他認為英語正經歷劇烈變化的過程，最後會走向分裂的「語言家族」。

這些書的角色在強調並探究下一波帝國浪潮的因素，過去僅有少數推論能刺激研究，而今我們擁有許多。有些議題和語言使用相關：政治、經濟、人口統計、社會因素，歸類在可能影響世界通用語言的出現，這些都是在區域層次運作（如與少數語言或瀕危語言的關係），然而在全球層次上則仍未經探測。另有一些議題影響語言結構：區域和社會因素如何影響語言變異的成長，及促進語言改變的方式，都是社會語言學與方言學討論的主題，但這些在較宏觀的層次上是如何運作的，也少有探究。僅提出一個例子，湯姆．麥克阿瑟所想像的徹底多樣化會有數種結果，包含英語語系的發展，會產生不同類型的多階語言現象（mutiglossia），亦即越過目前的「高低雙語現象」（diglossia）概念之外的現象，而所謂的「標準」更為複雜，並有不同類的多方言特性。我們對於語言相互接觸情境的範圍，亦即全球化的結果，不論是在實體上，指人口移動和經濟發展，或虛擬層次上，透過網際網路和衛星傳播，都尚未有適切的分類。

原先撰寫《英語為何成為世界通用語言》時，我希望是以易懂的讀物呈現，不要以一堆學術注解或書目妨礙一般讀者閱讀的流暢，當想要明確指出文獻時，就併入文章中。幾年後的現在，有了一些改變，也是因為有更多的文獻可以提出、更多的觀點可供思考，對於這個新的版本，我以較傳統的學術方式呈現。就內容而言，主要的改變是第五章的擴充，包含較長篇幅的「新英語」的例子及結構特徵，這也是由於比起十年前，我更能取得較多個別變異的描述。最後一點，所有的人口圖表以及使用者估算亦更新至二〇〇一年的狀況。

大衛．克里斯托

寫於郝利海德

英文出版者注

出版者已經盡最大努力確保本書所提及的網址在印刷期間是正確且有效的，但出版者沒有責任且不保證這些網站仍存在或內容依舊適當。

■第一版前言

為何英語會成為世界通用語言？

一切都發生得太快了——不過就在一九五〇年，所有關於英語成為真正世界語言的觀念仍很模糊，徒具理論上的可能性，不僅被冷戰時期的政治不確定性所環伺，也缺乏明確的定義與方向。五十年過去了，世界英語的存在，已成為政治及文化現實。這麼劇烈的語言轉變，如何能在短短幾十年間成形？為什麼是英語獲致世界性的地位，而不是其他任何一種語言？這些疑問正是本書欲探求的答案。

現在也正是最適合發表這方面議論的時候！這都要感謝社會語言學的進展，讓我們現在很清楚，社會及文化情境對語言的地位及改變有很大的影響；另外還有幾項在各種學科方面的調查，也提供不少世界語言使用情形的細部資料。而我們也非常迫切需要討論世界語言。在某些國家，英語的角色已成為政治上的爭論，對英語在現今和未來的地位也頗有意見。促使英語興起並發展為世界語言的因素，難道勢不可擋？要答辯這個問題，我們需要先了解會影響結果的因素有哪些。

要著手寫這種主題的書，就很難避免被解讀為一項政治聲明，因為再也沒有比語言更親密或敏感的識別指標了。所以，很容易被泛政治化，即使在像印度、馬來西亞等和美國差異這麼大的地方，也是一樣。大家最渴求的就是一種超然的陳述，這也是我在本書中希望達成的，其中有部分是依據我為了《劍橋英語百科全書》（*Cambridge Encyclopedia of the English Language*）所進行的歷史研究，盡全力提供一個更完整、更切中要領的文化因素分析。因此，我試著不偏袒任一政治論調，客觀地述說世界英語的由來；更極力避免採用那種勝利者的語調，很不幸地，那也是許多人用英文寫有關英語的書時很常犯的毛病。

然而，作者在處理具爭議性的議題時，應該向讀者表明其立場，因此，我做了以下扼要的說明，即使有些人認為相互矛盾，我仍堅信這兩個語言學的原則，不過是一體兩面。

第一，我相信多種語言身為奇妙世界資源的基本價值，它用不同觀點與洞察力來展現，讓我們因此能深入了解人類的心靈及精神本質。我理想中的世界是每個人至少能說兩種語言的世界。我本身就住在威爾斯語（Welsh）和英語這兩種語言並存的地區，因此我最有資格反映每天得自兩種文化的好處。我大半的學術生涯，都在作一名致力說服人們正視語言價值的語言學研究者，盡可能讓語言資產保存下去。

第二，我相信共同語言身為奇妙世界資源的基本價值，它也盡可能地促進了人類的相互了解，讓我們因此能為國際合作找出新契機。我理想中的世界，每個人都能流利地說著獨一的世界語言。我已經身處一個能流利使用英語的幸運地位了（而英語正最有機會競逐世界語言），且能每日體現任意使用英語所帶來的好處。身為一個應用英語語言學的專家，我大半的學術生涯，是致力於讓所有人能享有這些好處，令處境較為不利的語言遺產不致受到不可避免的損傷。

如果我們想朝大部分人所夢想的和平而寬恕的社會前進的話，需要同時採納以下兩種原則：第一個原則為培育歷史認同並促進共同期望的趨向；第二個原則是培育文化機會並促進國際智慧的趨向。我對那些因各持這兩個原則而相互對抗的人深惡痛絕，他們認為這兩項原則相互矛盾，而不是互補的；但我很能理解為什麼會發生這種事。我並不是對真實的雙語世界全然無知，當我還未成為語言學家時，曾擔任兩種文化的藝術中心主任，因此，我很清楚生活在一個雙語社會，所面臨因財務資源有限、利益衝突、純粹排斥引起的問題。我也針對以各地情形與威爾斯地區的情況，要如何達到兩種原則間理性與感性平衡的問題，與政府當局、地方政治家、國家頒獎團體之間所展開激烈辯論；所以我不會對這麼根深柢固的事在尋求一致性時遭遇的困難產生錯覺。然而，在一個文明的社會，要尋求一致與平衡，必定會招致失敗；要提升到全世界的層級，這樣的需求會變得更加棘手。

我寫這本書的用意，是要為這個長期目標做一點貢獻，但是我不能因自己是第一個看出對這樣一本書的需求，就謀求個人的名聲。事實上，建議我寫本書的，是推動英語成為美國官方語言的最大機構——美國英語協會的主席穆吉卡（Mauro E. Mujica），他希望有一本書能以簡單扼要、直陳事實、摒棄政治偏見的方式向他所屬機構的成員解釋，為何英語能達到這樣的世界地位。我找不出這種書，就連我自己之前對語言史所提出涉及社會歷史因素的各種解釋，也不例外。因此，我決定為他做一項會員間流通用的短期研究，而現在呈現各位眼前的本書，則是經過大大重整、下標、擴充後的成品，包括了單獨談論有關官方英語在美國產生的爭論，以及在網際網路上對英語的使用。還有許多修正來自由出版本書的劍橋大學出版社所授權使用的打字稿，那是一群美國及英國學術評論家對本書在述及範圍與採取角度上應加強的部分所提的建議，本書也因他們的建議而受益匪淺。同時，我很感謝奎克（Randolph Quirk）對第二章中統計圖表的建議；以及囊伯格（Geoffrey Nunberg）為幫助我了解美國的情形所做的評論，他還寄來第四章中有關網際網路方面尚未出版的報告。

當然，對某些人而言，我鮮少提及任何政治組織，也是一種偏頗。因此，我應該講清楚，我寫這本書完全沒有依據任何政治議程。如果起初寫書的念頭是來自與美國政治語言立場相對的組織，我可能也會寫出幾乎一樣的作品。但是本書只提出三個問題：造成世界語言的原因為何？為何英語最有可能成為世界語言？英語未來能維持現在這種地位嗎？不論政治觀點為何，與世界語言相關的事實與因素，將為任何對語言議題有興趣的人帶來好處，這也是我希望本書可以做到的。

本書平裝本的出版，讓我有機會更新一些細節，並加入一些第一版問世時未及取得的進一步資料。

大衛·克里斯托

寫於郝利海德

第一章

爲什麼要談世界通用語言？

「英語是世界通用語言。」像這樣的大標題，近年來必定在上千種報章雜誌上出現過。「英語統治」正是此一例，以簡單的局面呈現語言傳播的多樣性及可能的延續[1]。有一段在相關文章中的說明，作者以押頭韻的技巧呈現，讓我印象深刻。「大英帝國或許在香港回歸後會完全退出，但從孟加拉到貝里斯，拉斯維加斯到拉合爾，權杖之島的語言正快速地成為第一個世界的共同語言。」千禧年的懷舊和預知在相同的血液裡繼續流著，幾個主要的報章雜誌覺得英語可以代表全球化的主題、多樣化之象徵，於是在他們的特刊中提出這語言的進展和認同[2]。電視節目和影集也提出這議題，並受到世界觀眾的歡迎[3]。當然，隨著新世紀的到來，一定會有數百萬人接觸這主題，這在十年前是不存在的。

正因為這句話再清楚也不過了，一般人根本不會多加思索。他們會說，英語當然是世界通用語言。你可以從電視上聽到世界各國的政治人物說英語，不論到哪兒旅行，隨處可見英文的標誌和廣告。不論何時，你進到一個外國城市的旅館或餐廳，他們都會聽得懂英語，也會有一份英文菜單。的確，如果說還有什麼值得存疑的，那就是，像這樣的大標題為什麼還有新聞價值。

然而，英語本身就是新聞。英語每天不斷地在許多國家製造新聞，而上述這個大標題也並不是那麼清楚。

這句話又是什麼意思？

是不是世界上每個人都說英語？當然不是。還是說，世上每個國家都認定英語是官方語言？也不對。那麼，說某種語言是世界通用語言，又是什麼意思？為什麼談到世界通用語言時，總會提到英語？這種情形是如何產生的？會改變嗎？或者，一旦某種語言成為世界通用語言，就會永遠不變嗎？

不論你的母語是不是英語，這些都是很值得探討的問題。如果英語是你的母語，你可能對英語風靡全球的景況百感交集。一方面對英語的成就感到驕傲，但是，當你知道其他國家的人可能不想說你習慣用的英語，而將英語調整為適合他們的表達方式時，你的驕傲中又帶著些許憂心。我們都對別人如何使用（更常見的說法是「濫用」）「我們的」語言相當敏感，而擁有語言的感覺開始受到質疑。確實，假如一種語言成為世界通用語言有可預期的結果，那就是不再有任何人擁有這個語言，或者是說，所有學習這個語言的人，都可以擁有這個語言——較精確地說是「擁有一小部分」，並有權以他們想要的方式使用。這事實讓大家感到不舒服，甚至帶著模糊的怨恨。「看看美國人對英語做了什麼」，這是一句在英國報刊讀者來信專欄中滿常見的批評，而當美國人碰到某些來自世界各地顯著差異的英語時，也會說出類似的評論。

假使英語不是你的母語，同樣會覺得五味雜陳。你也許會強烈地驅策自己去學習，因為你知道英語比任何語言能讓你接觸到更多人；然而同時你也明瞭，需要付出極大的心血才能熟習精通英語，以致吝於付出努力。如果有進步，你會對自己的成就感到自豪，並享受這份溝通力量。但是你會感受到母語為英語的人所帶來的不公平優勢。如果你住在因英語普及而導致本國語言備受威脅的國家，你可能會心存嫉妒、怨恨和憤怒。你可能會強烈反對民粹主義者的天真，因為他們的陳述過分簡化，並常帶著大肆慶祝般的語氣。

這些情緒都是很自然的反應，不論哪一種語言成為世界通用語言都會發生。這些情緒會導致衝突，不論是真的或只是想像，進而造成困擾。語言在一些國家中暢行無阻、遭到濫用或消逝無存，都是事實。語言經濟、教育、法律，以及權利方面的政治分歧，每天都在數百萬人身上上演。語言總是出現在新聞中，當一種語言愈趨近世界通用語言的地位，就愈具新聞價值。因此，語言到底是如何達到全球性地位的呢？

何謂世界通用語言？

當一種語言發展成被每個國家認可的特殊角色時，就真正達到全球性的地位。這似乎在強調世界通用語言的顯著性，然而並非如此。特殊角色的觀念具有許多面向。這樣的角色，在大多數人以世界通用語言為母語的國家最為顯著（以英語為例），包括美國、加拿大、英國、愛爾蘭、澳洲、紐西蘭、南非，以及一些加勒比海地區的國家。但是，不論哪種語言都只在部分國家被當成母語使用。在這方面，以西班牙語為最，它在二十個國家中被當成母語，這些國家主要位於拉丁美洲。因此，被多數國家當成母語，並不能成就語言的全球性地位；必須被世界上其他國家接納，才能達到全球性的地位。即使這些國家只有少數人將世界通用語言當成母語，仍必須在其社會中給予世界通用語言一個特殊地位。

世界通用語言的形成，有兩種主要的發展方式。首先，將此種語言定為官方語言，並在政府、法院、媒體及教育體系等領域中當成溝通媒介。為了讓世界通用語言在這些社會中能進一步被使用，盡可能在年幼時精通官方語言是很重要的。世界通用語言通常被形容為「第二語言」，因為它被視為母語（第一語言）的輔助語言[4]。今天，英語是扮演官方語言角色的最佳例證。它在迦納、奈及利亞、印度、新加坡等超過七十個國家中（見第二章末詳表），擁有某種特殊地位，遠比其他也被相當程度使用為官方語言的法語、德語、西班牙語、俄語及阿拉伯語要來得高，每年都會產生關於英語被定為官方語言的新政治決策，盧安達即在一九九六年將英語定為官方語言。

其次，即使沒有被官方認可的地位，語言在一個國家外語教學的優先順序，也是發展為世界通用語言的成因。優先外語是學童在學校最可能學習的語言，也是即使在求學過程中沒學過或學得很差的成人最容易使用的。舉例來說，許多年來，俄語在前蘇聯的眾多共和國中有著特許的地位；華語在東南亞一帶一直扮演著重要的角色。現今，英語成為中國、俄羅斯、德國、西班牙、埃及及巴西等一百多國廣泛教授的外語，而且在這些國家中，英語正取代別的語言，逐漸發展成學校裡的主要外語。就在一九九六年，曾為法國殖民地的阿爾及利亞，將其主要外語由法語改為英語。

為了反應這些觀察，注意一種語言如何成為官方語言，是很重要的。一種語言可能是一個國家中唯一的官方語言，或是和其他語言共享官方地位；也可能只在特定地區使用，享有「半官方」地位；或和其他語言相較之下，在執行某些官方角色時仍有次要地位。很多國家在憲法中正式認可語言的地位，例如印度；有些國家則沒有特別提到這點，例如英國；更有某些國家對於是否應該立法認可，仍有相當大的爭議，最有名的就是美國（見第五章）。

選擇特定語言為主要外語的原因，也有類似的差異性，包括歷史傳統、政治利益、商業需求、文化或科技的聯繫。而且，即使在選擇某種語言為主要外語時，這個特定語言的「出線」也因政府或外國援助機構對外語教學政策提供充分的財務支援程度，而有很大的區別。在一個充分支援的社會環境中，媒體、圖書館、學校及高等教育機構方面的資源，將會致力於讓人接觸並學習主要外語；外語老師的質與量也會提升；書籍、錄音帶、電腦、電訊系統，及各式各樣的教材會逐漸普及。然而，許多國家因缺乏政府支援或外國援助，阻礙了語言教學目標的發展。

區別第一、官方、外國語言的地位是滿有用的，但要小心不過分簡單地區別。特別是不能夠以流暢度或是能力來區分、解釋官方語言及外國語言。我們可能會預期在英語具某種官方語言地位的國家中，由於其國民較常接觸英文，因此相較於英文非官方語言的國家國民，前者的英文能力較佳，但事實並非總是如此。例如，有一大部分英語說得非常流暢的人，來自北歐國家和荷蘭。但我們也該避免太強烈地凸顯第一語言使用者的不同，特別是有一些小孩成長的家庭中，父母親都以英語為外語方式學習，卻用英語這個共通語言交談。舉個例子來說，幾年前在埃米爾，我遇見一對夫婦，他們一位是德國汽油實業家，一位是馬來西亞人，他們以他們都會的語言——英語來談戀愛，並決定以英語當作家中主要的語言來教養孩子，因此這裡就有一個小孩，以外語習得的英語作為自己的母語。世界上有許多這樣子的例子，若有一天他們成為重要人物，這些寶寶對英語的貢獻會產生一個問題，他們對英語的直覺不可避免地會和其他傳統以英語為母語的人不同。

如此情況使得英語現狀變得複雜，但將不會改變基本的狀況。由於第一語言、官方語言、外語使用者的產生，世界通用語言最終將不可避免地被愈來愈多人使用，英語已進展到這個階段。根據第二章中的統計，將近四分之一的世界人口已能說流利的英語，而這個數字正穩定地成長——九〇年代末期有十二至十五億人口能流利地使用英語。沒有任何語言能達到這樣的成長，即使是由八種不同語言及一種共同書寫系統組成的中文，也只有十一億的使用人口。

促成世界通用語言之因

某種語言之所以成為世界通用語言，與「多少人」使用此種語言沒有多大關係，「誰」使用此種語言才是重點。拉丁文在羅馬帝國時期曾是國際語言，但這並不是因為羅馬人的人數比被統治者多，而是他們比較強勢。當羅馬軍事力量式微，在隨後一千年中，拉丁文仍然是教育體系中的國際語言，這都要歸功於另一股力量——羅馬天主教教會。

語言優勢及文化力量之間會有最緊密的聯結，當你知道英語發展的歷史後（見第二至四章），這個關係會變得愈來愈清楚。不論是政治、軍事、經濟力量，如果沒有一個很強的力量為基礎，任何語言都不能成為國際溝通媒介。語言是不會在遠離使用者的某些神祕空間獨立存在的；語言只存在於使用者的大腦、嘴巴、耳朵、眼睛及手中。當這些使用者在國際舞台成功了，他們的語言也跟著成功；當他們失敗，語言也跟著失敗了。

這點似乎很理所當然，但在成為世界通用語言的初期，卻是語言必經之路。因為多年來，許多關於語言為何應達成國際性成就的普遍誤解，不斷蔓延。常常聽到有人因為感受到某種語言的美學特質、清澈辭句、文學強度或宗教立場，而說該種語言是典範；希伯來語、希臘語、拉丁語、阿拉伯語，以及法語都曾被人用這樣的辭藻讚美過，英語也不例外。常有人以英語本身就很美或句子結構很有邏輯這些理由，來解釋為何現在英語被廣泛使用。也有人說：「英語的文法規則比其他語言少，字尾沒有很多變化，我們不用去記陰性、陽性、中性的區別，所以較容易學習。」一八四八年，某位評論家在一本英國期刊「雅典娜殿堂」（*Athenaeum*）中寫道：

> 由於文法結構簡單，字尾變化少，幾乎完全不注重性別差異，助動詞及語尾的簡化與精確，及表達的豐富與活力，我們的母語似乎被「組織」普遍採用，成為世界語言。

這樣的看法是錯誤的。儘管有許多字尾變化及詞性變化，拉丁文卻曾經是主要的國際語言；儘管名詞有陰性、陽性之分，法語也曾是國際語言；字尾有很大變化的希臘語、阿拉伯語、西班牙語及俄語，也在不同的時代與地區成為國際語言。容易學習與否，跟這一點關係也沒有。在各種文化環境下成長的兒童學說話的年紀大多一致，他們根本不會去注意語言的文法差異。至於英語「沒有文法」的想法（這對任何曾須以外語學習英語的人來說，是很可笑的），只要瞥一眼任何二十世紀的參照語法就會被摒除。譬如，《英語語法全書》（*Comprehensive grammar of the English language*）中就包含一千八百頁，三千五百多個文法說明[5]。

這並不是在否認一種語言確實有某種在國際上有吸引力。舉例來說，學習者有時評論英文字彙的「親密性」，是指過去幾世紀以來，英文自其他所接觸過的語言借來新字彙的方式。對外來字彙的「歡迎」態度，讓英語與一些極力排除外來字彙的語言（最著名的就是法文）成為強烈對比，也賦予英語世界性的特色，很多人認為那是成為世界通用語言的一大優勢。從語彙的觀點來看，英語事實上是比較偏拉丁語系，而不是日耳曼語系；在其他結構方面，也有人指出，英語沒有規範社會階級差異的文法體系，比起那些表達複雜階級關係體系的語言（例如爪哇文），顯得民主多了。然而這些理應吸引人的特質只能算是次要的條件，必須同時考量可能降低國際上學習欲望的特點——以英語為例，就有許多不規則的拼字系統。

一種語言不會因其內在的結構性質、字彙量、在過去曾為偉大文學作品的書寫工具、曾與偉大的文化或宗教聯結等等，而成為世界通用語言。這些當然都是激勵人們學習語言的因素，但是，任何一個因素或任何因素的組合，都不能確保語言能暢行全球。的確，這些因素甚至不能保證一個現今存在的語言能繼續存活，拉丁文現在只是供作學術或宗教研究用的古典語言；不方便的結構特質（例如字很難拼），也不會阻礙語言達到國際地位。

成為國際語言有一個主要的原因：就是該語言使用者的政治力量，尤其是軍事力量。透過歷史，也可以看到同樣的解釋。為何希臘語在兩千多年前的中東地區成為國際溝通語言？並不是因為柏拉圖及亞里斯多德的智慧，答案就在亞歷山大大帝軍隊揮舞的矛與劍上。為何拉丁文在歐洲通行無阻？問問古羅馬軍團就知道了。阿拉伯語在北非和中東為什麼為多數人所使用？乃是隨著八世紀時摩爾人軍隊的力量，回教廣為傳布所致。而西班牙語、葡萄牙語及法語，為何能前進美洲、非洲及遠東地區呢？研究一下文藝復興時期諸位國王與女王的殖民政策，以及這些政策在我們所知的世界被海陸軍殘酷地執行的方式，即可得知世界通用語言的歷史可以追溯到成功遠征的水手及士兵所使用的語言上。正如我們將在第二章看到的，英語也不例外。

但是國際語言的優勢不僅是軍事強權的結果，軍事強國也許可以造就一種語言，但還要靠經濟強國的力量來維持並擴展。這一向都是如此，但到了二十世界初期，卻成為一項特別重要的因素。由於電報、電話、收音機等新傳播科技，及大量多國組織的出現，經濟的發展開始以全球性的規模運作。

工商業的日益競爭，導致了國際行銷及廣告的劇增。報紙的力量雖達到史無前例的地位，但也很快被廣播媒體以輕易跨越國界的電磁力量所超越。科技以電影及錄音帶的形式，滋補了對全世界極有影響力的新大眾娛樂產業。而追求科學及技術進步的魄力，也培養了讓學術及高等教育升級的國際智慧及研究環境。

任何一個居於像這樣因國際活動激增而倍顯重要的語言，將會瞬間發現其全球地位。正如我們即將在第三章及第四章看到的，英語乃是時地因素配合而造就的。在十九世紀初期，英國成為領先世界的工業及貿易大國；到了十九世紀末，美國的人口（接近一億人）已超過西歐各國，經濟也是全世界最具生產力、成長最快的。英國帝國主義在十九世紀時將英語傳布到全世界，使英語成為「日不落語言」[6]；到了二十世紀，世界秩序幾乎是單方地透過新美國經濟強權促進並維持的；而使用美元的，正是英語的環境。

為什麼我們需要世界通用語言？

數千年來，翻譯在人類的互動間扮演了很重要的角色（雖然不常被認可），當君主或大使在國際場合上相遇，永遠需要有通譯者在場，但這個方式總有些限制。一個社會所使用的語言愈複雜，愈不需要依賴個人為不同族群翻譯。在只使用兩三種語言來溝通的社會，會說雙語或三語是一個可能的解決之道，孩童可以在不自覺的情況下學習到不只一種語言；如果是像東南亞及多數非州國家等以多種語言溝通的社會，這種自然學習語言的方式卻不適用。

這個問題以往都是選出一種語言來當作「混合語」（lingua franca）或「共同語言」，有時，當不同的社會間開始有貿易往來，會採用由各自語言抽取、簡化而來的語言，就是所謂的「洋涇濱語」[7]。許多洋涇濱語現今仍存在於前歐洲殖民國家，被當作共同語言，西非洋涇濱英語（West African Pidgin English）就在西非沿岸數個種族團體間廣為使用。有時，土語也會成為共同語言，通常是該地區最強勢部族的語言，像華人使用的漢語就是如此，然後其他種族再來學習此共同語言，依其學習的成效而達某種程度的雙語能力。然而，最常見的情況是受外國政治、經濟、宗教力量的影響，而接受某種外來語言，例如英語或是法語。

使用共同語言的地理區域，完全受政治因素左右。許多共同語言只在很小範圍的區域內使用，可能是一個國家中幾個部族之間，或是像西非這樣串連少數幾個國家的貿易人口。相較之下，雖然在被羅馬帝國統治的領土上，只有極少數的一般人說拉丁文，至少在政府層面，拉丁文仍是整個羅馬帝國境內的共同語言。斯華西里語（Swahili）、阿拉伯語、西班牙語、法語、英語、印地語、葡萄牙語和其他數種語言，在世界上特定地區發展出其擔任共同語言的重要國際職份。

對於我們或許需要「世界共同語言」的期待，是到了二十世紀才出現的，五〇年代以後尤其明顯。政治溝通方面最重要的國際論壇——聯合國，也是一九四五年才成立的。從那時起，許多國際機構相繼成立，例如：世界銀行（World Bank）（一九四五年成立）、國際教科文組織（UNESCO）及聯合國兒童基金會（UNICEF）（一九四六年成立）、世界保健組織（World Health Organization）（一九四八年成立），以及國際原子能總署（International Atomic Energy Agency）（一九五七年成立）。在這之前，從來沒有這麼多國家會在某個會議場合同時出席，以聯合國為例，其會員國就超過一百九十個國家。以較狹隘的層次來看，像大英國協（Commonwealth）和歐盟（European Union）這類多國區域性或政治性結盟，也開始出現。為了方便在這種場合溝通，採用一種語言為共同語言的壓力是相當大的，而且多方翻譯設備也是極昂貴又不可行的變通方式。

通常在國際組織活動中，只有少數幾種語言被指定為官方語言，聯合國就採用英語、法語、西班牙語、俄語和華語這五種語言為官方語言。現在大家普遍認為，避免因使用多種語言所需的翻譯和書記工作，減少國際組織中使用的語言種類是合乎情理的。國際組織有一半的預算被翻譯成本耗盡，縮編翻譯預算可不是件簡單的事。顯然地，沒有一個國家願意接受自己的語言被降低國際地位，選擇何種語言一向是在安排會議時所面臨最敏感的議題之一。最理想的情況是主辦會議者不需要決定要用哪種語言，而是參加國際會議的成員自動使用某種語言溝通，因為那是與會者因各自不同的理由都曾學習過的語言。這個情況似乎因英語能力的普遍提升，漸漸在世界各地的會議中實現了。

國際學術團體和商業團體對世界通用語言的需求尤為殷切，採用共同語言的情況在演講廳、會議室及每天在世界各地上演的數千次人際接觸最為顯著。現在，瑞典、義大利及印度物理學家在網際網路上的對話（見第四章），唯有使用共同語言才可行；日本會社社長打算與德國人及沙烏地阿拉伯人在新加坡的飯店中會晤，商談一筆多國交易也是有可為的，只要插上三方翻譯支援系統就沒問題了，但是那比三方選擇性地使用同一種語言溝通來得複雜許多。

由這些例子可知，國際接觸的機會暴增，是兩種完全不同的領域發展的結果。如果沒有新傳播科技，那些物理學家根本不能很方便地彼此溝通；如果沒有航空運輸科技，那些企業界人士也無法輕易地聚在新加坡會商。比起其他領域的發展，傳播科技和航空運輸設施的普及，在二十世紀提供了世界通用語言成長的環境需求。

不管是形體上或是在電子形式上，世人會變得更具機動性。由航空公司逐年增加的統計數字顯示，在世界各地來去的動機與財力也與日俱增；傳真機、數據機和個人電腦銷售量的增加，更說明了將想法訴諸文字和影像以電子形式來傳送的溝通方式，可能還比形體上的交通運輸更多。運用電子郵件，我們可以複製一則訊息，同時發送到全世界一百個不同的地點。我可以在北威爾斯小鎮的家中，寄送一則訊息給住在華盛頓的朋友，那跟寄送同一則訊息給住在幾條街外的朋友一樣容易。事實上，也許還更簡單呢！這就是最近大家常提到「地球村」的原因。

若部分國家間可以直接對話，這個趨勢可能會逐漸就序、成形。五〇年代以後的發展之所以這麼令人印象深刻，是因為世界共同語言或多或少影響了全世界每一個國家，而且有許多國家親身參與其中。即使傳真、電子郵件及網際網路設備沒有那麼普及，現今沒有一個國家不使用電話、收音機、電視及空中運輸的。

最近的發展和規模很值得我們重視。聯合國在一九四五年成立時，只有五十一個創始會員國，到了一九五六年已經增加到八十個會員國；始於一九五六年的獨立運動，導致了往後十年間新國家的大量建立，這個情形一直持續進行到九〇年代前蘇聯政權的瓦解。二〇〇二年，聯合國居然有超過一百九十個會員國，足足有五十年前的四倍之多，再加上世界各地不斷增加的區域性民族主義運動，這個數字也許還有成長空間。

語言急遽變化的情形，在人類歷史上還沒有過這種先例。不曾有哪個朝代像現在這樣：國家間需要彼此對談，人民也冀望四處遊覽；也不曾有過這種對傳統翻譯口譯資源的考驗；更不曾出現對推廣雙語如此殷切的需求，以解除少數專業人士的重擔；尤其不曾對世界通用語言有如此急迫的需要。

世界通用語言有何危機？

世界通用語言的存在所帶來的好處顯而易見，然而，一些評論家卻指出其潛在危機[8]——世界通用語言將可能培養出專屬的語言菁英階級，他們對其他語言會表現出較志得意滿的態度，而這些能順利表達己意的菁英（尤其是那些以世界通用語言為母語的人）或許能更敏捷地思考及工作，因其他人要學習世界通用語言必須付出較高的代價，而菁英使熟練世界通用語言成為自己的優勢，導致語言偽裝維持了貧富的分歧。世界通用語言的出現，還可能使人懶得學習其他語言，或降低學習其他語言的機會，甚至加速少數語言的消失，最終的危機將使世界通用語言以外的所有語言都變得不需要存在。有人堅稱：「一個人只需要一種語言跟其他人溝通，一旦世界語言已然出現，其他語言就會沒落。」當有些人踏在別人付出的代價上，慶祝自己所屬語言的成功，真是勝利最令人不快的一面。

如何面對這些疑懼並全面控制是很重要的，對相信語言發展觀點（適者生存，如果這個「適者」恰好是英語的話，那就是它了）的英語母語者，或將現在語言的全球地位視為「幸運機緣」的人來說，是沒有任何壞處的。許多人認為學習語言這檔事根本是浪費時間；有更多人覺得，認為全世界只有一種語言是件美事的觀點，沒什麼不對。對某些支持通用人工語言（universal artificial language）（例如世界語 Esperanto）運動的人則普遍希望，這樣的世界或許是誤會盡除、一致而和平的。對另外一些人來說，這樣的世界是人類欲回歸巴別塔（Tower of Babel）[9]建築前那般純真的渴望。

要處理這缺乏佐證、臆測來的焦慮，以及決定該做些什麼才能減低焦慮是很困難的。我們可以暫時屏除世界通用語言能有助世界和平的觀點，因為一個社會中只使用一種語言，並不能保證社會的和諧和共識！這點從歷史上可以得到印證，例如美國南北戰爭、西班牙內戰、越戰、前南斯拉夫，以及現在的北愛爾蘭；使用不只一種語言的社會，未必會造成公民對立的結果，也有不少多種語言同時和平共存的，例如芬蘭、新加坡、瑞士等國。然而，至於其他觀點，我們也應慢慢地重視這些選擇性。以上論點都是關於英語的例子，但是也可應用在任何競逐全球地位的語言上。

語言的力量

相較於那些必須學習官方語言或外來語言的人來說，以世界通用語言為母語的人，會不會自動取得有力的地位？這個危機絕非虛構，是很有可能發生的。舉例來說，母語非英語的科學家要比母語為英語的同僚花更多時間吸收以英文寫成的研究報告，因此他們只剩較少的時間完成創造性研究；如果用英語以外的語言寫成的研究報告，是很有可能被國際團體所忽視；母語不是英語的資深經理人，若在歐洲或非洲等以英語為企業主要語言的公司工作，他們會發現，比起母語是英語的同事，他們在非正式演說的會議中居於劣勢。這都是提醒我們語言力量帶來的影響，千真萬確的證據。

然而，如果對語言學習問題投入適當的關注，因語言劣勢造成的問題會急遽減少。如果提早教授孩童世界通用語言，甚至在尚未入學前就教他們，並且不斷持續練習，經過適當的雙語課程所產生的語言能力，跟自出生即接觸世界通用語言的人一樣無法磨滅。這許多「如果」牽涉昂貴的財務需求，也難怪這樣的控制目前只有少數非本土的學習者能達成，但是，這樣的可能指出一項事實——語言的劣勢並不是不可避免的。

這點表達出一個很有價值的觀念：兒童生來就有能力應付雙語的。全球有三分之二的兒童在雙語的環境下成長，也發展出雙語能力。一旦他們經常性接觸另一種語言，就能很自然地吸收，這也是成人最欽羨之處。這種能力似乎在兒童邁入青春期就消失了，也有相當多對這個原因（關鍵時期的問題）[10]的學術探討，然而，如果我們認真看待學習外語這個課題，大家普遍認同的原則便是「愈早學愈好」。當我們採取和選擇世界通用語言同樣嚴肅的態度看待這件事，有關菁英主義的爭議也會隨之消逝。

語言的自滿

世界通用語言會不會降低成人學習其他語言的動機？這個問題再真實也不過了。語言自滿的清楚跡象和一般觀察的建議，已出現在到世界各地旅遊的典型英國與美國旅客身上。他們總以為每個人都會說英語，如果不懂英語，那便是當地人的錯。一位有這種刻板印象的遊客，不斷地用旁人僅能讀唇的音量，反覆向外國服務生點一杯茶，這未免太貼近真實的英語世界，而讓人感到不快。由於普遍缺乏學習其他語言的動機，部分是因缺乏資金、機會，以及興趣，使這個問題似已成真，而且多半也是因英語使用率增加而促成的。

目前我們真應感激只需處理態度問題或意向狀態，而不是能力問題，雖然那是近來常被提出的解釋。「我沒有語言天份」可能是最常聽到，辯稱自己為何不盡任何努力學習新語言基礎知識的藉口。通常，這樣的自我詆毀出自對學校的語言學習經驗不滿意所致，他們也許想起學校考試的爛成績，但這可能只反映出失敗的教學方法，或是教師與青少年關係失調之類的老問題。「我一直跟法文老師處不來」又是另一個典型的說詞。但這並未中止大家對英國人或美國人不太會學習語言的歸納。

依最近的跡象顯示，在使用英語的社群中，對破除傳統上偏用一種語言的現象，有一股逐漸增長的自我覺醒[11]。在經濟困難的時代，成功提高出口及吸引外資可以單靠一些細微的因素，以及對潛在外國盟友所使用語言的敏感度，被認為尤其有影響力[12]。至少在工商階層，許多企業開始在這方面投注新的努力；一般遊客階層也是如此，不僅對其他文化的尊敬與日俱增，而且對學習語言有更充足的準備。語言態度總是不停地改變，愈來愈多人高興地發現自己一點也不拙於學習外語。

尤其，出自深具影響力的政治人物或官員的聲明，對培養語言學習重要性的新民意趨向很有幫助。大英國協前祕書長雷恩佛（Sridath Ramphal）在一九九六年對「英語協會」（English-Speaking Union）世界會員大會的演說是一個很好的例子，他的題目是〈世界語言：機會、挑戰與責任〉，題目本身就包含了對勝利者思考的矯正，他演講的內容也不斷地反對這個想法[13]：

在這世界上因為母語是英語而發跡是很簡單的事，所以我們變得懶得學習其他語言……我們需要加倍努力。英語或許是世界語言，但並不是世界上唯一的語言，我們若要成為全世界的好鄰人，就要更不屈尊地對待其他語言，更勤勉地培養其他語言的知識。

這種斷言依然被視為會有長期效果的，同時，研究有關外語學習的比較統計是有益的。舉例來說，一項由桑頓（Grant Thornton）在一九九六年所做的歐洲企業調查報告指出，百分之九十的希臘、荷蘭、比利時、盧森堡企業，都有一個能用第二種語言談判的執行主管；然而，只有百分之三十八的英國企業擁有這種人才。在二〇〇二年時，對於調查中的大部分歐洲國家來說，這數字仍然維持很高，但英國卻下降為百分之二十九[14]。位於英國的語言教學資訊中心發現，三分之一的英國出口商因語言技巧不足而錯失商機[15]；而且不少研究也顯示，獨尊英語的企業在東亞、南美、東歐等世界公認極具成長前景的地區，逐漸遭遇語言困境，而這些地區正是以往較不使用英語的。這個議題開始被提出，澳洲的學校將日文當作第一外語來教授；英國和美國也愈來愈重視西班牙文（因為西班牙文的成長率遠比英語要來得快），但若要英語國家棄絕語言褊狹，並達到經濟上及其他爭議上的共識，還有一段長路要走。

語言的死亡

世界通用語言的出現是否會加速少數語言的消失，並引發全面性的語言死亡？要回答這個問題，就必須先建立一個共識。透過語言史，我們都很清楚語言優勢或失勢的過程，世界通用語言的出現是獨立存在的；自從人類學會說話以來，沒有人確知有多少語言死亡，但肯定有上千種。在許多案例中，語言死亡是由於某個種族被一個更強勢的社會所同化，進而採用了對方的語言。到了今天，雖然因土語以史無前例的速度消逝中（特別是在北美、巴西、印尼，以及部分非洲地區），大家也急切地討論這件事，情況依舊沒有改變。有人預估，現今存在大約六千種語言中，至少有百分之五十會在下個世紀消失[16]。

如果不幸成真，那可真是人類智慧及社會上的一大悲劇。因為很多東西會隨著語言的死亡而消失，特別是那些尚未形諸文字的語言，或最近才被記載成文字的語言，畢竟語言是保存一個種族歷史的憑藉。以傳說、民間故事、歌曲、儀式、諺語及其他慣例形式留存的口頭陳述，提供我們一個觀看世界的特殊視野及文學標準，那也是留給其他民族的珍貴遺產。一旦消失，就再也尋不回了。這種論調跟環境及稀有動植物保育相當類似，語言的保存也是優先被討論的對象，我們也樂見九〇年代中，有一些宣稱盡可能為後代子孫記錄即將消失的語言為宗旨的國際組織成立[17]。

但是，不論任何一種語言成為世界通用語言，對少數語言即將消逝的情形一點幫助也沒有。

索布人（Sorbian）是否能在德國存活、或是加里西亞人（Galician）能否在西班牙生存，都與這些國家當地的政治史及德國及西班牙各自的區域支配力有關，而與德國和西班牙在世界舞台上的權力位置較無明顯直接的關係[18]；至於英語以世界通用語言之姿出現，也很難看出對少數語言有什麼直接的影響。唯一的影響可能出現在英語本身是強勢第一語言的北美、澳洲及不列顛諸島的塞爾特族地區。在早期，這些地區的語言接觸實在是征服及同化的結果；但近來英語成為真正的世界通用語言後，卻有了完全相反的效果，英語反而刺激了大家強烈支持本土語言。語言權運動（通常依附在公民權中）在許多國家扮演了重要的角色，例如紐西蘭的毛利語、澳洲土語、加拿大及美國的印第安語，以及部分的塞爾特語。雖然語言權運動通常為時已晚，但對某些語言而言，稍能減緩其衰落的速度，偶爾還能像威爾斯語（Welsh）那般成功地遏止其消失。

支持少數語言的強力語言運動，普遍結合了民族主義而存在，為語言本質的真相提出了一般性的佐證。凝聚共識的需要（這也是支持世界通用語言的部分原因）不過是這個情況的一面；另一方面是「識別的需要」，當人們表達對語言傷害和死亡的焦慮時，往往有低估身分角色的趨向。語言是彰顯歸屬、辨別社群的主要方法，有的人甚至認為是最重要的方法，我們也可以在世界各地看到語言分歧而非語言交集的證據。數十年來，許多前南斯拉夫境內的人都將塞爾維亞－克羅埃西亞語（Serbo-Croatian）當做共通語言，但自一九九〇年代初發生獨立戰爭後，塞爾維亞人開始認定其語言為塞爾維亞語；波士尼亞人認定波士尼亞語；克羅埃西亞人認定克羅埃西亞語，三方皆注意其各具風貌的語言特徵。類似的情況也出現在斯堪地那維亞，即使瑞典語、挪威語、丹麥語有許多共同點（intelligible），仍舊被視為不同的語言。

因需要「國家識別」和「文化識別」所引發的爭議，常常被認為是需要「共同理解」的對比，但這卻會引起誤解。最理想的發展情況是「理解」和「識別」可以和平共存，那是指能接觸全球社會的世界通用語言，及接觸當地社會的區域性語言同時存在的雙語狀態，這兩個功能可視為對應不同需求的補充，也因其功能差異很大，以致語言多樣化的世界可以在由共同語言統一的情況下大體上繼續存在。

以上所言，並不是要否認世界通用語言的出現會影響其他語言的結構，特別是藉由提供外來語新的來源所造成的影響。這些影響可能使語言因具變化及豐富性而大受歡迎，或是因語言受傷或死亡的暗隱而備受反對。例如近年來最健全的法語，也試圖藉由立法保護，來對抗眾所皆知、來自英語的不良影響。在正式文章中，如果一個字已有現存的法文可以表示卻使用英文，是違法的，即使英語的用法更為普遍也是如此，例如，computer（電腦）要用法文的 ordinateur 表示。幾位來自其他國家、力求語言純正的評論家，也對英文字彙（尤其是美式英語）滲透到他們的大街及電視節目上，深表關切。這些爭論摻雜著情感的力量進行，即便只有極少部分的詞彙受到這些方式的影響，也足夠激發預言語言毀滅的鼓吹者的憤怒。但他們往往忘了幾百年來英語本身從其他語言借來數千個字彙，以及從其他語言要素建構數千個字的事實，包括「電腦」這個字也是偶然得自拉丁文的，而法語正是源自拉丁文[19]。

英語在全球的擴散，以及對其他語言的影響，這兩者的關聯，在九〇年代逐漸引起爭論。事實上，接受英語的速度以及次要語言的死亡，這兩者的相互關係是可見的，也讓觀察家重申這兩個現象有簡單的因果關係，而忽略了世界上有些國家，雖然英語未曾在其歷史上有過重要地位，像是拉丁美洲、俄國和中國，他們的弱勢語言也有相同逐漸式微的情況。現今，較為根深柢固的全球化過程正在發酵，將個別語言昇華。過時的語言帝國主義想法——強調前殖民地國家及「第三世界」國家間的權力不對等——僅不當地解釋語言現狀[20]；他們忽略了有強盛語言的「第一世界」國家也同樣有接受英語的壓力，且最嚴厲地在攻擊英語的，是那些不曾被殖民的國家。當占優勢的語言感到被統治了，就不止是單純的權力關係而已[21]。

其他因素，包含全球互相依賴的認同、想要在世界性事務中發聲，以及貿易市場中的多語政策，都支持英語的功能主義，在此，英語是一個重要的工具，能讓人們達到特定目標。地區語言繼續維持重要功能，主要是展現地區認同，而英語成為在全球舞台嶄露頭角的工具。基於歷史事實，我們隱約看見殖民地的傳承，但現在強調斷裂，也就是遠離強權朝向功能區分[22]。在這個模式中，英語扮演中心角色，授權給那些被征服且處於邊緣地帶的文化，並將「有」和「無」之間的區隔抹平。支持這種想法的人被認為是「天真的自由理想主義」和「自由的放任」（liberal laissez-faire）[23]。然而，語言的帝國主義才是天真的，他們不顧世界的真實複雜狀況——先前強權關係的歷史，如今已經和英語新的授權關係並排靠攏著，並不再與之前的政治權力扯上關係。

如果為上述目標而努力是理想主義，那我很樂意成為一個理想主義者，但那絕不是放任政策。幾年前的語言復甦和相關事件，便是給予足夠的時間、精力和金錢的成果，不可否認，相較於全球化造成的巨大影響，這樣的進展相當微小。然而如同兩個評論家認為，若全怪罪於英語，忽略相關的基本經濟議題，則是「目標錯置，沈迷在語言的反科技（luddism）中」[24]，真正的解決方式應該是經濟政策而非語言政策。萊珊卓（Lysandrou and Lysandrou）在結論中提到：

> 如果英語能促成全球性的奪權和失權過程，就同樣可以反過來幫助反向的授權和得權過程。

什麼力量可以阻止世界通用語言？

任何對新興世界通用語言的討論，都會被放在全球權勢的總體政治環境下考慮。在一九九五年一月，「全球權勢委員會」（Commission on Global Governance）出版了一篇報告——《我們的全球社區》（*Our Global Neighbourhood*）[25]。一年後，委員會的共同主任委員雷恩佛解釋：

> 大抵上來說，有人對這個報告論及全球社區的中心議題感到欣喜，卻責怪我們沒有以他們認為合理的方式要求一種世界語言。他們無法看出自己所認知的全球社區，是如何在沒有世界語言的情況下有效運作。一個可以說許多種語言的社區，是不可能成為有凝聚力、甚或通力合作的社區。就某一方面來說，他們是對的；但他們錯在未發覺我們的確有世界語言。那可不是帝國主義的語言，而是經過一個我們不需一直洋洋得意的歷史，自然演進而來的，但我們必須將這個歷史珍產好好運用。

在另一個場合，他又說：「英語成為世界語言，或者這個世界成為說英語的世界，都已無路可退了。」

像這種強烈的政治聲明，立即喚起以下的疑問：當語言達到全球地位時，有力量可以阻止它嗎？答案是「有」，如果語言優勢是政治力量所致，在全球力量均勢中發生的革命，會影響世界通用語言的選擇[26]。科幻小說從不欠缺劇情急遽變動、預見以中文、阿拉伯文和外星語為全體語言的未來世界腳本，但要給這種劇情一個結局，真的要有突然而劇烈的革命，而且也很難切實地臆測可能的結果[27]。在世界秩序中，較小規模的革命是不可能有多大效果的（我們將在稍後章節看到），因為英語現在是如此廣為建構，已不再被視為是單一國家「擁有」的語言了。

更接近真實的腳本是，出現一個具多種選擇性的溝通方法，減少世界通用語言的需要。最有資格候選的就是自動翻譯（機械翻譯）。如果在這個領域的進步和過去十年的發展一樣迅速的話，就有明顯的可能性。不出一、兩代，只要雙方之間有個自動翻譯的電腦，用第一語言直接彼此溝通就成了家常便飯。這種事已經可以在網際網路上看到有限程度的實現。現在某些公司對特定的語言組合提供基本的翻譯服務，寄件者以A語言打字的訊息，卻能以B語言在收件者的電腦螢幕中呈現另一個版本。因為目前的翻譯軟體對慣用語、文體及一些語言特徵上的處理能力十分有限，後製編輯工作仍相當重要，機器還是不能取代人類的翻譯工作。同樣地，儘管最近幾年來，在說話識別及綜合上產生明顯的進步，即時對話自動翻譯的技術還很原始。亞當斯（Douglas Adams）在其《銀河便車指南》（*The Hitch-Hiker's Guide to the Galaxy*）中所想像的，耳中被塞入巴別魚（Babel fish）就能理解所有的語言，再也不是一個激發好奇心的概念了[28]。

精確而即時的自動翻譯，無疑地將在未來二十五到五十年間有戲劇化的進展，但是在這個媒介能全球性地廣布，及人民經濟上負擔得起之前，要花更久的時間，才會對現今世界通用語言的實用性及吸引力造成威脅。在這個時間架構期間，所有的證據皆顯示，英語身為世界通用語言的地位，會愈來愈強固。到了自動翻譯發展成熟，成為流行的溝通媒介之際，英語的地位將很有可能已堅固不移。看看到時候會發生什麼事，一定很有趣。世界通用語言的形成是否會降低世界翻譯服務的需求，或自動翻譯費用是否會遠低於學習世界通用語言成本，導致一點都不需要學習世界通用語言。那將是從今天起一百年後極有趣的爭戰。

論AI

人工智慧（ＡＩ）受到世人矚目不過是剛進入二〇二〇年代才發生的事，現在大家卻已開始追問ＡＩ對英語的全球地位和世界通用語言會造成什麼影響。大體來說，ＡＩ跟當年的網際網路一樣，現在要做出任何準確預測尚且言之過早，一切端看在背後操縱「ＡＩ王座」的力量而定。我會在本書討論促進全球英語發展的四大力量，分別是：政治軍事、科學技術、經濟和文化。無獨有偶，這四股力量皆是因為匯集使用者之力才促成英語發展；如果第五股力量（ＡＩ）亦成氣候，情況肯定也差不多。不論最後是誰在背後主導ＡＩ，ＡＩ勢必對語言本身及語種多樣性產生一定程度的影響。

從某些方面來看，這種情況和一九九〇年代網際網路降臨時幾乎沒什麼不同。當時，世人普遍預期語言即將發生重大變革；但現在，三十年過去了，我們知道改變並未發生。網際網路不過是讓早已存在於「線下」的語言「上線」發聲罷了。當然，網際網路的確有所創新，譬如發明新縮寫（特別是簡訊使用的詞彙）和不同於以往的溝通方式；網際網路反映簡訊服務的侷限，據聞也大幅縮短年輕人（尤其是社群媒體愛用者）保持專注的時間。但今天，語言的整體使用狀況跟網際網路出現前的情況並沒有太大不同。說得更精確一點，網際網路實際上是「拓展」而非「改變」英語，新變體亦能增添語言表達的豐富程度。

AI也一樣，只是規模大上許多。AI賦予已經存在的語言另一種新的存在模式。誠如你我所知，AI的運作方式是先盡可能汲取大量的語言資料，然後才回應問題、吐出答案。AI輸出的品質取決於輸入品質，因此，我認為AI演算法給出的答案在語言特徵方面不會呈現任何顯著差異；我亦仔細研究過好些AI輸出成果，目前也未看出什麼意外變革。不過我**倒是**注意到，由於美國是目前AI巨擘所在地，故美式英語在拼字、標點符號方面漸趨主導地位，字彙及語法亦偶有類似情形，再次體現「實力會說話」。當然，如果英語世界的其他角落、或甚至其他語言社群也竄出能與之抗衡的巨力，進而主導AI宇宙，這種局面也不是沒有改變的可能。

不過，若從「英語教學」的角度來看，AI帶來的變化或多或少會改變教師扮演的角色。我認為老師們必須更像一名「知識管理者」：AI提供的資訊精確有餘，但它充其量只是反映演算法的輸入結果——ＡＩ**沒說、未能總結的**才是癥結所在。ＡＩ注定只能呈現整體的一部分。可以想見，未來老師在課堂必須知道「ＡＩ能給的答案絕對比螢幕呈現的還要多」，而我們也應該用相同的態度看待維基百科或其他線上資訊整合工具。

ＡＩ對文化知識的影響尤其明顯。演算法可能歸納出一種根本無法多方應用的陳述，若是沒有教師指導，學生說不定會天真地以為ＡＩ的答案就是通論，放諸四海普遍適用。隨著ＡＩ應用範圍越來越廣，文化多樣性應該也會越來越受重視，可望降低ＡＩ產出不適用通則的機率。其實目前已有不少系統會主動提醒讀者注意其輸出結果的侷限性，亦嘗試融入全球方言的特徵與變化；但是就近期而言，能夠理解ＡＩ回應並判斷其精準度和適用性的「人類直覺」依舊無可取代——有人認為就算是許久以後的未來也斷無可能。

關鍵年代

關於世界通用語言的出現，要做很有把握的推測是不可能的。沒有任何這類語言發展的先例，更別提只有小規模發生的情形。世界通用語言興起這齣劇碼上演的速度真的極不尋常，只花了比三十年多一點點的時間，我們就從世界語言只是理論上有可能的情境，轉變成一切急速成真的狀況。

還沒有任何政府認為在這種環境下，有把握地計畫是可行的。語言識別需要被維持；接觸被公認為充滿機會的新興世界通用語言，則需要被保證。這兩個原則都需要大量的資源，諷刺的是，這個議題在世界金融狀況只能給予最低支持時，各自接近高潮。

我們必須先做好有關優先順序的基本決定，做這樣的決定時，必須謹記也許我們正接近人類語言史的關鍵時刻。世界通用語言有可能只出現一次。當然，正如我們所見，在這樣的語言被建立之後，也要採取相等幅度的世界性破滅的革命來取代它。到適當的時候，二十世紀最後二十五年將被視為世界通用語言出現的關鍵時刻。

由以下三章所呈現的理由，所有的徵兆都顯示，世界通用語言應是英語無疑。然而，在真正成為「共同語言」之前，還有一段路要走。不管使用率有多麼驚人的成長，仍有三分之二的世界人口尚未使用英語。在某些地區（例如大部分前蘇聯的共和國），英語仍十分罕見；某些國家（例如非洲少數幾個使用法語的國家）加強投注資源於維持其他語言的地位。儘管這是一般的世界性趨勢，我們還有許多語言的爭戰要對抗。

因此，想要對世界語言的未來施展影響力的政府，為語言計畫做政治決策及配撥資源時應審慎考慮。比起語言史上的任何時刻，政府現在更需採取長期的觀點預先計畫，想清楚到底是對推廣英語有興趣？還是要在社會中發展其他語言應用？或者兩者皆然？如果錯過這回語言發展的際遇，可能再不會有這種機會了。

第二章

爲什麼會是英語？

歷史觀點篇

為何世界通用語言是英語，而不是別的語言？這個問題的答案有兩個：一個是地理歷史因素，另一個則是社會文化因素。本章偏重在解釋地理歷史因素如何使英語達到顯赫的地位；第三章及第四章則解釋社會文化因素如何讓英語維持其地位；至於這兩項因素的結合則產生了這多樣化的語言，它在發音、文法、字彙使用上相關的特殊性，會在第五章詳述。

歷史性因素要追溯到世界各地的英語運動，事件起於前往美洲、亞洲、紐澳地區的航海先驅上，然後隨著十九世紀在非洲和南太平洋殖民發展而擴張，也因二十世紀中期新近獨立的國家採納英語為官方語言或半官方語言，而向前跨進了一大步。英語現今在世界各大洲及大西洋（聖赫勒拿島）、印度洋（塞席爾群島）、太平洋（斐濟島及夏威夷群島等許多島嶼）等三大洋裡的島嶼登場，這種情形使得原本就被貼上世界通用語言標籤的英語，成為不折不扣的世界通用語言。

社會文化方面的解釋就要看世界各地人民的風俗，在生活的許多方面都要依賴英語以追求他們的福祉，英語也深深涉入國際政治、商業、溝通、安全、娛樂、媒體、教育領域，擁有能為全球人類關係效力的共通語言所帶來的便利，是需要被寄予無限感激的。正如我們即將看到的，在很多領域已全面依靠英語，電腦軟體工業就是最主要的例子。當這麼多機構都保持極大的興趣時，語言的未來似乎已經很肯定了。

源起

我們必須回到多久以前，才能追溯到世界通用語言的源頭？就某方面來說，英語始終在持續進展，當英語在第五世紀從北歐傳入英格蘭時，很快地就在大不列顛群島廣為流行，進入傳統上為塞爾特語大本營的威爾斯、康瓦耳（Cornwall）、康布里亞（Cumbria）以及南蘇格蘭地區。在西元一〇六六年諾曼人入侵之後，許多貴族從英格蘭向北逃亡至善待他們的蘇格蘭，英語最後終於以特殊的蘇格蘭面貌在整個蘇格蘭低地廣為通行。從十二世紀起，被派遣渡越愛爾蘭海的諾曼勇士，也使得愛爾蘭逐漸歸納英語的統治。

然而，相較於日後發生的事件，以上這些運動尚屬僅在不列顛群島小範圍內的規模，英語朝向世界通用語言地位進展，卻在整整三百年後的十六世紀末，才跨出最重要的第一步。那時，世界上以英語為母語的人約有五百至七百萬人，而且幾乎都居住在不列顛群島。就在伊莉莎白女王一世時代末期（一六〇三年）與伊莉莎白二世統治時代初期（一九五二年）之間，這個數字劇增了近五十倍，達到二億五千萬人，而且大多居住在英國以外的地區，這些人大半是美國人。就在十六世紀時的北美洲，我們首度發現語言史的新空間！

美洲

第一次從英國遠征新大陸的任務是一五八四年時由羅利（Walter Raleigh）領軍的，但最後失敗了。有一組探險家在現今北卡羅來納州的洛亞諾克島（Roanoke Island）附近登陸，並且建立了一個小小的殖民地，緊接而來與當地人的衝突，印證了有派遣船隻返回英國尋求支援與補給的需要。當一五九〇年後援船隻抵達，卻找不到先遣開拓者的蹤跡，這個失蹤謎案從此無法解開。

第一個永久的英國殖民地始於一六〇七年，探險隊抵達乞沙比克灣（Chesapeake Bay），殖民者將其殖民地以詹姆斯一世之名命名為詹姆斯城（Jamestown），並以有「處女女王」（Virgin Queen）之稱的伊莉莎白一世為維吉尼亞地區命名。更多殖民者很快地尾隨來到海岸地區及百慕達群島等附近島嶼。之後，在一六二〇年的十一月，三十五名英國分離派教會（English Separatist Church）成員組成的第一批清教徒，隨同其他六十七名殖民者搭乘「五月花號」抵達，由於暴風來襲阻隔前往維吉尼亞的路，他們改由鱈角灣登陸，並在現今麻州普利茅斯建立殖民地。

這組人馬十分混雜，從小孩到五十幾歲的壯年人都有，不僅來自不同地區，社會、職業背景也截然不同。這群我們往後稱之為「清教徒前輩移民」（Pilgrim Father）的人，唯一共通點是他們都在尋求一個免於宗教迫害、並摒棄在英國所受教會儀式的新宗教國度。他們的確把殖民地經營成功，到了一六四〇年，已有二萬五千個移民來此地定居。

在維吉尼亞的殖民地向南發展；而在現今新英格蘭地區的殖民地則往北挺進；這兩個殖民地有其不同的語言背景。南方的移民主要來自英格蘭的索美塞得郡（Somerset）和格洛斯特郡（Gloucestershire）等西部地區（West Country），並帶來這地區特有的口音——他們習慣將「s」發成「z」的聲音，在母音之後出現的「r」也會加重。我們仍可以在這個地區中遺世獨立的村落及島嶼聽到這種口音，例如，丹吉爾島（Tangier Island）和乞沙比克灣。這個所謂「潮水區」口音（Tidewater），雖然在過去三百年來已經有了些許改變，但至少比美國其他地區改變的速度要慢（或許正是因為這些居民相當與世隔離）。

相較之下，許多普利茅斯的移民來自東英格蘭地區幾個郡，特別是林肯郡（Lincolnshire）、諾丁漢郡（Nottinghamshire）、艾塞克斯郡（Essex）、肯特郡（Kent）及倫敦，還有部分來自英格蘭中部地區，只有少數來自更遠的地方。這些東部地區的口音又很不一樣了，最明顯的是省略在母音之後出現「r」音，這個習慣對該地區造成支配性的影響力，至今，傾向不發「r」音仍是新英格蘭地區居民說話的特色。

之後橫跨全美的人口移動，大大保存了這些出自早期移民語型的方言特色，新英格蘭地區居民向西移入五大湖區；南方移民順著海岸進入德州；中部人則穿過密西西比河，向廣大的中西部地區擴展，最後到了加州[1]。由於人口向南北移動，以及陸續從世界各地湧入的移民，方言從未純正過，出現許多混合方言的地區，以及從未預料到的方言形態。但直到今日，主要還是以北、中、南三區來劃分美國的方言語系。

十七世紀時，新移民人數為美國帶來語言背景多樣化的成長，例如，賓州主要是「戰慄教徒」（Quakers）[2]組成的移民，他們大部分來自美國中部地區及英格蘭北部地區。這些人說的英語非常特殊，當他們發覺自己與他人的不同，便開始聚居「中部大西洋地區」，尤其是紐約，成為殖民地的焦點。因此，區域方言間明確的分野，漸趨模糊。

然後，到了十八世紀，有一大批北愛蘭人湧入。愛爾蘭人雖然從一六〇〇年左右就陸續移入，最主要的遷徙活動卻是在一七二〇年代，大約有五萬名愛爾蘭人及自蘇格蘭移居北愛爾蘭的人（Scots-Irish）來到美國，許多人定居在大西洋沿岸，特別是費城地區，但大多數人越過山區朝內陸搬遷，以尋找土地。他們那時被視為「口音很重」的拓荒者，美國南部及西部的開拓，多應歸諸這批移民的拓荒精神。

一七九〇年第一次的人口普查，美國的人口就已達四百萬人，大多數居住在大西洋沿岸；一百年後，也就是開墾西部之後，人口已超過五千萬人，而且散居全國，所顯現的口音從維吉尼亞

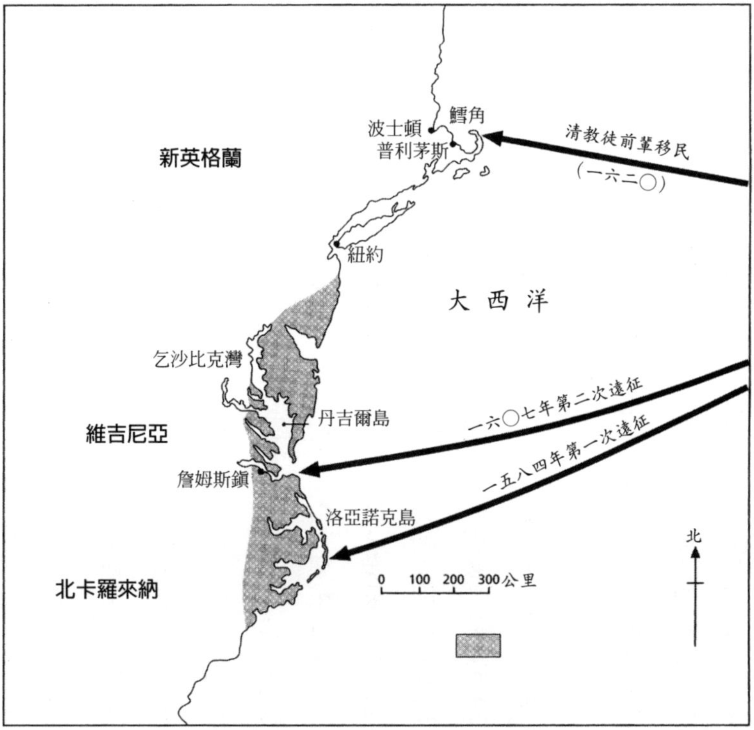

早期美國的英語殖民地區

州到南加州所謂的「陽光地帶」都可以聽到，而且也是普遍在今天美國人的言談中聽到的口音。

不只是英格蘭影響了英語傳入美國的方向，西班牙人也曾占據美國西部及西南部大部分地區；法國人則沿著聖羅倫斯河的北方領土，及整個中部地區（法屬路易安那）並遠及墨西哥灣活動；荷蘭人則在原稱「新阿姆斯特丹」的紐約及其周圍地區；為數眾多的德國人則開始於十七世紀末前來美國，主要在賓州及其腹地建立聚落；除此之外，人數不斷成長的非洲人則進入南部，因此有了奴隸交易，而且在十八世紀時有了戲劇性的成長：一七〇〇年時只有二千五百多個黑奴，到了一七七五年卻劇增到十萬人，遠比南方的白人要來得多。

為了躲避歐洲的革命、貧窮和饑荒，十九世紀時，美國移民大量增加。許多愛爾蘭人因一八四〇年代愛爾蘭馬鈴薯嚴重欠收而來；德國人和義大利人則是要逃避一八四八年革命的後果；待十九世紀結束，又有愈來愈多的中歐猶太人前來，他們多半是要躲避一八八〇年代的屠殺；在二十世紀的前二十年，每年平均有七十五萬移民來到美國，一九〇〇年時，美國人口不過是七千五百萬，到了一九五〇年，這個數字就已經加倍了。

大多數移民家庭中，近一、兩代的新生兒都透過自然同化的過程而會說英語，祖父母輩和孫子輩生活在全然不同的語言世界，結果造成母語採用英語的人大量成長。根據一九九〇年的人口普查，年齡超過五歲、在家只講英語的人數增加到一億九千八百萬人，占全美人口的百分之八十

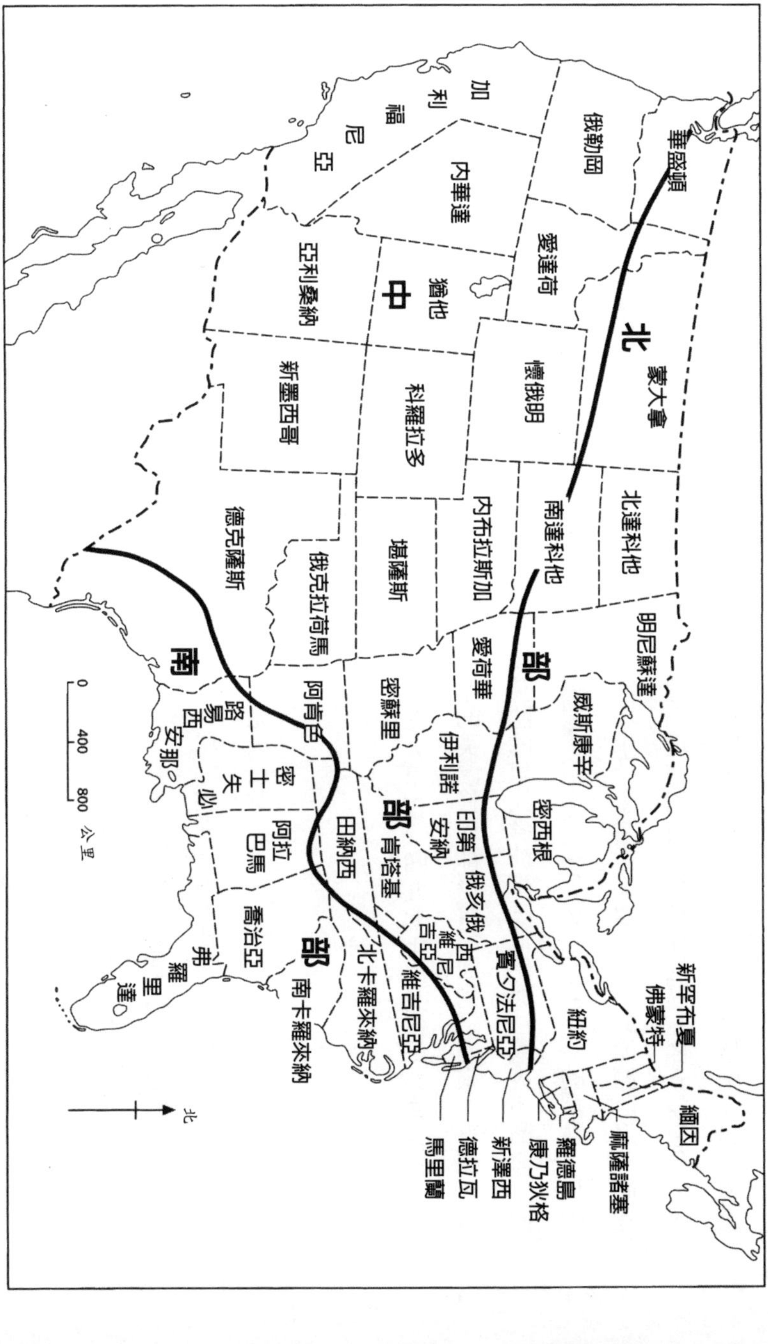

美國主要的方言分布區：北部、中部與南部

六，而在二〇〇〇年的普查中，人口增加到二億一千五百萬人，雖然百分比下滑至百分之八十二，但仍然幾乎是其他國家母語人口的四倍。

有些評論家暗示，英語是維繫美國驚人的多元文化統一的主要因素，是一種凝聚人民的「黏膠」，也是讓他們享有同等機會的媒介[3]。同時，一些少數族群開始關心在獨尊英語的社會中，保存屬於他們自己的語言及文化遺產。對需要「理解」和「識別」的爭執開始滋長，二十世紀的後幾十年充滿了支持英語成為美國官方語言的活動（見第五章）。

加拿大

就在此時，英語的勢力在更北邊也頗有進展。加拿大早在一四九七年卡勃特（John Cabot）抵達紐芬蘭時，首度接觸到英語，但是到大西洋沿岸的英國移民卻沒有發展到這裡來，直到一百年後，才因這裡的農業、漁業、毛皮交易吸引了說英語的殖民者前來，他們與法國人不斷發生衝突。法國人在此發展可溯及至一五二〇年代法國航海家卡提耶（Jacques Cartier）的探險，但因十八世紀時法國在安妮女王戰爭（1702-13）和法國印第安人戰爭（1754-63）的節節敗退，而逐漸宣告結束。在一七五〇年代，數千名法國移民被逐出現在的新斯科細亞地區（Nova Scotia），被來自新英格蘭的移民所取代。之後，有更多直接從英國、愛爾蘭、蘇格蘭（蘇格蘭人對美國產

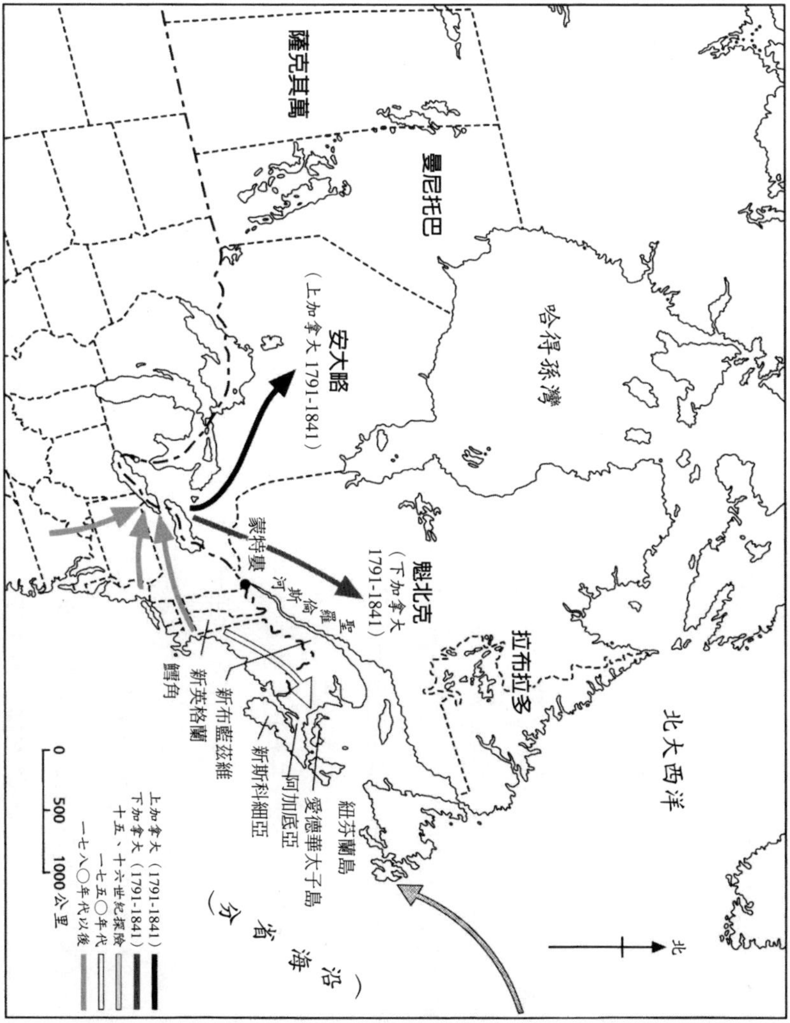

英語在加拿大傳布的移動方向

生興趣，可以從他們將新斯科細亞名為新蘇格蘭可見一斑）來的移民移入。

下一波主要的發展隨著一七七六年美國宣告獨立而來，身為不列顛支持者的英國派人士發現他們無法在新成立的美國立足，絕大多數便前往加拿大，在現今的新斯科細亞定居，後來又搬到新布藍茲維（New Brunswick）並深入內地。隨即有好幾千名被廉價土地所吸引的「後英國派人士」尾隨而至，特別是蒙特婁以北、五大湖北方的「上加拿大」一帶，在五十年內，這個省的人口已達十萬人。在二〇〇一年時，人口估計超過三千一百萬，而其中三分之二的人以英語為母語。

因起源相同，加拿大英語與其餘北美洲的英語人口有很多相同點，住在加拿大以外地區的人，是很難聽出其差異的。許多英國人誤以為加拿大口音為美國口音，而美國人則以為那是英國口音，加拿大人自己倒是挺堅持不屬於英美任一方，顯然地，這個變化的確表現出一些特點。除此之外，主要在魁北克省使用的法語以同是官方語言的姿態出現，導致了一種在其他使用英語的國家所沒有的社會語言情況[4]。

加勒比海地區

在美國移民的早期，英語同樣向南傳布，有一種極具特色的說話方式在前來西印度群島及美國南方大陸的黑人間出現。這是因為輸入非洲黑奴來種植甘蔗園的結果，早在一五一七年西班牙就開始實行了。

自十七世紀早期，從歐洲前來的船艦就已抵達西非海岸，用廉價的產品交換黑奴，而黑奴在野蠻殘暴的情況下被運送到加勒比海諸島及美國沿岸，以換取糖、甜酒、糖蜜等商品，船隻隨即返回英格蘭，完成了「大西洋三角」之旅，然後再周而復始地進行這個過程。頭二十名黑奴是在一六一九年搭乘荷蘭船隻抵達維吉尼亞州，至一七七六年美國獨立戰爭時，黑奴人數已達五十萬，到一八六五年南北戰爭結束、廢止黑奴制度時，人數已成長到四百萬。

奴隸交易商的策略是把不同語言背景的人放置在同一艘船上，使他們很難結黨密謀造反。結果，反倒促使數種洋涇濱溝通形式的發展，特別是黑奴與說英語的水手之間溝通的洋涇濱語，一旦他們到了加勒比海地區，洋涇濱英語繼續扮演黑人與地主之間，以及黑人彼此之間的溝通方式。等到他們的小孩出世，洋涇濱英語便成為他們的母語，也產生那個地區首度出現的黑人特有話語。

這種特殊的英語快速地被美國南方的大農莊、許多海邊城鎮及島嶼所使用。就在同時，因為英國政治影響力的關係，標準英國英語在這個地區變成高貴的象徵。特殊型態的法語、西班牙語、葡萄牙語也在加勒比海及附近地區發展，並與標準英語的變化及洋涇濱英語相互影響，加勒

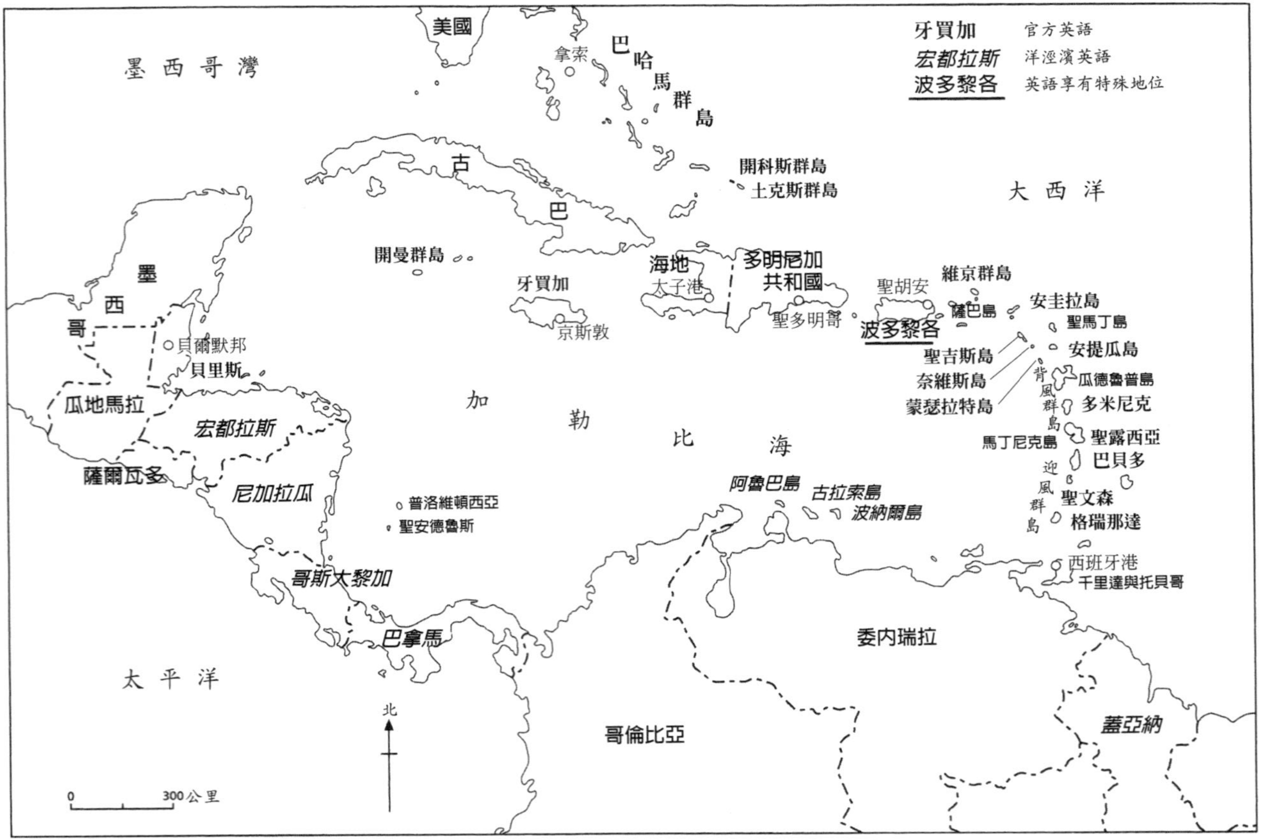

加勒比海群島圖，顯示（一）以標準英語為官方語言的國家；以英語為基礎的洋涇濱英語也在這個地區廣泛被使用。（二）以英語以外的語言為官方語言，但洋涇濱英語也很常用。美式英語在波多黎各的特殊地位則另外注明。

比海群島及鄰近的美國中部及南部地區，因此發展出一種反映其個別政治歷史及文化歷史、極富多樣化的英語[5]。此外，西印度語並不只存在於加勒比海地區，也輸往外地，在加拿大美國及英國都可發現講西印度語的大型社區。

澳洲及紐西蘭

接近十八世紀末，英國持續進行的世界探險行動在南半球建立了英語的勢力。與北半球相比，南半球說英語的人口從來也沒有多過，然而這裡出現的英語變化卻很特出。

一七七〇年，庫克（James Cook）首度造訪澳洲，二十年內，英國就在雪梨建立起第一個囚犯殖民地，解除了英國監獄人滿為患的壓力。自一七八八年「第一艦隊」抵達澳洲後的五十年間，大約有十三萬名受刑人被流放至此。這批所謂的「免費移民」也開始深入澳洲，但在十九世紀中期以前，人數並不多。從那之後，移民潮劇增，一八五〇年澳洲人口約有四十萬人，到了一九〇〇年，已有四百萬人，二〇〇二年時，人口接近一千九百萬人。

不列顛群島提供了主要的移民來源，因此也對語言有主要的影響力。許多罪犯來自倫敦及愛爾蘭（尤其是一七九八年愛爾蘭暴動之後），我們依然可以從今天澳洲人的說話習慣，聽到倫敦話（Cockney）鼻音的特色和愛爾蘭英語土腔的蛛絲馬跡；另一方面，還有一些變化包含了許多

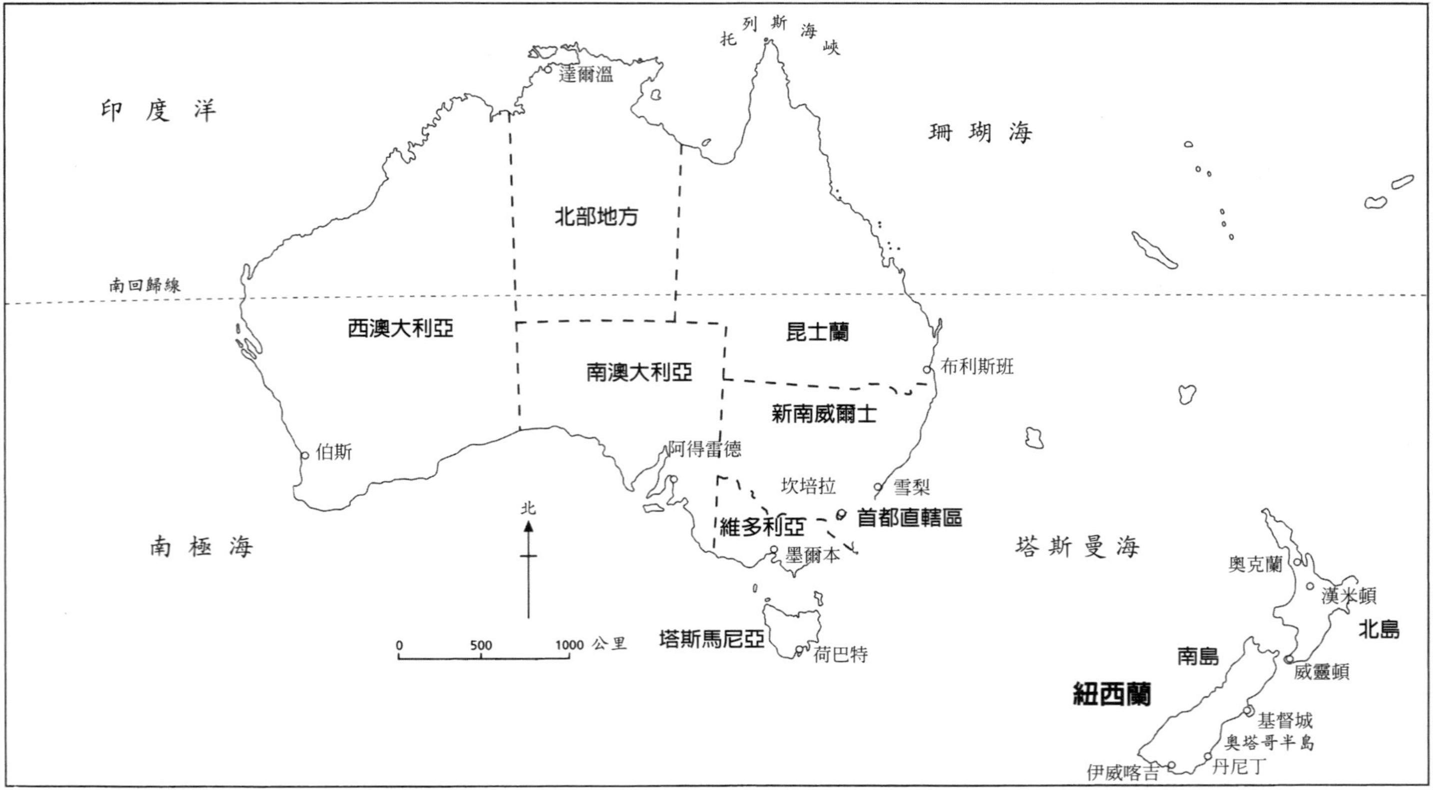

印 度 洋
托 列 斯 海 峽
達爾溫
珊 瑚 海
北部地方
南回歸線
西澳大利亞
昆士蘭
布利斯班
南澳大利亞
新南威爾士
伯斯
阿得雷德
坎培拉
雪梨
北
首都直轄區
維多利亞
南 極 海
塔 斯 曼 海
墨爾本
奧克蘭
漢米頓
0
500
1000 公里
塔斯馬尼亞
荷巴特
北島
南島
威靈頓
紐西蘭
基督城
奧塔哥半島
丹尼丁
伊威喀吉

紐澳地圖

源自澳洲、部分來自原住民土話的表達方式，在最近幾年美式英語的影響愈趨明顯，因此這個國家現在擁有非常混雜的語言特色[6]。

英語在紐西蘭（毛利語稱之為Aotearoa）發展的時間較晚也較慢，發現澳洲的庫克船長在一七六九年到一七七〇年之間，將紐西蘭繪入航海圖上，而歐洲捕鯨人及貿易商則於一七九〇年代開始移民至此，擴展早在澳洲進行的開發。基督教傳教士在大約一八一四年時開始向毛利人（Maori）傳教，然而，來自官方的殖民一直要到一八四〇年毛利酋長和英國之間簽定懷唐伊條約（Treaty of Waitangi）才建立。接著歐洲移民急速增加，從一八四〇年的二千人，到一八五〇年的二萬五千人，一九〇〇年則增至七十五萬人。還不到二十世紀，就有觀光客談論紐西蘭的英語有股「紐西蘭腔」。二〇〇二年的總人口超過三百八十萬人。

紐西蘭社會歷史的三大要素，在本世紀對語言有格外的重要性。第一，與澳洲相較，紐西蘭對英國有更強的歷史關係感，也對英國的價值及法令制度有較高的好感，另外，許多人說話有口音，也很清楚地展現出英國的影響力。第二，逐漸升高的國家認同感，也特別強調紐西蘭與澳洲不同之處，使大家注意兩國不同的口音，並刺激紐西蘭使用特有字彙。第三，最近興起一股對人口占紐西蘭百分之十的毛利人在人權及需求方面的關切，導致紐西蘭在英語中增加使用毛利字彙。

南非

雖然荷蘭殖民者早在一六五二年就抵達角省（Cape），英國卻到一七九五年拿破崙戰爭期間才派遠征軍侵入這個地區。英國在一八〇六年開始管轄，當一八二〇年時五千名英國人獲得角省東邊的土地後，開始認真執行其移民政策。一八二二年，英語被定為該地區的官方語言，試圖使為數眾多說非洲荷語（Afrikaans）的人口英國化。因此英語成為法律、教育及其他公眾生活方面的語言。到了一八四〇及五〇年代，有更多英國移民前來，尤其集中在納塔爾省（Natal）。歐洲人隨著一八七〇年代維瓦特斯藍地區（Witwatersrand）黃金及鑽石的開發，而大量湧入。近五十萬移民在十九世紀結束前二十五年來到南非，而他們大多是說英語的。

這個地區的英語歷史因此保有多種要素，最初在來自不同族群的英國移民間，有相當程度的地區性方言差異，倫敦地區的話在角省很有名，英格蘭中部地區及英國北方的話也於納塔爾重現，自然地發展下去，便出現更具同質性的口音，並且與澳洲口音有不少相似處，因為澳洲也是在同一時期開始有歐洲人來此定居。

就在此時，英語被非洲荷語人口視為第二語言，許多荷蘭殖民地居民也同樣經歷這些語言的變化，他們為脫離英國人統治，於一八三六年時向北「大遷徙」（Great Trek）。黑人所說的非

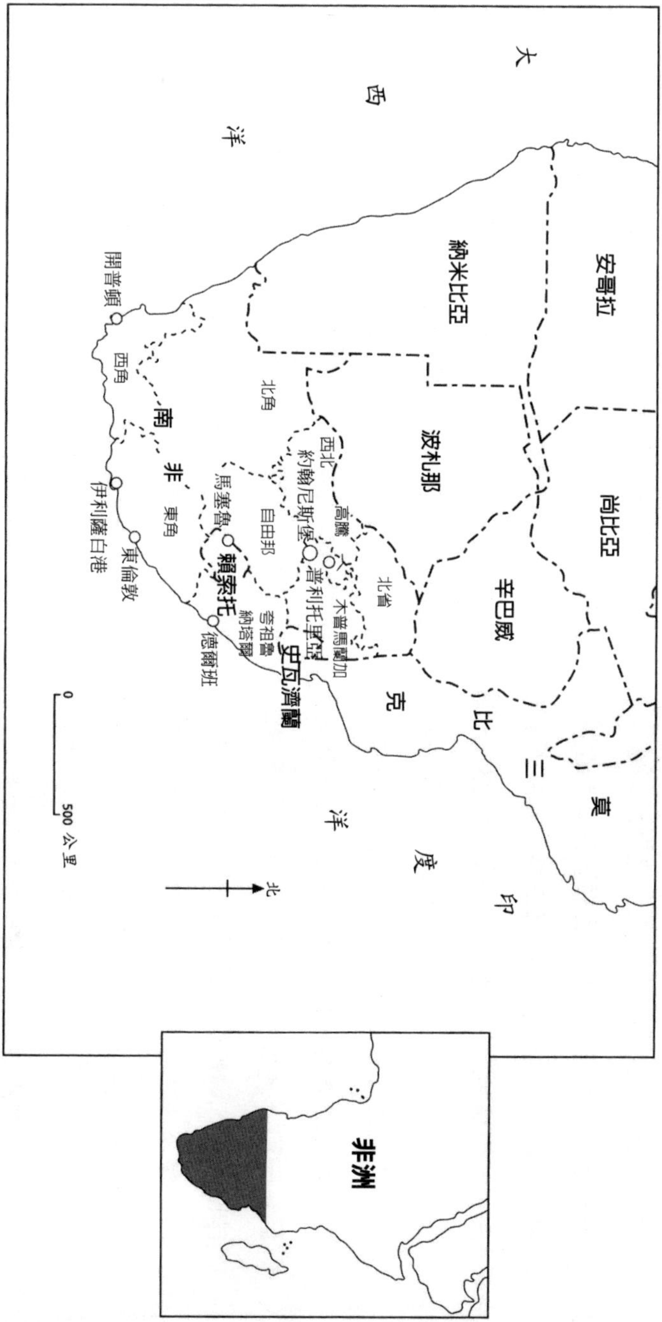
大西洋
納米比亞
安哥拉
波札那
尚比亞
辛巴威
莫三比克
印度洋
南非
開普頓
西角
北角
西北
約翰尼斯堡
高騰
馬塞魯
自由邦
東角
伊利薩白港
東倫敦
賴索托
普利托里亞
北省
木普馬蘭加
夸祖魯納塔爾
德爾班
史瓦濟蘭
0
500 公里
北
非洲

南非及其鄰近國家

洲英語也發展出其變化，因為黑人大多從教會學得英語，也深受來自不同背景的教授者的各種影響，除此之外，英語通常被這些融合各種族背景的人（有色人種）摻雜著非洲荷語及其他語言使用，而這種方式也被約在一八六〇年來的印度移民所採用。

英語在南非一直是少數語言，即使在二〇〇二年，人口近四千三百五十萬的南非，也只有三百七十萬人將英語當成第一語言使用。一九二五年被賦予官方地位的非洲荷語，才是大多數白人的第一語言，而他們多為掌權人士，非洲荷語也成為荷裔南非人身分識別的重要象徵，同時也是大多數有色人種的第一語言。英語只有剩下少數來自英國的白人及百分之七十的黑人使用。因此，近幾十年來，語言派系將南非的社會劃分成不同族群，導致政治上的分裂。非洲荷語被多數黑人認為是「權威」與「鎮壓」的語言；而英語則被白人政府視為是「抗議」及「自決」的語言，而許多黑人認為英語是達到國際發言及聯合其他黑人社會的方法。

另一方面，同時期有關英語的使用狀況，比單純的反對意見更複雜。對白人當權者而言，英語也是國際溝通的重要方式，因此有愈來愈多上進的荷裔南非人懂得雙語，精通與英式英語有類似變化的英語。我們可以從近年來世界各地的電視上，南非政治人物的公開演說中看出他們這方面的能力。由於受到非洲荷語強烈影響，以及近似英式發音的影響，口音依舊存在。這錯綜複雜的狀態無可避免，因為南非的最大問題是社會政治地位議題；而人民面臨反對時，也會奮力維護深厚的民族情感及種族識別。

一九九三年的憲法規定包括英語及非洲荷語在內的十一種語言官方地位，以努力提升南非土著語言的地位，類似這樣雄心勃勃的政策仍陸續出現，但要管理十一種語言卻很困難，英語很可能還是扮演共通語言的角色。黑人族群對語言的狂熱不斷成長。舉例來說，一九九三年一連串對黑人父母的政府調查顯示，壓倒性的多數認為應選擇英語為教育孩童的語言；而英語在一九九四年南非國會的議程上仍占有優勢，百分之八十七的演說是用英語進行[7]。

南亞

以講英語的人數來看，印度次大陸屬世界第三，僅次於美國及英國，這大多歸諸於印度本身對英語堅持特殊地位所致，傳統上認為[8]有百分之三到五的人口固定使用英語，據此估算，一九九九年時大約是三千萬到五千萬人，當時印度總人口超過十億。以某百科全書的結論為例，之後估計的數字大多增加到接近百分之二十[9]，而一些調查認為，如果不那麼要求流暢度的話，百分比應該更高。根據一個有影響力的評論文章，或許有三分之一的印度人可以英語交談[10]，這說明大約有三千萬到超過三億三千萬人可以理解英文，而在【表二】中我以較低的數字——二億人，表具口說能力的人。在這個區域其他地方還有相當多說英語的人，包括印度、孟加拉、巴基斯坦、斯里蘭卡、不丹、尼泊爾這六個國家，人口加起來足足有世界人口的五分之一。在整個次大陸上，英語出現好幾種變化，有時統稱為「南亞英語」。這些變化大概不過二百年之久，但已是英語世界中最富特色的變化。

南亞英語起源於英國人。英國與次大陸第一次常態接觸是在一六〇〇年英國東印度公司成立時，此公司是在伊莉莎白女王一世時，由一群獲得次大陸地區貿易專賣權的倫敦貿易商所組成。一六一二年，他們首先在蘇拉特（Surat）建立第一個貿易站，到了十七世紀末，其他人也觸及馬德拉斯（Madras）、孟買和加爾各答。十八世紀時，英國東印度公司成功擊潰其他歐洲國家（尤其是法國）的競爭；當蒙兀兒帝國（Mughal）的力量式微，該公司的影響力乘機茁壯，一七六五年便接掌了孟加拉的收益管理權。接下來由於一段時期公司員工間的財務失序，一七八四年依印度法案成立了向英國國會負責的控制局；在印軍叛變事件後的一八五八年，英國政府接管了東印度公司。

從一七六五年到一九四七年印度獨立的英國統治期間（Raj），英語逐漸成為整個次大陸行政及教育的媒介，語言問題在十九世紀早期，因殖民官員為教育政策辯論而吸引了特別注意，一個公認的轉捩點是印度總督本廷克（Lord William Bentinck）接受了由麥考萊（Thomas Macaulay）在一八三五年所寫，提議在印度採用英語教育體系的會議記錄，當孟買大學、加爾各

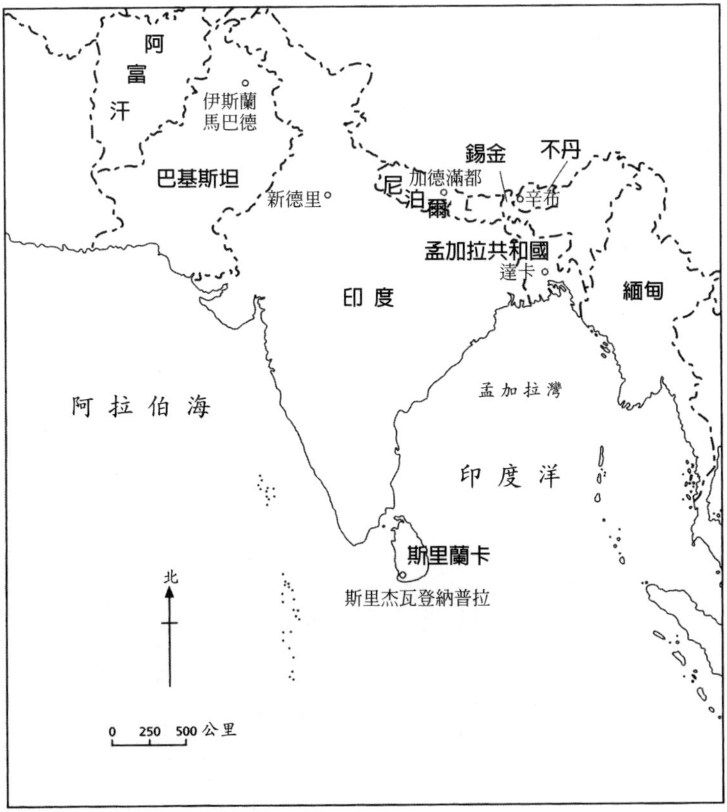
阿富汗
伊斯蘭馬巴德
巴基斯坦
新德里
尼泊爾
加德滿都
錫金
不丹
辛布
孟加拉共和國
達卡
緬甸
印度
阿拉伯海
孟加拉灣
印度洋
斯里蘭卡
斯里杰瓦登納普拉
北
0 250 500 公里

說南亞英語的國家

答大學、馬德拉斯大學在一八五七年成立，英語就成為教學的主要媒介，也保障了英語在二十世紀的逐步成長與地位。

英語、印度語（Hindi）、地方性語言各自支持者之間的激烈衝突，肇始於一九六〇年代的「三語定則」（three language formula）。在這個定則中，英語被提出作為州語言的主要選擇，但一般來講，北部通用印度語，而南部則使用坦米爾語（Tamil）、特魯克語（Telugu）這類地區性語言。所以，現在折衷給予英語「副」官方語言的地位，而印度語則是官方語言。英語同時也是曼尼浦（Manipur）、美加雷雅（Meghalaya）、那加蘭特（Naga-land）、崔普拉（Tripura）四個州，及八個聯邦區域的官方語言。

英語因此在印度社會保有其地位，也在法律體系、政府行政部門、中等及高等教育、軍事、媒體、企業、觀光事業上被延用，成為一股強勁的統一力量。在講德拉威達語（Dravi-dian）的南部地區，普遍偏愛印度語為共同語言；北部地區則全憑各州的運氣，受政策力量支配印度語的使用。英語在巴基斯坦是副官方語言，在其他南亞國家則沒有官方地位，然而，英語仍是整個地區廣為使用的國際溝通媒介。

前殖民非洲

儘管幾世紀之前，歐洲人曾跟非洲國家有貿易往來，但是在十八世紀結束前，只有荷蘭在角省建立永久性的殖民地。然而，到了一九一四年，除賴比瑞亞及衣索匹亞以外，英國、法國、德國、葡萄牙、義大利、比利時的殖民野心終究將非洲大陸劃分為各自的殖民領地。經過兩次世界大戰後，因沒收德國及義大利的領土，這個地區又重新劃分，大部分的非洲國家都依此劃分建國，約在一九六〇年代前後獨立，非洲統一組織（Organization of African Unity）也誓言維護這現存的疆界。

英語在十五世紀末始造訪西非，沒隔多久，我們就在部分海岸殖民地找到使用英語為共同語言的零星參考資料。到了十九世紀初，與日高漲的商業活動及反奴隸交易活動讓英語深入整個西非海岸。這個地區有個特殊之處——在數百種當地語言的競爭之下，數種以英語為基礎的洋涇濱語及特殊語言崛起，並被殖民地官員、傳教士、士兵、貿易商同時變換使用。

英式英語特別在五個國家產生多樣性的發展，而這五個國家如今都授予英語官方地位，也有一股美國勢力伸展到這個地區。

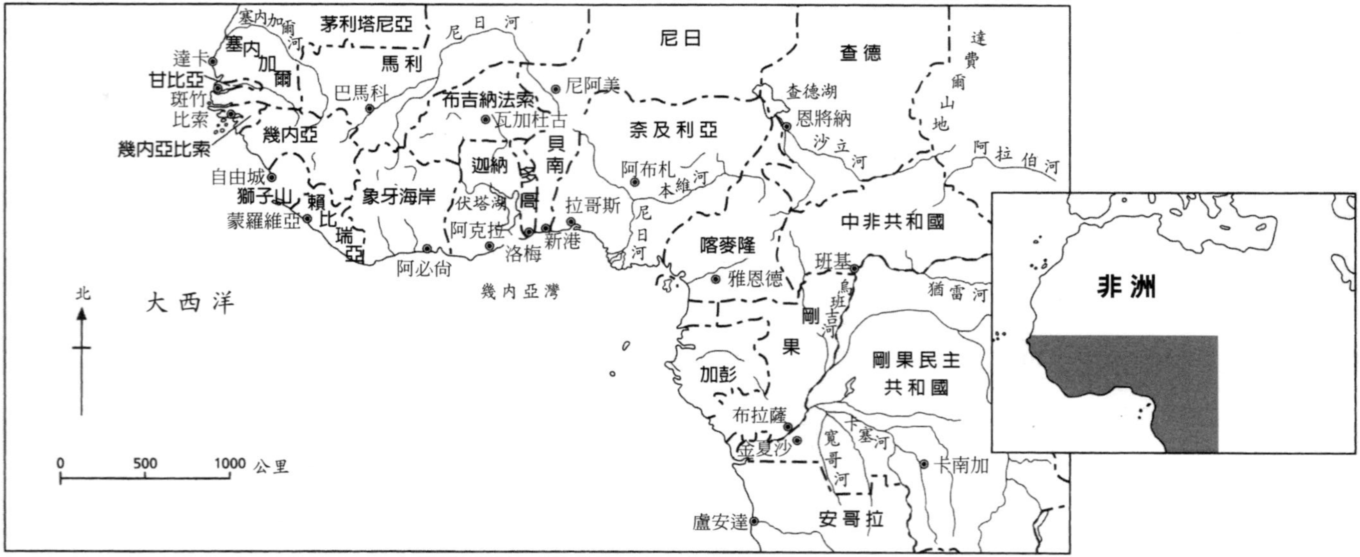
塞內加爾河
塞內加爾
茅利塔尼亞
馬利
尼日河
尼日
查德
達賁爾山地
達卡
甘比亞
斑竹
比索
幾內亞比索
幾內亞
巴馬科
布吉納法索
瓦加杜古
尼阿美
奈及利亞
查德湖
恩將納
沙立河
阿拉伯河
自由城
獅子山
賴比瑞亞
蒙羅維亞
象牙海岸
迦納
多哥
貝南
阿布札
本維河
伏塔湖
阿克拉
洛梅
新港
拉哥斯
尼日河
中非共和國
喀麥隆
阿必尚
幾內亞灣
雅恩德
班基
烏班吉河
猶雷河
大西洋
北
剛果
剛果民主共和國
加彭
布拉薩
金夏沙
寬哥河
卡塞河
卡南加
0
500
1000 公里
盧安達
安哥拉
非洲

西非國家

- **獅子山**：一七八〇年代，英國慈善家買地安置釋放的奴隸，第一批人來自英格蘭、新斯科細亞及牙買加。一八〇八年，這個安置所成為直轄殖民地（Crown Colony），之後被當作反奴隸交易團體的基地，因他們的效力，使得六萬名「二度俘虜」（recaptives）最後被帶到這個國家，他們主要的溝通語言是以英語為基礎的混合語克里歐語（Krio），而且很快地沿著西非海岸傳布開來，內陸則在一八九六年時宣布成為英國的保護地，於一九六一年獨立，到一九九六年時人口成長至四百六十萬人，大多數都會講克里歐語。
- **迦納（前黃金海岸）**：繼一組英國探險隊為保護貿易利益而對抗阿善提族人（Ashanti）成功後，黃金海岸在一八七四年宣布成為英國的直轄殖民地，其現有的疆域是在一九五七年，由殖民地聯盟及附近的英國多哥托管地（Togoland）（第一次世界大戰後委托英國統治）建立。迦納是大英國協中第一個獨立的國家（一九六〇年），人口在二〇〇二年超過一千九百萬人，約有一百五十萬人口將英語當成第二語言。
- **甘比亞**：甘比亞河沿岸的英語貿易可以追溯至十七世紀早期，一八一六年英國在巴得斯特（Bathurst）建立反奴隸活動的基地後，與法國之間發生一段時期的衝突，其首都在一八四三年成為直轄殖民地，而甘比亞在一九六五年成為大英國協中獨立的一員，二〇〇二年的人口超過一百四十萬人，克里歐語在此廣為使用，是共同語言。

・**奈及利亞**：經過一段時期於十九世紀初對內陸地區的探險，英國人於一八六一年在拉哥斯（Lagos）建立殖民地，一九一四年時合併南北方其他領土成為單一國家，並在一九六〇年獨立。二〇〇二年的人口超過一億二千六百萬人，大約一半的人使用洋涇濱英語或英語混合語為第二語言。

・**喀麥隆**：由葡萄牙、西班牙、荷蘭及英國共同開發，一八八四年成為德國的保護地，一九一九年又被英國及法國瓜分。經過一些變化後，這兩個地區在一九七二年合為一個單一國家，法語及英語仍保留為官方語言，造成這個地區有高度多樣化的語言。二〇〇二年的人口有一千六百萬，因此語言的接觸十分興盛，尤以喀麥隆洋涇濱語為最，約有一半的人口說此語。

・**賴比瑞亞**：賴比瑞亞是非洲最古老的共和國，一八二二年透過美國殖民協會的活動而成立，該協會試圖建立曾為奴隸者的祖國。在五十年內總共接收了一萬三千名美國黑人，但大約有六千名黑奴在海上就被再度抓回去了。一八四七年，這個殖民地採用以美國憲法為基礎的憲法，成為共和國，並設法在十九世紀歐洲列強環伺「瓜分非洲」的壓力下維持獨立。賴比瑞亞的人口在二〇〇二年時大約有三百二十萬人，大部分人的第二語言是洋涇濱英語（也是不少人的第一語言），而且與美國黑人英語十分接近。

雖然英國船隻從十六世紀末就已造訪過東非，有計畫的開發卻是到一八五〇年代才跟隨英國探險家柏頓（Richard Burton）、李文斯頓（David Livingstone）、史貝克（John Speke）等人的腳步深入內陸。英屬東非公司（Imperial British East Africa Company）於一八八八年成立，後來當德、法、義等歐洲國家與英國競爭領地控制權時，該公司很快建立了殖民保護地的體系。

現在的五個州都有被英國統治的歷史，所以當一九六〇年代獲得獨立時，便給予英語官方地位；一九八〇年獨立的辛巴威也是如此。英式英語因此對這些州的發展扮演很重要的角色，在政府、法庭、學校、媒體及其他公共領域廣為應用，而且被衣索匹亞、索馬利亞等東非地區採用，作為國際溝通語言。

- **波札那**：自一八八五年就在英國的保護中，該國南部於一八九五年即為開普殖民地（Cape Colony）的一部分，北部為貝專納蘭（Bechuanaland），一九六六年獨立。二〇〇二年人口為一百五十萬，英語為其官方語言。
- **肯亞**：從一九二〇年起就為英國殖民地，一九六三年獨立後開始十年之久的紛擾不安，英語就在那時被定為官方語言，但在一九七四年被斯華西里語所取代。二〇〇二年的肯亞有三千一百萬人，英語還是持續扮演重要的角色。

- **賴索托**：自一八六九年以巴索托蘭（Basutoland）之名為英國保護地，於一九六〇年獨立。二〇〇二年的人口數接近二百二十萬人，英語為其官方語言。
- **馬拉威**：前尼亞薩蘭（Nyasaland），一九〇七年成為英國殖民地，一九六四年獨立，人口在二〇〇二年時有近一千零五十萬人，英語與切瓦語（Chewa）同為官方語言。
- **奈米比亞**：自一八八四年受德國保護，一九二〇年由國際聯盟指定由南非託管，之後被南非併吞，成為西南非（South-West Africa）。一九九六年聯合國認定其直接責任，國家更名為奈米比亞，一九九〇年才完全獨立。二〇〇二年實有一百八十萬人口，英語為其官方語言。
- **坦尚尼亞**：由以前的桑吉巴（Zanzibar）及坦干伊喀（Tanganyika）合併而成，桑吉巴在一八九〇年成為英國保護地，而坦干伊喀則於一九一九年接受英國托管。坦尚尼亞是第一個獲得獨立的東非國家（一九六一年），人口在二〇〇二年已超過三千六百萬，英語到了一九六七年才繼斯華西里語之後成為官方語言，隨後又失去地位，但仍是很重要的溝通媒介。
- **烏干達**：烏干達王國是在一八九三年至一九〇三年間合併為英國保護地的，在一九六二年獨立，二〇〇二年時的人口超過二千四百萬人，英語是唯一的官方語言，但斯華西里語也是廣為通行的共同語言。

衣索比亞高地
衣索比亞
忠來運河
蘇德沼澤
謝貝利河
朱巴河
朱巴
烏干達
猶雷河
圖爾卡納湖
索馬利亞
摩加迪休
肯亞
剛果河
魯文章里峰 5109
埃爾貢山 4321
肯亞峰 5200
坎帕拉
基蘇木
奈洛比
基斯麥猶
剛國民主共和國
盧安達
吉佳利
維多利亞湖
吉力馬札羅山 5895
布松布拉
蒲隆地
阿魯夏
坦尚尼亞
朋巴島
占吉巴島
北
卡南加
坦干伊喀湖
杜篤馬
達萊撒蘭
魯非吉河
印度洋
木威魯湖
馬拉威湖
利卡西
羅彭巴布
馬拉威
魯夫馬河
葛摩
馬約特
莫三比克
尚比亞
里朗威
路沙卡
三比西河
莫三比克
奎托河
三比西河
維多利亞瀑布
利文斯頓
哈拉雷
辛巴威
奧卡凡哥三角洲
布拉瓦約
貝拉
莫三比克海峽
馬達加斯加島
馬卡里卡里鹽湖
波札那
喀拉哈里沙漠
林波波河
圖里亞納
嘉柏隆里
普利托里亞
約翰尼斯堡
馬布多
墨巴本
史瓦濟蘭
南非
瓦爾河
橘河
馬塞魯
賴索托
0 250 500公里
非洲

東非國家

• **尚比亞**：前北羅得西亞（Northern Rhodesia），一開始由英屬南非公司管理，到了一九二四年變成英國保護地，一九六四年獨立，二〇〇二年的人口超過一千一百萬人，英語是官方語言。

• **辛巴威**：前南羅得西亞（Southern Rhodesia），也是由英屬南非公司管理，一九二三年成為英國保護地，因反對由非洲人統治的獨立狀態，白人支配的政府在一九六五年發表片面獨立宣言（Unilateral Declaration of Independence, UDI）。但權力最終還是移轉至占多數人口的黑人，一九八〇年獨立。人口在二〇〇二年時大約有一千一百萬，官方語言也是英語。

這些在東非發展出的英語，與我們在西非聽到的英語截然不同，因為有大批英國移民定居在此，產生了歸化此地或生於非洲的白人階級，包括了醫生、農人、大學教授等，這等事從未發生在較不好客的西非地區。英國模式很早就傳入學校，二十世紀時許多宣教團體前來，更增進人們接觸英式英語。結果造就出多樣化的母語英語，跟奈及利亞或迦納比起來，東非英語與南非或澳洲的英語有更多相同點[11]。

東南亞及南太平洋

南太平洋及南太平洋以西的地區，展現出一種很有趣的美式英語與英式英語的綜合形態。美式英語之所以在此地現身，是因一八九八年美國－西班牙戰爭後，美國接收關島（及位於加勒比海的波多黎各）並統治菲律賓所致。經過一段時期，美國的影響力逐漸增長，夏威夷也在那時被併吞。一九四〇年代，美國在二次世界大戰後，為對聯合國托管的幾個區域負起責任，入主曾受日軍掌控的太平洋諸島。菲律賓在一九四六年獨立，但美式英語的影響仍然很強，而且顯然是東南亞地區說英語的國家中人口最多的（二〇〇二年有八千萬人），對全世界英語人口的總數有很大貢獻。

英國的影響力始自十八世紀末英國水手至南太平洋的航行，最著名的是一七七〇年代庫克船長的旅程；倫敦宣教協會（London Missionary Society）也在五十年後，派遣工作人員至南太平洋諸島。大英殖民帝國在東南亞的發展，以英國東印度公司一位行政長官雷佛斯（Stamford Raffles）的工作為基礎開始擴展，分別於一七八六年、一八一九年、一八二四年在檳榔嶼（Penang）、新加坡、麻六甲建立數個據點。幾個月內，新加坡的人口就超過五千人，同時在一八六七年與馬來聯邦合為直轄殖民地。英語因此在這整個地區被立為行政、法律媒介，也急速在其他領域廣為使用，最明顯的例子是一八四五年英文日報「海峽時報」（*The Straits Times*）的產生。

英語必然地、也急速地在東南亞的英國領地成為有力的語言。香港在一八四二年第一次鴉片戰爭所立的南京條約中割讓給英國；九龍也於一八六〇年成為英國領地；殖民地中面積最廣的新界地區，則是在一八九八年向中國租用九十九年而得。直到十九世紀末，東南亞地區有好幾個領地成為英國的保護領地，其中有些地方的行政權後來被澳洲及紐西蘭接管。近幾十年來獨立而有英語為資產的領土，包含美屬薩摩亞（American Samoa）、帛琉（Palau）、斐濟（Fiji）、吉里巴斯（Kiribati）、馬紹爾群島（Marshall Islands）、密克羅尼西亞聯邦（Federated States of Micronesia）、北馬里亞納群島（North Mariana Islands）、薩摩亞（Samoa）、東加（Tonga）、吐瓦魯（Tuvalu），以及萬那杜（Vanuatu）。

英國教育體系因而被引入這個地區，使得學習者在很小的時候就接觸到標準的英式英語。以英語為教學媒介的第一所學校，一八一六年在現今馬來西亞最大港檳榔嶼設立，其師資一向是由英國來的資深教員擔任。雖然在剛開始時，只有極少數的人上這種學校，到了十九世紀，來自中國及印度的移民潮湧入，人數便大為增加。二十世紀初，透過英語為媒介教學的高等教育也被引進，英語便在東南亞那些接受英語教育的人及因接受英語教育而踏入專業領域的人之間，成為強勢的共同語言。

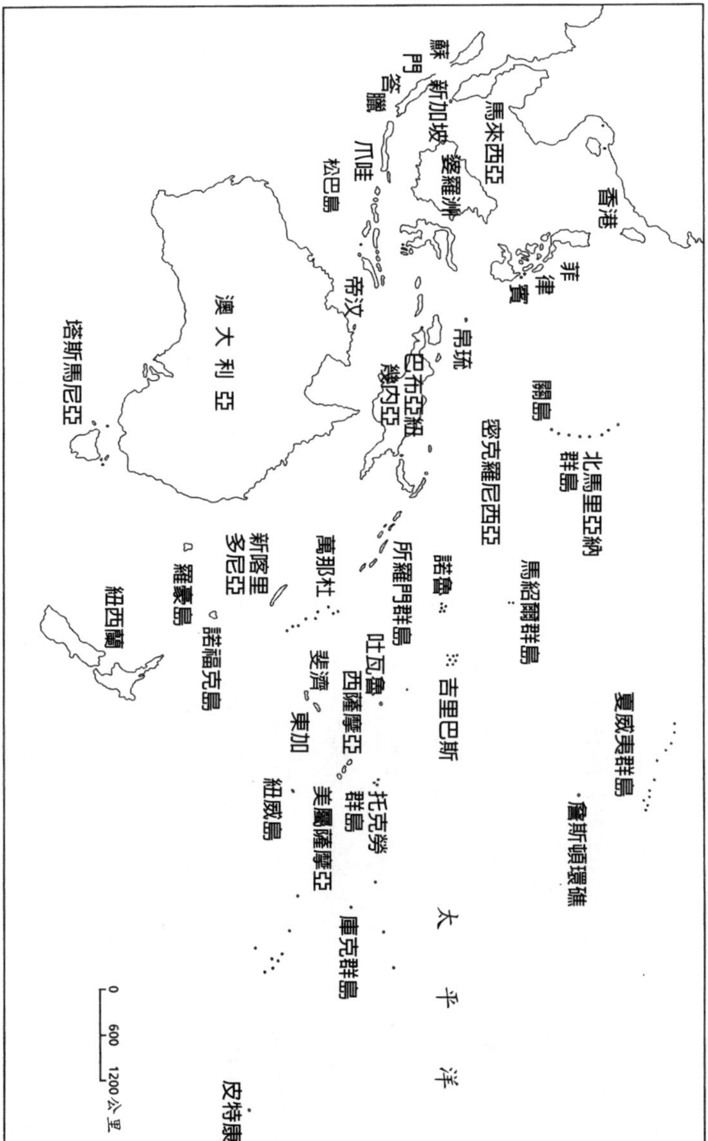

東南亞及南太平洋地區位置

儘管東南亞國家間有共同的殖民歷史，但並未產生「東南亞英語」的變化，恐怕是因新加坡和馬來西亞的政治史（特別是自獨立以來）有很大的分歧所致，而且，香港和巴布亞紐幾內亞的社會語言情況也相當特殊。

- **新加坡**：雙語教育體系在一九五〇年代被引入新加坡，英語與中文、馬來語、坦米爾語同為共通語言。然而，英語仍是政府與法律體系採用的語言，媒體與教育單位也很重視。除此之外，一般大眾說英語的普及度，也有穩定的成長。一九七五年的調查顯示，四十歲以上的人只有百分之二十七懂英語，然而，十五歲至二十幾歲的人卻有超過百分之八十七會說英語；更有證據指出，英語在家中也廣為使用，發展出所謂的「新加坡式英語」（Singlish）。新加坡在二〇〇二年時有大約四百三十萬人[12]。
- **馬來西亞**：一九五七年獨立後，馬來西亞語（Bahasa Malaysia）被定為國家語言，因此使用英語受到限制。雖然馬來語教育與英語皆為必修課程，但英語很快被視為是只具國際溝通價值而不具國內溝通用途的語言；換句話說，英語僅是外語，而不是第二語言。然而，英語的傳統勢力仍然存在，還是有許多說英語的人口。該國在二〇〇二年的人口已超過二千二百萬人。

- **香港**：英語一直在與政府、軍隊行政、法律、企業、媒體有關的少數領域中有限度地使用；在二〇〇二年香港七百萬人口當中，廣東話是百分之九十八以上人口的母語。但是，近年來，英語教育大幅提升，一九九二年預計有超過四分之一的人口能勝任英語。英語與廣東話共享官方地位，廣東話在大部分演講場合較占優勢，但也常交雜著大量的英語。一九九七年香港回歸中國政府後，英語的未來充滿了不確定。
- **巴布亞紐幾內亞**：英國水手早在一七九三年就造訪過此地，一八八四年被英國和德國併吞，一九〇四年時轉交澳洲，更名為巴布亞領土，一九二一年德屬新幾內亞交由澳洲託管，二次世界大戰後兩地合併，並於一九七五年獨立。二〇〇二年的人口近五百萬，約一半的人以托皮金語（Tok Pisin）（一種以英語為基礎的洋涇濱語）為第二語言，也是部分民眾的母語。托皮金語通行全國，並大量出現在廣告、新聞中，或可從電視或收音機中聽到；包括《聖經》及莎士比亞的作品也被翻譯成托皮金語。

世界觀

英語現今的世界地位主要是以下兩種因素綜合的結果：十九世紀末達於鼎盛的英國殖民力量擴展，以及二十世紀美國經濟強權崛起；而美國正是讓英語繼續維持現今世界地位的解答（部分英國人卻因其損失歷史上語言的卓越地位而感不悅）。美國在世界上以英語為母語（包含混合語）的人口中占近百分之七十，這樣的優勢，再加上政治及經濟的支撐，目前讓美國人對英語將來的發展享有主導權。

我們要如何為這複雜的情況做個總結？美國語言學家卡楚（Braj Kachru）曾建議將英語在世界各地傳布的情形用三個同心圓來表示，分別代表各地人民學習英語的方式和目前使用的狀況[13]，雖然並非所有國家都能恰好地用這個模式來區分，但仍不失為一個公認對分類極有助益的方法。

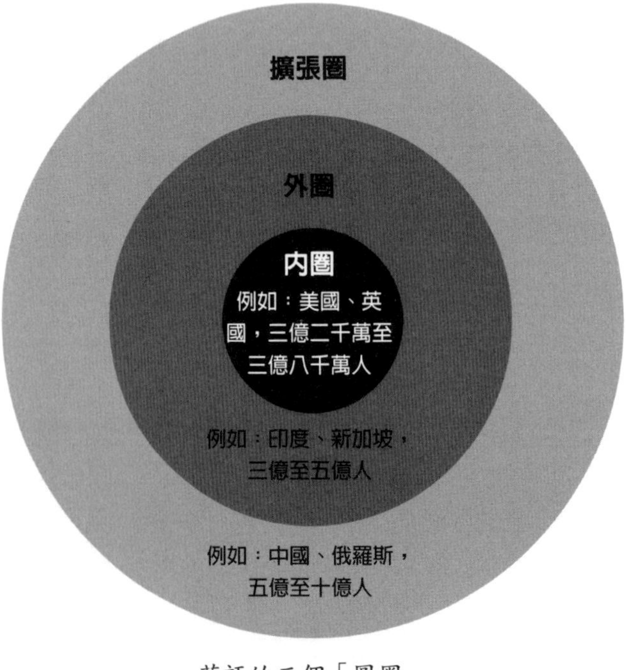

英語的三個「圓圈」

- **內圈**指的是英語的傳統根基，也就是以英語為主要語言的地區，包括美國、英國、愛爾蘭、加拿大、澳洲及紐西蘭。
- **外圈**或**已擴展圈**則指在非本土語言環境下傳布英語，並使之成為該國主要慣用語的早期階段，並在多語環境下扮演重要的第二語言角色。包括新加坡、印度、馬拉威等五十餘國。
- **正在擴張圈**中的國家雖然不曾有被內圈成員殖民統治的歷史，或給予英語特殊的行政地位，卻都認可英語扮演國際語言的重要性，包括了中國、日本、希臘、波蘭等，其他國家也持續逐步增加中。在這些地區，英語被當成外語來教授。「正在擴張」一詞反映八〇年代的源頭，而今實質上英語無所不在，所以在時態上更改為「已擴張」或許較能反映目前的狀況。

大約有七十五個讓英語享有特殊地位的國家，可算入內圈或是外圈中。【表一】為依字母順序排列、預估英語人口的詳表，全國人口總數是依二〇〇二年的估計；L1代表將英語當成第一語言或母語的人數；L2表示除了母語外，將英語當成第二語言學習的人數；若找不到相關數據，L1或L2的人數便是留白的。

【表一】英語領土：與英語有特殊關聯的地區

區域	2001年人口	使用語言	預估人數
美屬薩摩亞群島	67,000	L1	2,000
		L2	65,000
安提瓜和巴爾布達（c）(Antigua & Barbuda)	68,000	L1	66,000
		L2	2,000
阿魯巴（Aruba）	70,000	L1	9,000
		L2	35,000
澳洲	18,792,000	L1	14,987,000
		L2	3,500,000
巴哈馬（c）	298,000	L1	260,000
		L2	28,000
孟加拉	131,270,000	L2	3,500,000
巴貝多（c）	275,000	L1	262,000
		L2	13,000
貝里斯（c）	256,000	L1	190,000
		L2	56,000
百慕達群島	63,000	L1	63,000
波札那（Botswana）	1,586,000	L2	630,000
英屬維京群島（c）	20,800	L1	20,000
汶萊	344,000	L1	10,000
		L2	134,000
喀麥隆（c）	15,900,000	L2	7,700,000
加拿大	31,600,000	L1	20,000,000
		L2	7,000,000
開曼群島（Cayman Islands）	36,000	L1	36,000
庫克群島	21,000	L1	1,000
		L2	3,000
多米尼克（Dominica）	70,000	L1	3,000
		L2	60,000

區域	2001年人口	使用語言	預估人數
斐濟	850,000	L1	6,000
		L2	170,000
甘比亞（c）	1,411,000	L2	40,000
迦納（c）	19,894,000	L2	1,400,000
直布羅陀	31,000	L1	28,000
		L2	2,000
格瑞那達（c）	100,000	L1	100,000
關島	160,000	L1	58,000
		L2	100,000
蓋亞納（c）	700,000	L1	650,000
		L2	30,000
香港	7,210,000	L1	150,000
		L2	2,200,000
印度	1,029,991,000	L1	350,000
		L2	200,000,000
愛爾蘭	3,850,000	L1	3,750,000
		L2	100,000
牙買加（c）	2,665,000	L1	2,600,000
		L2	50,000
肯亞	30,766,000	L2	2,700,000
吉里巴斯（Kiribati）	94,000	L2	23,000
賴索托	2,177,000	L2	500,000
賴比瑞亞（c）	3,226,000	L1	600,000
		L2	2,500,000
馬拉威	10,548,000	L2	540,000
馬來西亞	22,230,000	L1	380,000
		L2	7,000,000
馬爾他	395,000	L1	13,000
		L2	95,000
馬紹爾群島	70,000	L2	60,000

區域	2001年人口	使用語言	預估人數
模里西亞	1,190,000	L1	2,000
		L2	200,000
密克羅尼西亞	135,000	L1	4,000
		L2	60,000
蒙瑟拉特島（Montserrat）（c）	4,000	L1	4,000
納米比亞	1,800,000	L1	14,000
		L2	300,000
諾魯（Nauru）	12,000	L1	900
		L2	10,700
尼泊爾	25,300,000	L2	7,000,000
紐西蘭	3,864,000	L1	3,700,000
		L2	150,000
奈及利亞（c）	126,636,000	L2	60,000,000
北馬里亞納（c）（Northern Marianas）	75,000	L1	5,000
		L2	65,000
巴基斯坦	145,000,000	L2	17,000,000
帛琉	19,000	L1	500
		L2	18,000
巴布亞紐幾內亞（c）	5,000,000	L1	150,000
		L2	3,000,000
菲律賓	83,000,000	L1	20,000
		L2	40,000,000
波多黎各	3,937,000	L1	100,000
		L2	1,840,000
盧安達	7,313,000	L2	20,000
聖吉斯島、奈維斯島（St Kitts & Nevis）（c）	43,000	L1	43,000
聖露西亞	158,000	L1	31,000
		L2	40,000

區域	2001年人口	使用語言	預估人數
聖文森（c）（St Vincent & Grenadines）	116,000	L1	114,000
薩摩亞（Samoa）	180,000	L1	1,000
		L2	93,000
塞席爾	80,000	L1	3,000
		L2	30,000
獅子山（c）	5,427,000	L1	500,000
		L2	4,400,000
新加坡	4,300,000	L1	350,000
		L2	2,000,000
所羅門群島（c）	480,000	L1	10,000
		L2	165,000
南非	43,586,000	L1	3,700,000
		L2	11,000,000
斯里蘭卡	19,400,000	L1	10,000
		L2	1,900,000
蘇利南（c）	434,000	L1	260,000
		L2	150,000
史瓦濟蘭（Swaziland）	1,104,000	L2	50,000
坦尚尼亞	36,232,000	L2	4,000,000
東加	104,000	L2	30,000
千里達&托貝哥（c）（Trinidad & Tobago）	1,170,000	L1	1,145,000
吐瓦魯	11,000	L2	800
烏干達	23,986,000	L2	2,500,000
英國	59,648,000	L1	58,190,000
		L2	1,500,000
英屬島嶼（海峽群島、曼島）	228,000	L1	227,000

區域	2001年人口	使用語言	預估人數
美國	278,059,000	L1	215,424,000
		L2	25,600,000
美屬維京群島	122,000	L1	98,000
		L2	15,000
萬那杜（Vannuatu）（c）	193,000	L1	60,000
		L2	120,000
尙比亞（Zambia）	9,770,000	L1	110,000
		L2	1,800,000
辛巴威（Zimbabwe）	11,365,000	L1	250,000
		L2	5,300,000
其他獨立地區	35,000	L1	20,000
		L2	15,000
總共	2,236,730,800	L1	329,140,800
		L2	430,614,500

「其他獨立地區」包括由澳洲管理的諾福克島、聖誕島（Christmas I.）、可可斯群島（Cocos Is），紐西蘭管理的紐威島（Niue）、托克勞群島（Tokelau），以及英國所管理的安圭拉島（Anguilla）、福克蘭群島、皮特康島（Pitcairn I.）、土克斯和開科斯群島（Turks & Caicos）。

這個詳表包含了各種需要小心推敲、解讀的隱藏性假設，我們必須注意以下幾點：

- 在語言總數上，沒有關於統計資訊的單一來源，所以，我們必須從各種管道取得估計。首先，我使用《聯合國教科文組織統計年鑑》（*UNESCO Statistical Yearbook*, 1995）、《大英百科全書年鑑》（*Encyclopedia Britannica Yearbook*, 1996）、《世界語言》（*Ethnologue: Language of the World*, 1992），以及任何我能找到的人口調查。很遺憾的，少數幾個國家的社會語言研究只有提供預估數字。
- 若無法取得語言的估計，就像用星號標示的那幾個，我便採取間接的方法，依據該國二十五歲以上人口中曾完成中等教育或更高教育的百分比，得出人數。這個假設認為，在語言享有官方地位並在學校教授的國家，可以顯示出熟諳英語的合理人數。
- 「多樣化英語」的概念指的是包括標準英語、洋涇濱英語及混合語，因此表中某些國家的慣用語總數比只考慮標準英語的情況要來得多。例如，在奈及利亞，大約百分之四十的人口將奈及利亞洋涇濱英語當成第二語言使用。這種方式在語言上的解釋是，那些語言的確是**英語的**多樣化面貌（總不能說是法語吧！），而且通常與標準英語及其延續體有關。另一方面，此延續體的最終發展也可能不能與標準英語彼此理解，有人認為我們應將使用標準英語總人數，與使用洋涇濱英語及混合語總人數分開討論，如果採用這種觀點，大約有七百萬L1人口（多為加勒比海地區）及八千萬L2人口（大多來自西非）必須從以下的總英語人口中扣除，表中有此種情形的地區以（c）號表示。

• 謹記「特殊地位」可能代表許多意思也是很重要的，英語有時是一個國家的官方語言或共同官方語言，像印度、愛爾蘭、加拿大的例子，其地位是法律所定義的；有時，可能因歷史因素而成為唯一語言或優勢語言，例如，美國與英國；在肯亞、坦尚尼亞等少數國家，英語雖然在社會上仍扮演重要角色，卻失去了曾經享有的地位；在許多案例中，英語的地位比較不確定，而與其他當地語言以一種社會與時間功能性更替的關係共同存在。但整體而言，英語人口生活在英語呈例行性出現、且有不同程度的公眾接觸、並在最近成為國家識別的一部分的環境裡。

• 最後，我們應該了解，「特殊地位」的觀點完全與歷史、政治因素有關，這也引發語言學者對此表所展現今日世界的圖像，並沒有全然反映出社會語言真實面的爭議，特別是第二語言（L2）與外語的區別，與從前相較，只有較少的相關性。雖然英語在現今一些擴張圈中的國家（例如，斯堪的那維亞、荷蘭）「只是」外語，比起一些傳統上賦予英語特殊地位的外圈國家，卻愈來愈倚重英語的使用；認真說來，將某種語言定為官方語言也許不代表什麼，譬如說，英語在盧安達和蒲隆地的表現可能可以相提並論，但盧安達列於表中，蒲隆地卻沒有，單單只因前者在一九九六年做出讓英語享有特殊地位的政治決定；然而，未來英語的使用結果還在未定之天。同時，我們也不該忘了，還有一些未被列入表中的國家，對英語成為世界通用語言的概念做出更重大的貢獻，遠高於其地理歷史因素所反映的典型（見第三、四章）。

考慮上列總數時，我們不應低估總人口數的意義，那代表著理論上一個國家中例行接觸英語的人數。以二〇〇二年有二十二億三千六百萬人口來說，恰好超過世界人口的三分之一，當然，其中只有少部分人真的精通英語。

總數三億兩千九百萬人的L1，代表了將英語視為第一語言學習的估計人數，如果我們知道每個國家中L1的確實人數，這個總數可能還會增加，特別在西非地區，我們根本不清楚到底將多樣化英語當成第一語言的人數有多少，而且《世界年鑑》（*World Almanac*）和《人種學家》（*Ethnologue*）等部分參考書籍也引用四億五千萬人為現在的總人數。然而，主要的變數在於是否將英語衍生而來的洋涇濱語及混合語列在L1的標題下；如果是的話，則必須在三億二千九百萬人的總數外，再加上八千萬人，也就是一般所引述的，二〇〇〇年初期約為四億人。

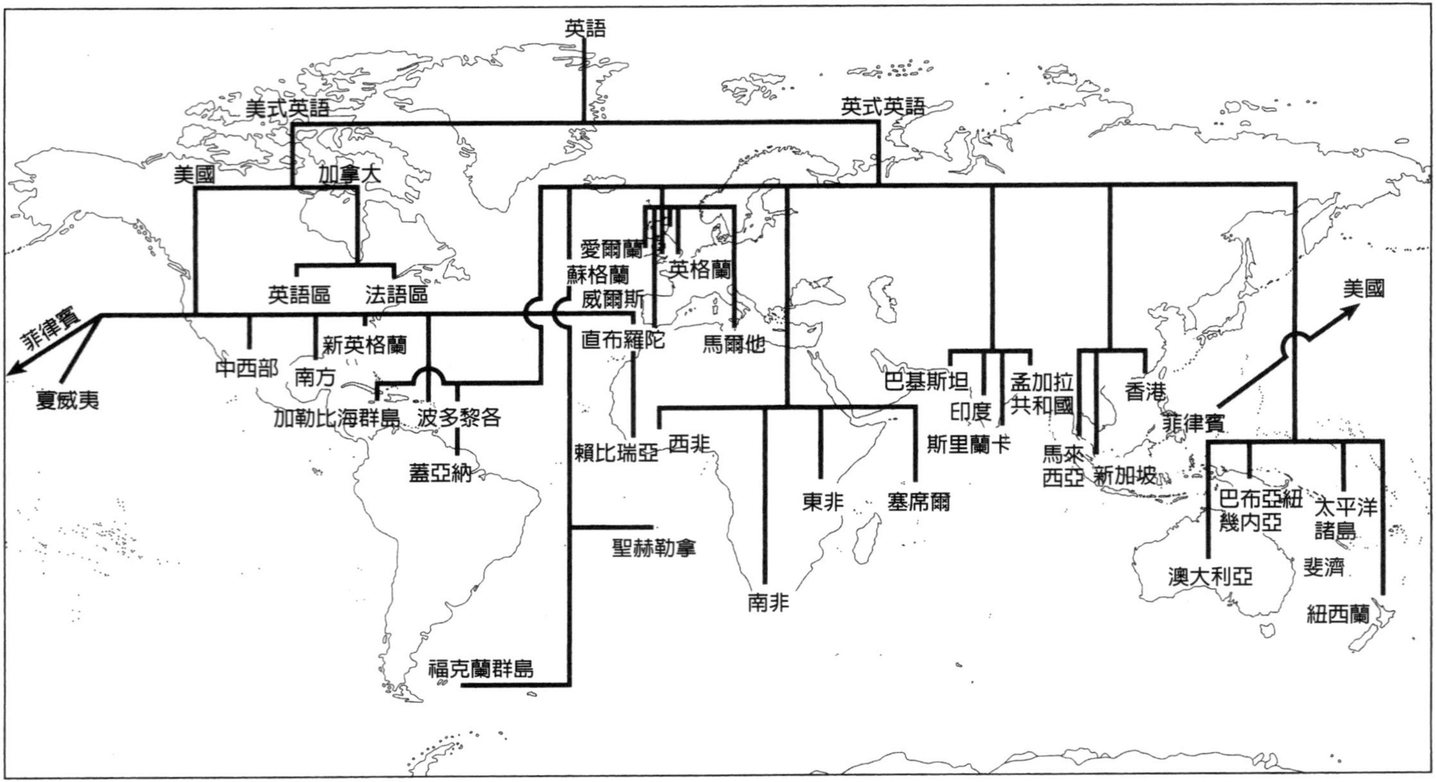

表示英語如何傳布到全世界的語系樹狀圖，顯示美式英語與英式英語這兩大分支的影響力。
（以彼得史垂芬斯〔Peter Strevens〕的模型繪製）

【表二】特定國家的年度人口成長率，一九九六年至二〇〇一年*

	人口數（2001）	年度人口成長率（1996-2001）
澳洲	18,972,000	1.1%
加拿大	31,600,000	0.9%
紐西蘭	3,864,000	0.8%
英國	59,648,000	0.4%
美國	278,059,000	1.2%
平均		0.88%
喀麥隆	15,900,000	2.6%
印度	1,029,991,000	1.7%
馬來西亞	22,229,000	2.5%
奈及利亞	126,636,000	2.8%
菲律賓	82,842,000	2.4%
平均		2.4%

*人口成長資料來自二〇〇二年的《大英百科全書》

總數為四億三千萬人的L2，則代表將英語視為第二語言學習的估計人數，但並沒有表示出其全貌，因為許多國家連個估計人數都無法得知；至於其他國家，最明顯的是二〇〇二年人口總數加起來超過十四億六千二百萬的印度、巴基斯坦、奈及利亞、迦納、馬來西亞、菲律賓及坦尚尼亞，即使懂得相當程度英語的人只有增加很少百分比，也造成L2總數可觀的成長。因此不論洋涇濱語和混合語是否列入，現在L2人口總數都遠高於L1人口總數。

另外，此表中不考慮第三類的英語學習者，即擴張圈中將英語視為外語學習的成員。因為對這類學習者總數的估計差異非常大，而且還有對「英語人口」的定義問題，到底我們能接受怎麼樣的英語程度？如果以近乎本土使用者般的流暢程度，顯然會少得多；但若以初學者程度，則會多很多。英國文化協會有一個廣為流通的估算，比起多數估算來得有依據，它根據上課和參加考試的人數，以及「英語：公元兩千年」（English 2000）計畫所提供的市場情報，指出約有十億人口在學英語[14]。這數據需要小心解釋，因這包含所有的學習者，從初學者到進階學習者。若以一般中級溝通能力為參考數據，可以得到約四分之三的人口數，也就是約有七億五千萬人「以英語為外語」。然而人口數多的國家，也許估算的百分比數相差不遠，但人口數值卻會相差很大。例如，沒有人知道中國人英語的流暢度，也因此無法正確計算。

面對眾多變數，若採保守謹慎的態度，我們用最近估算的平均值[15]，也就是全部為十五億人，其中約七億五千萬是以英語為母語和官方語言，另一半差不多的人數以英語為外語。從數據概括來說，假設全球人口在一九九九年超過六十億，現在約有四分之一的人口能夠以合理能力的英語進行溝通。

在此對於這樣的結論必須下兩個評論。第一，如果有四分之一的全球人口會使用英語，其他四分之三的人則不會。也就是，不需要太深入一個國家的內地，只需遠離觀光點、機場、飯店和餐廳，就會碰到這真實面，民粹派也因此認為英語的全球擴散必然是正確的。第二，語言的重心顯然發生重大轉移。六〇年代時，大多數說英語的人為母語使用者，現在大多數的人則以英語作為官方（第二）語言使用，還有更多人作為外語來使用。如果我們結合後兩群人，英語為母語和非母語的人口比例約為一比三。英語為官方語言的人口數目成長比，約是英語為母語的人數之二點五倍（見表二），而差異持續增加中。葛拉多認為，以英語為母語者在世界人口的比例，從一九五〇年的百分之八，將會在二〇五〇年下降為百分之五[16]。這是國際語言前所未有的情況。數量上成長多寡，還是要看人數眾多的中國、日本、俄羅斯、印尼及巴西等國未來的變化。

還沒有任何語言像英語這般在全球廣布，但是，正如第一章所說的，讓我們印象深刻的不是說英語的「人數」，而是自一九五〇年代開始，英語傳布的「速度」。回想在一九五〇年，英語要成為世界語言，還只是看似合理的推論；然而，五十年過後，卻成了堅不可摧的事實。這五十年間到底發生了什麼事？在語言史上不過是一眨眼的功夫，竟發生如此巨大、本質上的改變？要回答這個問題，我們就得探討現代社會如何使用並依賴英語。

第三章

爲什麼會是英語？

文化基礎篇

「我撰寫英語文法原因相當清楚，」沃利斯（John Wallis）在他所著的《英語文法》（*Grammar of the English Language*）一書的序言中說：「那些外國人想要了解以我們的母語所寫成、各式各樣的作品，而且他們亟需了解。」接著又說：「所有的文學作品皆以英文版的形式廣泛流通；而且不是我在吹牛，目前那些有價值的知識，鮮少不是以英文記錄下來的。[1]」

這是我們在二十世紀常聽到的論調，但是這些誇語並非出自當代的作家，而是沃利斯於一七六五年在英格蘭寫的序稿；況且，那些文字其實是翻譯的版本，沃利斯原來是以拉丁文寫成，因為拉丁文是十八世紀時學界廣為使用的共同語言。但是他能清楚洞悉局勢正在轉變，而且自莎士比亞時代之後，局勢就已經有了極大的轉變。

距沃利斯幾世代之前的泰勒商校（Merchant Taylor's School）校長馬爾凱斯特（Richard Mulcaster），曾是英語的重要支持者。他在一五八二年宣稱：「我愛羅馬，更愛倫敦；我喜歡義大利，但更喜歡英國；我視拉丁語為一種榮耀，但崇拜英語。[2]」然而，馬爾凱斯特生活在一個非常不同的知識潮流中，他深感自己必須去捍衛英語，對抗那些認為英語根本不可能取代拉丁語鞏固地位的人。儘管周遭有許多人視英語為無法表達高尚及複雜思想的「土話」，他還是堅定的表達自己的看法：「不管做了多少修飾，說的多麼直率，我不認為有任何一種語言比英語更能表達所有的論點。」十年之後，莎士比亞證明他是對的。

雖然堅信自己的觀察，馬爾凱斯特仍舊看到了英語在國際化層次中不敵拉丁語的問題。「我們的英語所達有限，」他說到了重點，「它無法觸及本島以外的地方；即使是本島居民也不全然說英語。」沒錯！實際上，當時的大不列顛仍使用塞爾特語，而且只有少數英國人會出國旅行。「我們的國家，」馬爾凱斯特又說：「並未以一個大帝國的統治手段來推展英語。」但不出兩年，羅利帶領的探險隊首度出航到美洲，使情況大概有了基本上的改變。

儘管問題的確存在，但事情並非全如馬爾凱斯特想像的悲觀。丹尼爾（Samuel Daniel）在他於一五九九年創作的詩中寫下：

誰能預知，
我們將把自己語言中的菁華，傳遞到那陌生的彼岸。
我們的光華將會傳送出去，
毫無保留地照耀那些未知的國度。
那些原本粗鄙的草莽國家，
將會以我們固有的口音，重建一個精緻國度。

丹尼爾的臆測真的實現了，但好景並未維續一個世紀。五十年後，當吟遊詩人法列克諾（Richard Flecknoe）回顧他十年間在歐洲、亞洲、非洲及美洲的旅行，發現通曉西班牙語和荷蘭語真的是相當有用，不像英語只有在某些情況才用得著。套句他的話，英語真是只夠「塞縫補洞」。但是到了一七五〇年代，查斯特費爾德（Chesterfield）伯爵可能會這麼寫：「對我們的語言近來快速發展並在全歐洲持續發酵的情景，真是令我感到愉悅。[3]」而哲學家休謨（David Hume）於法語已經被公認為國際外交語言的一七六七年，由英語在美洲的表現已看出它在未來的成功，因而寫道：「所以現在先讓他們為法語的散播吹響號角吧！而我們在美洲將紮實而快速地培養出穩定而持久的優秀英語。[4]」

許多美國人都同意以下這句話：一七八〇年亞當斯（John Adams）在「美國學術大會」（Congress for an American Academy）上的若干提案觀點，頗具說服力。他提到：「英語註定在接下來的幾百年裡，成為比過去的拉丁語或者是現今的法語更為普遍使用的語言。理由顯而易見，因為美洲人口增加，他們和全球所有國家的聯結和通信，將會加強英語在世上的影響力。即使傳播的過程中會遇到許多障礙，仍或多或少會迫使英語被普遍使用。當然，或許有些人認為該對英語的流通加以限制。」後來證明，他果然是未卜先知[5]。

我們可能料想到是英國人和美國人在為自己的語言賣力助陣。事實上他們的觀點時常過於誇大，以致現在聽起來令人不敢恭維。他們宣稱在傳布英語時有「神蹟」顯示，或是說英語的發音及文法結構在本質上特別優秀，這點我在第一章就予以反駁了。因此，當首屈一指的德國語言學家格利姆（Jakob Grimm）於一八五一年發表評論，算是英語發展的一個重要時刻。他說：「所有的現代語言都未具有英語般的強度和力量，」然後總結：「也許應該稱它為世界語言，註定在地球上每個角落裡更廣泛流傳，並支配未來。[6]」

他的觀點時常被引用，在十九世紀英國帝國主義風行之時，類似的言論與日倍增。一九九一年，美國語言學家貝利（Richard W. Bailey）在他關於語言的文化歷史著作《英語的形象》（*Images of English*）中，就擷取了當代作家的評論，揭示一八五〇年代之前這股風氣的轉變。一八二九年一位作家所發表的言論中，有一段話可引用來說明當時的主流意見[7]：

> 對於那些曾經投注精神在這個主題的人而言，假如曾適度關心英語的發展，必定認為英語比現今其他語言，甚至是過去的語言，更有機會普遍被讀、講，這個趨勢是非常明顯的。在德國、俄國，以及斯堪的那維亞半島，英語被視為必需；英語在法國也非常有用，並被納入教育課程；在非洲，英語取代了荷蘭語成為當地溝通的媒介；而澳洲人不僅僅廣泛用英語交談，英語也是澳洲大陸上唯一的歐洲語言，並以驚人的數量印刷在

> 報章、雜誌、評論上；亞洲人則對英語充滿學習的欲望，赫伯主教（Bishop Heber）認為，假使相關機制能夠配合，英語將在五十年內取代印度普公用語（Hindoostanee）成為印度官方和軍中用語；在美國，也有好幾百萬人把英語當成母語說著、寫著、讀著；從來沒有一種語言擁有這麼光明的前景。

事實上，在十九世紀結束之前，就如同我們在第一章所提的，英語已成為「日不落語言」。然後，正如現在一般，某些狂熱者轉而以近乎空想的方法來推測語言的未來發展。到了一八五〇年代，世界上大約有六千萬人口把英語當作母語使用，增加的速度的確相當驚人，許多作家也對英語的前景感到非常興奮。到了十九、二十世紀交替的時候，估計使用英語人數至少確定增加三倍之多；而且在一八七〇年代，有些人預期，經過一個世紀之後，把英語當作母語的人幾乎確定至少會高達十億。這裡是「語言學誌」（*The Phonetic Journal*）的編輯彼德曼（Isaac Pitman）於一八七三年九月十三日那期所發表有關英語未來的論述[8]。據他推測，當代的英語人口已近八千萬人，然後他使用了一套公式來推算各國人口，而達到以下的結論：

> 以下是我們在目前的基礎上，推算出到西元二〇〇〇年，所有重要語言的使用人口數：

義大利語	53,370,000
法語	72,571,000
俄語	130,479,800
德語	157,480,000
西班牙語	505,286,242
英語	
歐洲地區	178,846,153
美國及非歐洲區	1,837,286,153
英國本國	1,658,440,000

如同我們在第二章所見的，這種推論太過籠統，即使對英語母語人口做最樂觀的推斷，到了一九九〇年代也很難超出四億五千萬人。十九世紀末提出假設的作家很快被證實錯估大英帝國會以同樣的速率擴張，英國的工業優勢會繼續保持，而且少數語言人口不會反擊。預測語言的未來發展一直是一件相當危險的事。

但是這些作家主要的論點大致上被證實了，而且假如我們把一九九〇年代視英語為外語的人口或是第二語言的人口都算進去，那麼這些先知的預估應該說是對的。懷特（William White）在一八七二年的「校長」（*Schoolmaster*）週刊[9]中說：「英語是未來的語言。」而彼德曼也以完全相同的話來替他的推測做結論。這是上百個學界相同論點中，很容易引述的兩個例子，我還未發現有人有其他不同的說法。

這些觀察支持了我在第二章對英語在極短時間內周遊世界所提出的歷史因素，但是並未交代其來龍去脈；畢竟，當一種語言來到一個新的國度，並無需得馬上被接受採納，它得先證明本身的價值。有許多新語言最後根本無法取代原來當地住民的語言；事實上，最著名的正是英語在一〇六六年的例子。諾曼人征服英國的兩百年歲月中，英格蘭的語言是英語，而非法語，那也是最早的中古英國文學時期，完全談不上語言競爭。或許，若是占領當地的諾曼人多一點，或是英法兩國的良好政治關係能稍加持續，抑或是自盎格魯薩克遜時代的英語建構不是那麼好，結果可能就大不相同了。最後結合所有的假設，這本書要寫的恐怕就會是「世界法語」了。

所以當英語在十九世紀成為世界語言時，其價值在哪裡？人們如何看待英語？人們如何使用英語？而現今，人們又是如何依賴英語？這些問題的答案提供了語言的社會使用意涵，對有關「為何成為世界英語」的說明，比僅僅是依據語言的地理傳播來得有教育價值（如同我們在第二章所提到的例子）。地理上的歷史調查可以幫助我們知道過去發生哪些事情，但我們亦需要從社會歷史的角度來解釋；唯有從文化面來思索，才能讓我們意識到將來可能會發生些什麼事情。

所以，本章旨在提醒，十九世紀重要的社會歷史發展，成為英語最終成為世界語言的文化基礎。然後，第四章將檢視二十世紀中英語發展的種種文化現象，來解釋英語今天的地位。我們將對一連串單一主題做多層面的探討。由過去兩百年裡主要的社會文化發展，可以讓我們看出英語如何不斷「適時適所」[10]的擴展。沒有任何一種社會文化發展，足以讓英語建立其領導地位，但是所有發展因素集結起來，就使得英語超乎卓越，並持續卓越。

政治發展

大部分二十世紀之前的評論家都可以毫無困難地指陳英語成為世界語言的唯一政治因素，是大英帝國發展及擴張的單純結果。舉例來說，彼德曼在一八七三年為有關英語成為未來語的推論辨證時，做了簡單的觀察：「大英帝國涵蓋了世界上幾乎三分之一的領土，大英帝國子民也將近世界四分之一的人口。」[11]很顯然，英國將文明的影響力傳布到世界各地是一個令人渴求的目標，而英語就是達到此目的的必要工具（同樣的觀點當然也可應用於其他文化，例如法語文化）。

這個強而有力的觀點頗獲認同，因為它除了解釋語言被傳布到許多國家所依恃的堅強力量，

也說明了大英帝國為確保自身新角色所使用的方法。羅素（William Russel）在一八〇一年寫道：[12]

> 假如在亞洲及非洲各地建立許多學校來教育當地人，不但學費全免，而且由英國製造商提供各種對優秀學生的獎勵，這將會是英國人讓當地人普遍接受其商業行為、價值觀，以及宗教信仰所邁開最成功的第一步。這樣一來，便能擄獲當地住民的人心和情感，比起舞刀弄劍，或用加農炮征伐還來的有效；在學生、書本及禮物上花費的一千鎊，將會比花四千鎊培植軍隊、購買子彈和火藥更有收穫。

英國當時驕傲的征服者姿態，在今日看來頗令人討厭，但這足以說明當時的潮流。懷特更毫無保留地述說當英語剛被引進世界的每一個角落時，所能扮演的角色。他在一八七二年對印度眾多語言，做了一些評論：[13]

> 當我們想將加爾各答和孟買、孟買和馬德拉斯之間聯繫起來，或藉由公路、鐵路和電報串連各省分，須歷經很久才能融合印度為一統；而有了英語之後，可算是對印度達到一

統的一項進步的注記。

英語注記了印度的一統。這是我們在整個大英帝國內追蹤英語發展的軌跡時，不斷在世界各地觀察到語言成為國家政治上統一的保證和象徵。這種景象到了二十世紀英國版圖在世界地圖上快速式微時，更進一步被證明依舊持續風行。許多新興的多語獨立國家仍選擇英語作為官方語言，使各個原住民社群能夠彼此溝通，維持住國家的形式，這種情形在非洲尤其明顯。而這種以語言作為政治圖騰的概念，在國家受到少數民族運動威脅時就會浮現出來，我們將在第五章提到有關英語在今日美國的狀況。

從殖民主義來看，對國家語言統一和國際語言統一的渴望是一體兩面的。殖民力量將一個新式、具備統一功效的溝通媒介引進殖民地，同時也造就了殖民地和殖民母國的某種契約關係。以英語為例，因為形成的時間很特別，使得這些契約關係格外重要；契約關係使人能立即接觸殖民文化，這遠比其他促成工業革命的因素都來的重要。

獲取知識的媒介

如同我們在第一章所知，十九世紀初期，英國已是領導世界工業和貿易的先進國家，其人口在一七〇〇年有五百萬人，到了一八〇〇年則增加了超過一倍。十八世紀中，沒有任何國家的經濟成長可以和英國匹敵，達到國民生產毛額每年平均增加百分之二的水準[14]。大部分工業革命期間的新發明皆是源自英國，例如利用燃煤、水、蒸氣來驅動重機器；發展出各式製造業的新原料、技術和設備；新交通工具相繼問世。到了一八〇〇年，主要工業區也發展大規模的紡織業和煤礦業，使得英國被稱為「世界工廠」。許多大家耳熟能詳的名字例如：紐卡曼（Thomas Newcomen）、瓦特（James Watt）、博爾頓（Matthew Boulton）、崔維席克（Richard Trevithick）、史帝文生（George Stephenson）、惠特史東（Charles Wheatstone）、法拉第（Michael Faraday）、德維（Humphry Davy）、戴爾佛德（Thomas Telford），以及貝瑟摩（Henry Bessemer）皆反映了當時英國的成就。

工業革命的成就對語言發展的結果影響深遠。新技術及新科學術語馬上對語言產生衝擊，光是英語詞彙就增加了數萬個。但是最重要的是，新科學技術不停在英語國家被發明出來，也迫使那些非英語國家的人，一旦想要學習那些科學技術來獲利的話，就非得學英語不可。尤其是在法國戰爭（一七九二—一八一五）之後，許多來自各洲、各國的考察團到了英國，外國工人被調派到英國的工廠；而相當多英國人則是到國外教導工業生產方法，謀取更多的利潤。

英國充滿機會的誘惑，吸引了許多發明家從歐洲大陸前來，他們也都能在自己專長的相關領域中出類拔萃。十九世紀初期、中期，到晚期都能找到一些相當著名的例子。在法國出生的土木工程師布魯奈爾（Marc Isambard Brunel），為了躲避法國大革命而逃到美國，最後於一七九九年到英國落腳；西門子（William Siemens）是出生在普魯士的鋼鐵製造商，但於一八四〇年代移居英國；馬哥尼（Gugliemo Marconi）雖生於義大利（他的母親是愛爾蘭人），但他的實驗在那裡卻得不到太多的鼓勵，於是自一八九六年起在英國工作，並申請了他的第一個發明專利。

沒過多久，到了十九世紀末，在美國有了相同的發展，當時英國已經是全球經濟發展最快速的國家了，此風氣也在那些自歐洲工業革命獲得創作靈感和動力的發明家中發酵，並和同時期的歐洲競爭者一較長短，頗負盛名的包括，富蘭克林、愛迪生、摩爾斯（Samuel Morse），和福爾敦（Robert Fulton）等。最後，美國轉而成為吸引歐洲學者前來的國家，例如冰河學家阿加西（Jean-Louis Agassiz）（一八四六年）、化工學家貝克蘭（Leo Baekeland）（一八八九年）。將美國和英國的研究加總起來，說明了一七五〇年到一九〇〇年間，世界上超過半數具有影響力的科學技術發明皆由英文記載、書寫的。若分析一本名為《科學研究室簡明字典》（*Chambers Concise Dictionary of Scientists*）的入門書（此書因致力國際化而備受讚賞），我們會發現從這個時期起，有百分之四十五的人平時就在英語的環境中工作，而且有不少人是和說英語的學者通力合作的。[15]

若不是有廣泛傳遞新知的發展在背後支持，工業革命的本質恐怕就會大不相同。事實上，部分技術本身即是傳遞新知的關鍵，尤其是蒸氣技術改革了印刷方式，高效能輪轉印刷機及條排機的排鑄技術，造就了空前大量的英文印刷品，包含了技術指南、小冊子、參考書、流行期刊、廣告，以及知識學報等。當這些新發明傳到了美洲大陸時，以英文書寫的說明性資料呈現戲劇性的大量增加。

新知識的獲取亦得力於運輸業的進步。在十九世紀的前半葉，蒸氣船和火車等新運輸系統成長快速，開始拉近了人際間的距離。十九世紀後半葉，電報及電話之類的新通信系統，幾乎使相隔兩地的人可以在瞬間溝通。一八一五年時滑鐵盧戰役的消息需要花費四天才會傳到倫敦；而一九一五年，從達達尼爾海加利波利會戰傳出的消息，卻只需一小時就可以到達倫敦。

快速而穩固的新式交通工具不斷增加，重塑了工業革命產品的效能。成批製造的新生產方法，催生出新的大眾運輸工具。就語言來說，日報的大規模流通尤其得依賴鐵路系統，以及日後能承載重型汽車的公路網。新動力資源的問世開啟了另一個世代。德瑞克（Edwin L. Drake）於一八五九年在賓州開鑿第一座油田；到了一八八〇年，洛克斐勒和事業夥伴成立「標準石油」（Standard Oil）公司，掌控了美國超過百分之九十的石油生產精煉。

標準石油公司自然而然地藉由國家龐大的天然資源及快速增加的美國人口，在十九世紀末那幾十年異軍突起；另外一個例子是赫斯特（William Randolph Hearst）的報業帝國；第三個則是資本家摩根（John Pierpont Morgan）所建立起的製造業、銀行及運輸帝國。到了十九世紀要進入二十世紀時，摩根的銀行大樓已經成為世界上最重要的金融機構，並在一次大戰期間幫助協約國金融資助和信用貸款，在戰後歐洲的教育重建上更是出力甚多；十九世紀最後那二十幾年中，唯一可以在經濟及工業實力上和其一較長短的只有德國；但因為它在一九一八年輸掉戰爭，而使得美國獨霸全球金融的態勢更為明朗化。

十九世紀初，我們可以看見國際銀行業快速蓬勃發展，尤其是德國、英國和美國。這些新機構不僅資助製造業的發展，經營國家的社會保險事業，並促進世界貿易及投資的成長。尤其是歐洲那幾個最窮困的國家和遠在邊陲的殖民地，迫切需要吸引外國投資。像是羅思柴爾德（Rothschilds）和摩根公司就因此應運而生，倫敦和紐約也成為世界性投資資本中心。

一九一四年，英國及美國的海外投資超過四兆五千億英鎊，相當於法國海外投資金額的三倍多，而且幾乎是德國的四倍。這種「經濟帝國主義」將語言帶入新的發展空間。「知識的媒介」如今成為「通曉如何立足財經銀行事業的媒介」。假若「賺錢經」的這個詞彙隱喻著任何意思，那可算是代表當時最撼人的高分貝吼叫，而這吼叫正是以英語來吶喊。

一切都是那麼理所當然

英語歷經這個時代迅速擴張並且發生變化，接踵而來的創新發明都拿英語當作主要的或是唯一的使用說明工具。我們很難界定其成因和影響，只能指出，十九世紀末許多進步和發展的發生，大量「難以說明」（unspoken）的意見和想法，皆自然選擇了英語來進行。我們在第四章回顧時，將會看見這股風潮在各個領域展現。

「難以說明」是一個挺重要的詞彙。我們可能找得出當時發生的一些決定性過程，卻很難故意為英語在當時的角色找理由。當第一個廣播電台設立的時候，沒有人會為該不該使用英語作為傳播語言而花時間去討論。當然，有許多爭論是為了該使用**哪種**英語，但將英語列為第一順位的選擇，是完全沒有爭議的。一直到新世紀的來臨，即使有許多其他令人注目的新發展，英語仍保有毫無爭議的地位。

在此狀況下，把英語視為理所當然，就沒有什麼值得訝異了。在原本就以英語殖民的國家內，英語的屹立不搖從未受到質疑，不曾有其他語言與之競爭，在殖民權力的統治中，亦沒有語言認同的危機。因此，英語完全沒有任何威脅。在英國任何一份重要的歷史文件中，完全沒有為英語做特別的陳述，而英語也從未被正式宣布成為國家的官方語言。當美國憲法要起草的時候，也並未就憲法是否該寫成英文來做調解。因為有衝突才需要調解，既然都沒有意見衝突，那就不需有任何調解了。

然而，隨著二十世紀的發展，英語和其他殖民帝國語言的地位不斷成為問題焦點。主要是在說固有語言的地方，人民認為他們的語言應受保護，因為具有支配性的強勢語言威脅到固有語言的生存，像這類的例子，統治當局通常在迫於少數團體代表的強烈壓力下，有時會採取給予弱勢民族的語言某種特別認可的手段來作為保護。這種狀況隨時會發生，尤其是在最近這幾十年。在英語國家中，政府會給予少數族群的語言某種程度的官方地位，例如：英國威爾斯的威爾斯語、愛爾蘭的蓋耳語（Irish Gaelic）、魁北克的法語及紐西蘭的毛利語。在這些不同地區中，每一種保護措施下的語言，也是有必要配合英語的官方語言角色，因此，爭論點在於對語言的認同；在其他將英語視為第二語言的英語外圈國家裡，為了避免無法從彼此競爭的本土語言中選擇其一，通常乾脆將英語定為官方語言，這時，英語被認為是一種「中立」語言，迦納與奈及利亞都是如此。當然，不是所有人都認同英語的中立性，這點在第五章肯亞的例子裡可以看到。但這類官方語言的決定方式，皆基於政治上的權宜。

人們也許會想，像英國、美國這種約百分之九十五的人口都說英語的國家，應該不會有什麼語言問題產生，但即便在人口社會平衡中有點小小的變化，都會帶來一連串語言效應。當社會發生像過去幾百年來的移民大遷徙等重大變革時，發生在語言政策和計畫的潛在影響可以是非常深遠的。待會兒我們將一窺美國最近對英語的相關爭論。

但是，在一九〇〇年，這些爭論是毫無票房的。當時英語已經成為全球政治經濟的強勢語言，而且所有的跡象顯示，英語將繼續獨領風騷，地位無庸置疑，對於將來在美國所扮演的角色也十分清楚。值得注意觀察的是當俾斯麥在一八九八年被記者問及何者為現代歷史的決定性因素時，他回答：「北美洲人說英語的事實。[16]」為了維持英語的地位，需要有一段凝結和擴張語言的時期，這段時期已隨之而來。我們將在下一章中詳加介紹。

第四章

爲什麼會是英語？文化遺產篇

政治上英語的統一，是隨著一九一九年第一次世界大戰結束後的一些政治決定而跨出第一步。國際聯盟（League of Nations）所採行的托管權體系，將前德國在非洲、中東、亞洲，及太平洋的殖民地轉移給戰勝國監管，而英語的影響力在這些地區有極大的成長，這些地區不外乎直接由英國居間斡旋的喀麥隆、巴勒斯坦、坦干伊喀（Tanganyika），以及被其他英語國家掌管，例如，澳洲托管的巴布亞紐幾內亞、紐西蘭托管的薩摩亞群島，以及受南非托管的納米比亞（即前西南非）。

但是，戰後因政治擴張導致語言影響力的成長已經減弱，對英語而言，更重要的是殖民時代的文化遺產和科技革命所造成國際性的接觸。現在，英語在成長中國家逐漸成為形塑二十世紀本土和專業領域人物的溝通媒介。

國際關係

國際聯盟是許多現代國際同盟組織中，第一個在其議事錄中賦予英語特殊地位的。英語乃是其兩種官方語言之一，另一個是法語，所有的文件都要以英語及法語來書寫。國際聯盟是依一九二〇年簽定的凡爾賽和約（Treaty of Versailles）而設立，第一次大會時有四十二個會員國，其中只有少數來自歐洲以外的國家。會員國的擴增，愈發凸顯共同語言的重要性。一九四五年，國際聯盟被聯合國所取代，共同語言的角色變得更具關鍵性。聯合國目前編制下有超過五十個不同的組織、計畫、專門機構、區域性和功能性委員會、常務委員會、專家團體，以及其他組織，英語是這些架構中的官方語言之一。

英語在其他各地主要的國際政治集會中，也扮演著官方角色或執行角色，例如東南亞國協、大英國協、歐盟、歐洲議會及北大西洋公約組織；而且英語也是石油輸出國家組織唯一的官方語言，及歐洲自由貿易協會唯一的執行語言。除了對成員資格有高度限制的團體，如由阿拉伯語或西班牙語國家組成的團體外，都需要定出一種共同語言，而英語正是所有語言中的最佳選擇。然而即使限制會員資格的會議認可英語的價值，還是不會採用英語來進行會議；但是會後對廣大群眾發行的報告及對國際媒體所做的正式聲明，通常還是要使用英文。

以這種方式來使用英語，常常不受重視。根據一九九五至九六年間，國際協會聯盟（Union of International Association）出版的年鑑指出，世上一萬二千五百個國際組織中[1]，大約有三分之一編列他們所使用語言的官方或執行資格，我們依字母順序取前五百個來分析，其中有百分之八十五（即四百二十四個）採用英語為官方語言，遠比其他語言要來得高；其他語言中，只有法語較強，被百分之四十九個組織（二百四十五個）正式採用；另外有三十種語言也零星獲致官方地位，但只有阿拉伯語、西班牙語及德語得到超過百分之十的認可。

最重要的是，上例中單用英語執行事務的國際組織數目有一百六十九個，占三分之一強；在亞洲及太平洋的組織對英語的依賴尤其明顯，大約百分之九十的國際團體進行議程時全部採用英語；許多科學學會也只用英語，例如，非洲科學編輯協會（African Association of Science Editors）、開羅人口統計中心（Cairo Demographic Centre）、波羅的海海洋生物學家協會（Baltic Marine Biologists）也只用英語。相反地，只有少數國際團體（占百分之十三）完全不用英語，其中大多為法國人的組織，主要處理與法語系國家相關的事務。

但是，對英語的依賴一點也不局限於科學領域，一些國際運動組織的工作也只用英語，像是非洲曲棍球聯盟（African Hockey Federation）、亞洲業餘運動員協會（Asian Amateur Athletic Association）、大洋洲國家奧林匹克委員會（the Association of Oceania National Olympic Committees）等，當這些組織要保持其國際競爭，英語便自動成為集會時的共同語言；英語也在很廣泛的議題中成為唯一被使用的官方語言，例如，全非洲人組織（All-African People's Organization）、亞洲建築師區域會議（Architects Regional Council Asia）和亞洲佛教和平會議（the Asian Buddhist Conference for Peace）。

這股趨勢竟也出現在我們普遍期待會有其他語言扮演更具支配性角色的歐洲，若檢視國際協會聯盟年鑑中名稱以「歐洲」（Euro-）開頭的組織，便可看出端倪。一千個樣本中，有四百四十個組織特別注明其官方語言或執行語言，而且幾乎全部（四百三十五個，高達百分之九十九）都指定英語為官方語言；法語有百分之六十三的使用率（二百七十八個）；德語則是百分之四十（一百七十六個）；所以，英語、法語和德語為歐洲最通行的語言組合。

在歐洲，只說英語的組織也是不可思議的普遍，尤其在科學方面，歐洲麻醉學學會（European Academy of Anaesthesiology）、歐洲顏面外科學會（European Academy of Facial Surgery）、歐洲癌症研究協會（European Association of Cancer Research），和歐洲魚類病理學協會（European Association of Fish Pathology）開會時只用英語；其他領域的團體還有歐洲航空法協會（European Air Law Association）、歐洲橋樑聯盟（European Bridge League）、歐洲製鋁協會（European Aluminium Association）；只有歐洲香水零售業聯盟（European Federation of Perfumery Retailers）未將英語作為官方使用。

另外有些團體卻不是這樣單純地使用英語，例如，亞非鄉村重建組織（Afro-Asian Rural Reconstruction Organization）有英語、阿拉伯語、法語三種官方語言，但執行上，卻只採用英語。聯合歐盟國家分類廣告出版商的歐洲分類廣告總輯（Europage），雖將荷語、英語、法語、德語、義大利語及西班牙語同列為官方語言，但書信往來上還是只用英語。

最主要的印象就是不論是世界上哪個國家設立的組織，英語總是主要的輔助語言，例如，安地斯山法學家委員會（Andean Commission of Jurists）認可西班牙語和英語；德國解剖協會（Anatomische Gesellschaft）則承認德語及英語、阿拉伯航空運輸業協會（Arab Air Carriers Association）認可阿拉伯語和英語。

而英語在很多會員國參與會議並都有權使用自己的語言時，又遭逢另一種角色的變化。歐盟正是這類複雜的個案，一九九六年時有十五個會員國的歐盟，出現了一百一十種語言配對需要翻譯服務的情況，例如，法語譯成英語、法語譯成德語、法語譯成芬蘭語等。要找到各種語言配對的翻譯專家，或是要為所有場合提供最大範圍的涵蓋，根本是不可能的，所以他們盡力找出可供替換的程序，而不是要求某些國家放棄其官方地位。當有更多國家加入歐盟後，情況更嚴重，最終會需要一個全面、徹底的檢查（二〇〇二年時還有十二個申請國的語言未解決）。

使用「接替」（relay）系統是一解決之道，譬如說，若找不到芬蘭語翻希臘語的譯者，英語便成為居間的語言，有時也稱作「國際語」（interlingua）。執行的方式由一個人將芬蘭語的演說譯成英語，另一個人再由英語譯為希臘語。雖然任何語言都可以擔任國際語，但英語似乎是最常扮演這種角色的。根據歐洲弱勢語言局（European Bureau of Lesser Used Languages）的統計，一九九五年有百分之四十二的歐盟公民聲稱能以英語交談，遠高於德語的百分之三十一及法語的百分之二十九。二〇〇二年時高達百分之四十七[2]。

儘管國際政治在數種層面下、以多種不同的方式運作，卻不能阻絕英語為人所使用，一項政治聲明可能以對政府公使的正式詢問、大使館外平和的遊說、街頭暴動，甚至炸彈等形式呈現，但當電視攝影機向全球觀眾展現事件的經過時，我們可以看到英語訊息經常顯著地出現在布告和大標題中，而成為該事件的一部分。不論抗議者的母語為何，他們知道如果用英語表達，會使他們的目標獲致最大的效果。最有名的例子發生在數年前的印度，支持印度語並反對英語的遊行在世界各地的電視上出現，當大多數的標語用印度語寫成，而其中一位聰明的遊行者卻扛著一個用英文寫成、極引人注目的標語：「去死吧！英語！」（Death to English），反而讓他所屬團體的意見能傳達到全世界，這是其他語言所做不到的。

媒體

近日來，所有對政治上的考量都必然會考慮到媒體的角色。的確，如果一九九六年出版的小說《原色》（*Primary Color*）的匿名作者所言可信的話，成功接觸媒體就是政治成就的保證，許多競選活動工作人員的時間都致力於確保媒體效應的發生，書中第三百三十頁提到，州長的副官柏頓（Henry Burton）有些感歎地說明選舉活動是如何走岔的[3]：

週日各早報都談到皮克（Freddie Picker）由賓州州長背書，並受大部分賓州國會議員委任的消息，我當它是個公民的權力，沒有絲毫痛苦。過去好幾天、甚至好幾個月以來，我的生活曾因隱藏在「華盛頓郵報」（*The Washington Post*）一節新聞中，一個枝微末節般的徵兆而上下起伏，但如今，這個爭戰對我而言已經結束了。

在這本小說中，媒體是每個人生活的重心，包括報紙、廣播、廣告，尤其是電視。即便是「一個枝微末節般的徵兆」也相當重要。

報紙

英語自過去四百年來一直是報紙的重要媒介，早在一六一〇年代，幾個歐洲國家就已出版了初具雛型的報紙，但是因新聞檢查、稅賦、戰爭及其他限制阻礙了其成長[4]；雖然十七世紀末以前的新聞檢查時期，也大大地限制了報紙的內容，但在英國的報紙就有較大的進展。「新聞週刊」（*Weekly News*）從一六二二年起不定期出刊；「倫敦公報」（*London Gazette*）則是一六六六年；「羅意德報」（*Lloyd's News*）從一六九六年起不僅提供一般新聞也有船務消息。美國報業的發展得稍晚，「波士頓新聞報」（*Boston News-Letter*）始於一七〇四年；《紐約報》（*The*

New-York Gazette）是一七二五年；紐約市的「每日廣告」（*Daily Advertiser*）則是從一七八五年開始。十八世紀初的英國，我們見到「閒談報」（*The Tatler*）（一七〇九年）的興起與「旁觀者報」（*The Spectator*）（一七一一年）的衰落；到了十八世紀末，「泰晤士報」（*The Times*）（一七八八年）和「觀察者報」（*The Observer*）（一七九一年）也相繼出現了。

十九世紀是進步最為明顯的時期，這都要感謝新印刷術、大量生產及運輸方式的引進，讓我們得以見到真正獨立報紙的發展（主要在美國），一八五〇年的美國擁有大約四百種日報，到了二十世紀初，竟增加到近二千種。二十世紀前幾十年的歐洲大陸仍有新聞檢查及其他限制存在，但是，這意味著使用英語之外語言的一般報刊，發展得較緩慢。

「紐約前鋒報」（*New York Herald*）和「紐約論壇報」（*New York Tribune*）分別於一八三三年及一八四一年創造出極大的發行量，激情主義更促使發行規模增大，造成報業王國的興起。在英國，稅賦限制了十九世紀上半葉報紙的成長，但「泰晤士報」在這段期間卻不斷有高水平的成長。一八五五年廢止印花稅後，促使了大量出版品問世。到了十九世紀末，大眾化報章雜誌以「每日郵件報」（*The Daily Mail*）（一八九六年）的形式，加入美國報業的行列。從那時起，世界各地的書報攤上，就沒有任何視覺效果，能比英文書寫更有力地呈現新聞的大標題。

英語在一般報紙的高度使用，因新式新聞搜集技術的精進而增強。十九世紀中葉，特別是隨著電報發明以後，多數通訊社都有成長。路透男爵（Paul Julius Reuter）在亞琛（Aachen）開設辦公室，隨即遷至倫敦，於一八五一年正式展開路透社的通訊事業。到了一八七〇年，路透社比其他歐陸同業取得更多區域性的新聞壟斷。由於一八五六年紐約美聯社（即後來的美聯社）的興起，大多數經全世界電報線路傳輸的資訊，都是英文的。

報紙不僅是國際媒體，還扮演了本土社會識別的重要角色，大部分報紙都是用本土語言在出版地流通，因此，僅僅從報紙印量和發行量的統計數字來獲取英語力量的印證是不可能的。根據《大英百科全書》所編纂的資料顯示，二〇〇二年，世上約百分之五十七的報紙在英語享有特殊地位的國家出版，因此，認為這些報紙大多數是以英文書寫的，也是很合理的假設[5]。

更重要的是個別報紙影響力的世界性預估（雖然比較主觀），其中，依據一九七七年的《排行表》（*Book of Lists*）[6]，包括，「紐約時報」、「華盛頓郵報」、「華爾街日報」（*The Wall Street Journal*），以及英國的「泰晤士報」和「週日郵報」（*The Sunday Times*）這前五大報都是英語報。最重要的是，像「國際前鋒論壇」（*International Herald-Tribune*）、「美國週刊」（*US Weekly*）、「國際衛報」（*International Guardian*）這些英語報根本打算直搗全球讀者。

有關期刊、雜誌、小冊子、文摘及其他短期刊物的出版也很類似報紙的情形，這方面我所能得到的資訊更為稀少，世上只有半數國家提供相關的比較列表。但是似乎全世界有四分之一的期刊是在英語國家出版的，這個數字當然包含了文學評論、嗜好雜誌、漫畫書、歌迷雜誌、情色文學、技術評論、學術期刊等出版品。

當我們把焦點集中在個人形式上，這個數字就有很大的變化。就像在世上任何一所大學的圖書館中所見，絕大部分擁有國際讀者群的學術期刊都是英文的，根據《語言學摘要》（*Linguistics Abstracts*）對世界各地大約一百六十種語言學期刊所做的檢視發現，有近百分之七十的期刊全部以英文書寫；若是物理學期刊，這個數字會高達百分之八十；相反的，以青少年為目標讀者的漫畫書和歌迷雜誌等這類刊物，通常都是以本土語言寫的。

廣告

近十九世紀末，數項社會及經濟因素的結合，導致出版品廣告使用量大幅增長。尤其是較工業化的國家，大量生產增加了貨品的流通，卻也促使競爭加劇[7]；消費者購買力開始成長，新式印刷技術也提供了各種可能的新視覺呈現。美國的出版商發覺，廣告收入讓他們得以降低雜誌售價，因而促使發行量大增。一八九三年，「媚克麗兒雜誌」（*McClure's Magazine*）、「柯夢波丹」、「夢希雜誌」（*Munsey's Magazine*）都採行此策略，幾年內這種「十分錢雜誌」的營業額增至三倍。不久，超過一半頁數都是廣告頁的雜誌已經變成一個標準格式，二十世紀一開始又逐漸改為彩色頁，最後導致今日包羅萬象的光面雜誌和報紙附件（supplement）的產生。有三分之二的報紙，尤其是美國報紙，致力於刊登廣告。

英語在廣告中出現的時間非常早，自週報開始刊載有關書籍、藥品、茶葉及其他本地產品時就有了。廣告附件首先於一六六六年的「倫敦公報」上出現，僅僅一百年，廣告在數量及風格上皆有大幅成長，因此招來強生博士（Dr. Johnson）譏評「華麗的諾言與雄辯，時而壯烈，時而悲慘」[8]。十九世紀，廣告標語變成媒介的一個特色，就連著名的商標名稱也是。「登廣告很有用」這句話本身在一九二〇年代成為美式標語，許多現在家喻戶曉的品牌名稱就是在那時得到特別的拉抬，例如，福特（Ford）、可口可樂（Coca Cola）、柯達（Kodak）、家樂氏（Kellogg）等。

產品傳達給受眾的簡潔標語，即使連快速經過各種新式交通工具的人都注意到，媒體也因而獲益。海報、廣告牌、電子陳列、商店招牌及其他技術成為我們日常生活的一部分，隨著國際市場擴展，戶外廣告也遍及全球，而且戶外廣告在幾乎所有城鎮的醒目表現，是現在使用英語的情況最明顯的全球性揭示之一。英語廣告在沒有賦予英語特殊地位的國家中並不是最多的，但總是最醒目的。

以上，就是維續美式英語產品的方式。一九五〇年代，美國廣告收入占國民收入毛額的比例遠高於其他國家。舉例來說，一九五三年，美國廣告收入占百分之二．六；英國則是百分之一．五。光是一九五〇年，美國就投注了六十億美元在廣告上，更別說廣告主見識到電視廣告潛力後增加擲入的資金了。其他語言也開始嘗到廣告效果，在義大利，一個依「可口可樂」（Coca Cola）和「殖民」（colonize）組合起來的簡單動詞「cocacolonizzare」，為廣告時代作了最完整的詮釋。

廣告的影響在歐洲較不明顯，因為那裡的電視廣告有更嚴格的控制，一旦商業頻道開始發展，便展開一段充斥美國經驗與影響力的急起直追期。多數廣告代理商都是美商，到了一九七二年，全世界前三十大廣告代理商只有三分之一不在美國（兩個在日本，一個在英國）。像歐洲廣告代理商協會（European Association of Advertising Agencies）之類的國際廣告團體，仍是以英語為官方語言。

廣播電視

美國和英國的物理實驗研究人員花了好幾十年的時間，才首次成功地不經電纜，對空中發送廣播電訊訊號（所以有無線電報之稱）[9]。馬可尼（Marconi）系統在一八九五年建立，負載著電報碼的訊號可以傳送一英哩遠。六年後，馬可尼系統傳送的訊號已可以橫越大西洋；到一九一八年，已可觸及澳洲。當物理學家費森登（Reginald A. Fessenden）於一九〇六年的聖誕夜，從美國麻州的布蘭特岩（Brant Rock）向大西洋船隻播放音樂詩及簡短談話時，英語便成為第一種經廣播傳輸的語言。

就在馬可尼首度傳輸後的二十五年間，大眾廣播就實現了。第一個商業廣播電台是位於賓州匹茲堡的KDKA電台，第一個節目在一九二〇年十一月開播，報導有關哈定（Harding）與寇克斯（Cox）角逐總統大選的結果；一九二二年，美國有超過五百家請領執照的廣播電台；到了一九九五年，商業性調幅及調頻電台總數更高達五千家。正如日後的電視台一般，廣告盈收最終成為最大的收入來源。

在英國，實驗性質的廣播早在一九一九年就嘗試過了，而且英國廣播公司（British Broadcasting Company）（後來改為British Broadcasting Corporation, BBC）也在一九二二年成立。它是一個獨占事業，在一九五四年「獨立電視台」（Independent Television Authority）創建之前，沒有任何一家公司獲准成立。與美國相較，英國廣播公司的收入並不是來自廣告，而是出自廣播設備和公眾執照體系的權利金，而後者也是日後唯一的收入來源。英國廣播公司第一位總監芮斯（John Reith）發展出一個富告知、教育、娛樂功能的公眾服務廣播的觀念，也證實對海外有很大的影響力。

一九二〇年代早期，加拿大、澳洲、紐西蘭的英語廣播開始發展；到了一九二七年，印度廣播公司在孟買、加爾各答都設有廣播站；大多數歐洲國家也在同一時期開始廣播服務。廣播服務愈發增多，愈顯出簽定國際協定（例如，波長的使用）的迫切需要。現今存在的幾個組織，例如，國際電訊聯盟（International Telecommunications Union）早在一八六五年即創立，以處理電報收發過程產生的問題。

還有幾個像大英國協廣播協會（Commonwealth Broadcasting Association）、歐洲廣播聯盟（European Broadcasting Union）等重要的區域性組織，和一些文化教育組織，例如，位於倫敦的國際廣播機構（International Broadcast Institute）。我們發現這些組織對以英語為共同語言的依賴不斷升高，與我們在國際政治上的發現相當類似，譬如說，亞太廣播聯盟（Asia-Pacific Broadcasting Union）即以英語為唯一的官方語言。

類似戲劇性的擴張，隨後也影響了公眾電視。世界第一個高解晰度服務，由英國廣播公司自一九三六年於倫敦開始提供。美國國家廣播公司自一九三九年起才開始定期提供服務，不出一年，美國竟已有超過二十家電視台在運作，之後雖然因受限於第二次世界大戰而有點遲滯，但是，到了一九九五年時電視台總數已高達一千五百家。一九五一年時美國擁有一千萬台電視機，一九九〇年時這個數字卻已接近二億。英國也有相當比例的成長，一九五〇年之前已發出三十萬張電視執照；其他國家邁入電視紀元的腳步就慢多了，而且也沒有達到美國那般的水平。二〇〇二年，平均起來，美國幾乎已經一人一機[10]，而且每人每年花在看電視的時間將近一千個小時。

我們只能猜測這些媒體的發展對英語的成長造成的影響。只要不經意掃一下收音機接受器的波長，就可以看出沒有一種語言可以宰制無線電廣播，也沒有任何對全世界英語節目所占的時間比例做過的統計，而人們花在收聽英語節目上的時間到底有多少，更毫無所悉。只有少數間接的跡象存在：例如，一九九四年，全世界大約有百分之四十五的無線電接收器位處英語享有特殊地位的國家；然而，這個數據實際上所能表達的不過是一般人對英語曝光度的猜測。

另一個比較精確的跡象，出現在其他國家中針對特定閱聽眾的廣播中。這類節目在一九二〇年代問世，但是英國直到一九三〇年代才開始發展這項服務。英國國家廣播公司的節目（尤其是新聞廣播方面）所享有的國際地位，在第二次世界大戰期間，因激勵了居住在德軍占領區的人民士氣，而達到最高峰。英國國家廣播公司在一九三二年開創「世界服務」（World Service）——即所謂的「帝國服務」（Empire Service），雖然在最近幾年大大地減少節目量，二〇〇一年時，仍維持每週播放一千個小時的節目，服務全世界超過一百二十個首都的一億五千三百萬名受眾，以及約四千二百萬名英語聽眾[11]。英國國家廣播公司的英語廣播（English Radio）每週製作超過一百小時的雙語及純英語節目；由公家成立的無線電廣播聯盟——倫敦無線電廣播服務，則向世界上超過一萬家廣播電台提供以英文為主的每日國際新聞服務。

雖然後來的發展演變成美國急速取代英國，成為英語服務的主要提供者。美國資訊署（US Information Agency）的外部廣播服務——美國之聲（The Voice of America）在一九四二年前根本還沒成立，到了冷戰時期便躍然上場。一九八〇年代前，美國之聲用英語及其他四十五種語言從美國向世界各地廣播。隨著以外國為基礎的無線電自由台（Radio Liberty）及自由歐洲無線台（Radio Free Europe），美國每週輸出總數近二千小時的節目，可不比前蘇聯的總節目量少。其他節目來源，包括：美國軍方電台暨電視服務（American Forces Radio and Television Service）也透過全世界的當地電台網絡廣播；國際廣播電台（International Broadcast Station）為拉丁美洲提供短波的英語及其他語言的節目；紐約世界電台（Radio New York World Wide）則為歐洲、非洲及加勒比海地區提供英語節目；一些宗教性頻道也常常採用英語廣播，例如世界國際廣播電台（World International Broadcasters），向歐洲、中東及北非傳送訊息。

其他國家如蘇聯、義大利、日本、盧森堡、荷蘭、德國及瑞典等，戰後幾年間，對外廣播急速增加，也有幾個開展英語廣播節目的個案。沒有任何比較性資料可以告訴我們，收聽各種語言節目的聽眾到底分別有多少？然而，如果我們詳列這些國家廣播時使用的語言，便會注意到，唯有英語會出現在所有國家的清單中。

電影

隨著電子力量的發現而出現的新科技，徹底改變了家庭及公共環境的本質，也為英語的發展提供了一些新方向。廣播當然是其中一項，但是，依據芮斯頗具影響力的觀點，媒體從來不會單單被視為娛樂的提供者。這項觀察卻不能適用於電影工業的例子上。

英國及法國從一八九五年起，即為電影藝術及商業發展提供了最初的原動力，因此十九世紀時，電影工業技術在歐、美已頗具基礎。但是，第一次世界大戰期間和之前幾年，歐洲電影工業的發展受到阻礙，主導權很快地移轉至美國，自一九一五年起出現的長片、明星制度、電影大亨、大影城等，全出自加州的好萊塢[12]。

因此，當聲音在一九二〇年代加入電影科技後，正是英語瞬間主導了電影世界。我們很難找出精確的資料，但是少數幾本這個時期的刊物披露了些許線索，舉例來說，一九三三年首度問世的《當代銀幕名人錄暨影迷萬用百科全書》（*The Picturegoer's Who's Who and Encyclopaedia of the Screen Today*）[13]，詳列了四十四家製片場，其中有三十二家是美國或英國的（其他則屬德國及法國）；還有二千四百六十六位藝術家，只有八十五人（僅占百分之三）是以英語以外的語言製作電影。三百四十位導演中，有三百一十八位（百分之九十四）只參與純英語的作品。以一本英語參考書籍而言，其收錄範圍必然有些許偏頗（例如，只有少數非歐洲國家的明星被收錄其中），但是這個大略的印象可能也離事實不遠了。

先不論電影工業數十年後在其他國家的成長有多少，英語電影依舊主宰了媒介，好萊塢不斷增加每年少數拍給廣大觀眾看的大製作的拍片量，例如「星際大戰」、「鐵達尼號」、「魔戒」等。如果發現有哪部暢銷巨片不是以英語製作，是很不尋常的。根據二〇〇二年的《BFI電影電視手冊》（*BFI Film and Television Handbook*），百分之八十在戲院發行的電影都是英語片[14]。雖然自一九四七年起，奧斯卡金像獎另立了最佳外語片這個項目，但仍大都是英語片的天下；其他大多數的影展也不例外，英語片還是非常強勢，以坎城影展為例，有半數的最佳影片頒給了英語片。

根據影評人羅賓森（David Robinson）在《大英百科全書》中所做的評論[15]，一九九〇年代中期以前，好萊塢電影支配了大部分國家的票房，使得美國掌控了百分之八十五的世界電影市場。丹麥某家戲院會很樂意放映和西班牙相同的影片，而且大多是附有對白翻譯的英語片。還有一個令人注目的發展，即使在擁有電影製作傳統的日本、義大利、法國、德國等國家，也顯露出英語片的強大主控力。一九九〇年以前，法語片仍持續吸引法國觀眾，也是歐洲國家中，唯一對母語片有如此喜好的國家；但到了最近幾年，法語片在法國可能只剩下百分之三十的票房了。

電影對觀眾的影響力仍難確知，但多數觀察家都同意德國導演文・溫德斯（Wim Wenders）的觀點：「人們愈來愈相信他們所見之物，並購買他們所相信之物；人們運用、駕駛、穿著、食用、購買在電影中所見的東西。[16]」假使真如他所言，那麼，大多數電影都是以英語製作的這項事實，的確會愈形重要，至少長期來看是如此。

流行音樂

電影是十九世紀末出現的兩項新娛樂技術中的一項，另一個則是錄音工業[17]。英語的出現在很早前就有佐證。一八七七年愛迪生發明留聲機，那是第一個可以記錄聲音並複製聲音的機器，第一首被錄製的歌是「上帝的創造」（What God hath wrought），接著則是兒歌「瑪麗有隻小羊」（Mary had a little lamb）。

大部分接踵而來的技術發展都發生在美國。留聲機唱片很快地取代了圓柱唱片（cylinders）。美國第一個磁帶專利早在一九二七年就出現了；哥倫比亞唱片公司在一九四八年時採用長時播放唱盤（ＬＰ）；所有主要的流行音樂唱片公司都出身英語。現存最古老的唱片品牌，就是一八九八年成立的哥倫比亞唱片公司；其他則有在一九三一年與哥倫比亞唱片公司合併成ＥＭＩ、源自英國的ＨＭＶ公司；還有一九一六年創建於美國的布藍茲維公司（Brunswick）和一九二九年在英國創立的迪卡唱片（Decca）。

每小時不停向全世界播送的無線電波，為英語在今日流行音樂舞台的主宰力量作證。許多人藉由收聽廣播中的流行歌曲，第一次接觸到英語。這種主宰力量是二十世紀特有的現象，但是英語在流行音樂上的角色在更早前就是如此了。十九世紀時，流行音樂已深深迴盪在無數個歐洲城市的舞廳、啤酒廳、戲院中，創作出數千首涵蓋滑稽、諷刺的歌曲到極度感傷的抒情之作。英國音樂廳對流行趨勢有很高的影響力，不僅如此，英國音樂廳的影響力甚至被認為比當時法國和德國的歌舞秀和輕歌劇要來得大。

造訪美國的英國旅行表演者，以綜藝雜耍形式發展出自成一格的音樂廳傳統。巡迴技藝團體自十九世紀中葉起，開始普遍流行起來。佛斯特（Stephen Foster）等歌謠作曲家的作品，包括「家園故老」（Old Folks at Home）、「康城賽馬」（Camptown Races）、「美麗的夢仙」（Beautiful Dreamer）等超過二百首暢銷金曲，透過快速成長的戲院網絡，以史無前例的規模傳播出去。到了二十世紀開始之際，「錫盤巷」（Tin Pan Alley）已成事實（以百老匯為中心的樂譜出版工業的通稱），也很快地為世人知曉，成為美國流行音樂的主要來源。

關於更具市場性方面，也有類似的趨勢，二十世紀早期，以史特勞斯及奧芬巴哈為代表的歐洲輕歌劇發展出英語的面向。幾位重要的作曲家紛紛移民美國，諸如出生於捷克的弗里莫爾

（Rudolf Friml）於一九〇六年抵達美國、出生於匈牙利的龍伯格（Sigmund Romberg）也於一九〇九年抵美；有的甚至是移民的下一代，如蓋希文（George Gershwin）。出自這些移民音樂家之手的經典名劇，如龍伯格在一九二四年創作的「學生王子」（The Student Prince）和弗里莫爾創作的「鳳凰于飛」（Rose Marie），使得一九二〇年代被公認為輕歌劇表現最為卓越的時期。同樣在二〇年代，我們也見到極具美國特色的音樂劇急速成長，肯恩（Jerome Kern）、蓋希文和後起的波特（Cole Porter）、羅傑斯（Richard Rodgers）等作曲家的聲譽也提升不少。

急速成長中的廣播公司十分渴求新鮮的素材，每年產出數千個新作品也經由十年前難以想像的管道，尋覓到國際上的聽眾。可以大量製造的留聲機唱盤，讓這些作曲家的作品（音樂劇中的歌曲）得以實體的形式遊歷全世界。這些熱門歌曲的歌詞隨即被人熟記，並且在全歐洲的餐館歌舞秀及音樂廳中以各種口音來呈現；也有人喜歡在家裡哼唱。

深受農場黑人藍調歌謠影響的爵士樂也一樣有其語言面向。藍調歌手馬・雷尼（Ma Rainey）、貝西・史密斯（Bessie Smith）等人早在二十世紀初就登上美國音樂廳舞台，又有鄉村音樂、福音歌曲等包羅萬象的民謠產生。諸如葛倫・米勒（Glenn Miller）等搖擺樂團的舞曲音樂，在一九三〇和四〇年代風靡了全球。等時機一到，此類歌詞、韻律節奏及藍調音樂，即轉變為搖滾樂。

一旦現代流行音樂登場，幾乎全成了英語的天下。英國和美國這兩個主要英語國家的流行樂團，包括美國的比爾・哈雷（Bill Haley）、彗星合唱團（Comets）及「貓王」艾維斯・普里斯萊；英國披頭四合唱團、滾石合唱團，很快地主導了唱片界。追逐流行歌手的廣大歌迷，成了一九六〇年代例行出現的世界景象。再也沒有其他的單一來源可以像流行音樂一般，快速而廣泛地將英語傳布給全球的年輕人。一九九六年，英國國家廣播公司世界服務機構的流行音樂製作人雷諾（Nick Reynolds）在英語聯盟期刊「和諧」（*Concord*）上寫道：「流行音樂實際上是過去三十年來，英國唯一可以領先全球的領域。」為回應兩百年前工業革命時期對英國的頌讚（見第三章『獲取知識的媒介』一節），他又補了一句：「英國現在仍是這個星球上的流行音樂工廠。[18]」

二〇〇〇年代，國際流行音樂環境上的英語特色尤其非同凡響。雖說每個國家都有用該國語言演唱的本土流行歌手，也只有少數幾位能躍上國際舞台，而似乎唯有唱英文歌才能達到這個境界。一九九〇年版的《企鵝流行音樂百科全書》（*The Penguin Encyclopedia of Popular Music*）是一本相當實用的指南，在其收錄的五百五十七個團體中，有五百四十九個團體（占百分之九十九）全部或主要使用英語工作；在一千二百一十九個獨唱家中，有一千一百五十六個人（占百分之九十五）唱英語歌，很顯然與這些歌手的母語為何毫不相干，就像在一九七〇年代擁有超過二十首暢銷金曲的瑞典團體阿巴合唱團，在其整個國際事業生涯中，也是完全使用英語。二〇〇二年的年度歐洲電視網歌唱大賽（Eurovision Song Contest）的二十四首歌中，有十七首是英語。

英語透過流行歌曲為媒介，可以說只要有收音機的地方，就聽得到英語。在咖啡館、公車站、電梯，或是任一城鎮的任一戶人家窗間飄出耳熟能詳的英語副歌，是一件很稀鬆平常的事。有時，這真是令人絕望的根源！當我們想完全擺脫英語遠行，然而英語卻亦步亦趨，隨著我們踏入渡假地點的夜總會，出現在最新的前二十名歌曲排行榜上；生日快樂歌在孩童的生日派對上廣為吟頌，要找出真正的本土音樂恐怕是難上加難。有些評論家便曾提過，西方流行音樂已經威脅到各地傳統民族音樂的存亡。

同時，其他評論家也注意到，普遍來講，英語流行音樂對現代流行文化本質具有深層而正面的影響。當鮑布·狄倫、鮑伯·馬利、約翰·藍儂、瓊·拜雅等人的抒情歌在一九六〇及七〇年代襲捲全球，英語在許多國家的年輕一輩間成了自由、反叛、現代思潮的象徵。像「我們終能得勝」（We Shall Overcome）這類歌詞所表達的社會、政治、精神理念，傳遍許多國家的集會場所，提供人們首度實行英語一致力量的經驗，而英語也持續扮演這種角色，成為「生存援助」（Live Aid）這類國際計畫的執行媒介。

國際旅遊

出國旅遊的理由不僅花樣繁多並且各異其趣，從例行的商務拜訪、渡年假、宗教朝聖、體育競賽，到軍事調停都有，而且每一趟旅程都會產生立即的語言結果，因為人們必須口譯、學習、甚至被迫使用別種語言。長久下來，這股國際旅遊的趨勢便發展成一股重要的影響力。假使目前有朝向使用世界英語的活動，我們預期在國際旅遊方面將會特別明顯；事實也的確如此。

以觀光業為例，全世界的國際旅客在二〇〇〇年就超過了七億人，美國是旅遊消費最高、也是觀光收入最多的國家。根據二〇〇一年世界旅遊組織（World Tourism Organization）的統計，美國在旅遊業上的盈收超過七百二十億美元，恰好是其最強的競爭對手西班牙的兩倍；而美國在旅遊業上的花費近五百九十億美元，高於德國和英國。儘管二〇〇一年九月十一日紐約的恐怖攻擊一開始曾影響旅遊業，但如此的優勢似乎依然持續著[19]。「錢」對觀光業實在太重要了，因為畢竟觀光業要靠旅客有多餘的錢在假期中消費。所以，世界上許多觀光點的商店櫥窗，幾乎都是英文的標誌；餐廳的菜單也往往會同時提供英語和當地語言；像美國運通、萬事達卡這些信用卡也大多以英文標示；就連時常流連觀光勝地的窮苦民眾，也勉力用極為有限的外語來兜售手工藝品或乞討，而這些外語，多半是某種形式的洋涇濱英語。

然而，除卻觀光客經常走訪的路線，英語在其他地區的銷聲匿跡反倒令人矚目。我們不應該忘記一個很重要的事實，那就是在第一章所提過的——「世界上只有三分之一的人經常接觸英語」，這表示，還有三分之二的人沒有接觸到英語。我們只需趨近城市街頭，或在前往目的地途中的某個村落停駐，就能感受到世界上各種語言的多樣面貌。愈是了解想探究的國家的語言，你的旅遊將愈具深度，也更自在。

相對的，對那些因套裝旅遊行程、商業會晤、學術會議、國際會議、社區集會、體育活動、軍事占領和其他「官方」集會而置身國際旅遊的人而言，交通和住宿方面都要透過英語居間來輔助；包括國際班機和輪船上的安全指示、飯店中的逃生流程資訊、前往重要地點的指引，現在愈來愈趨向以英語搭配當地語言來表示。大部分像繫緊安全帶、認清救生艇位置、查明逃生梯地點等注意事項，也往往提供英語的說明。在某幾個城市，偏用英語的趨勢尤為明顯。有一位說英語的旅客在一九八五年去過東京，他發覺自己如果沒有英文版的地圖，根本無法隨意行進；可是，到了一九九五年，英語標示的路標已隨處可見。

至於軍隊在英語傳布上的角色，卻很難估算。入侵部隊或是占領軍的語言，對一個社區的立即影響是很明顯的；然而，這種影響會持續多久，卻是個未決的問題。美式歌曲在波耳戰爭（Boer War）和第一次世界大戰時向外輸出，尤其美國軍方廣播網（American Forces Network）

更是在第二次世界大戰期間及戰後，努力確保英語在歐洲能廣泛地為人收聽；為數眾多的英美軍隊，當然比只接觸廣告和流行音樂的情況，更能促使當地居民加速接觸英語文化。在某些地區，有些人或許會返回前線戰區結婚或工作，軍隊力量的影響甚至可能維續得更久，一九四五年以後的歐洲就是如此，但之後就鮮有再發展下去的證據。

一九九〇年代為了執行維持和平任務而派英語部隊駐至波士尼亞、中東、中非及二〇〇一年以後的阿富汗，也可歸出類似的論點。電視上常聽到聯合國官員為說明某個發展中的危機，也幾乎都是用英語發表。只是，英語逐年逐月的出現，是否真能對本土語言意識有長期的影響？這點，我們也只能猜測。

國際安全

英語在有關安全方面，已經成為一種掌控國際運輸工具的媒介，尤其是空運及海運。當全球旅遊業逐漸成長，旅客及貨物的運輸也就比過去更為快速而省時地到達世界各地。相對的，對從事海空運相關人員有數種語言背景的需求，也愈顯重要，共同語言的價值更是水漲船高。

英語長久以來已經是一種獲得認可的海上國際語言，而近年來人們也企圖將之去蕪存菁，使其使用起來盡可能地便利。比從前更大、更快的船從事更為懾人的海上冒險；運輸路線不斷改變，引起新的海上糾紛；廣播和衛星系統大大擴張了船隻的通訊範圍。因此，海軍需要更為清楚精確的用語，不能模稜兩可，以減少在傳遞及接收訊息時造成困惑或混淆。

一九八〇年，一個常被稱做「航海術語」（Seaspeak）的「海上國際實用英語」（Essential English International Maritime Use）提案成立[20]，並推薦在起航、行進和抵達對話和廣大航海範疇中海上事務該使用的文法、字彙及信息的結構組織上，使用高頻廣播（VHF）。舉例而言，像「你在說什麼」、「我聽不見」、「請你再說一遍好嗎」，以及其他一些類似的對話可能都不會出現，取而代之的是「重述」來簡單表達；相同的，方位和航程則以三位數來表示，說「〇〇九度角」（009 degrees），而不是「九度角」（9 degrees）；日期也用前置詞來表達，例如，日期以「一、三」表示十三號，月份以「〇、五」表示五月，年份則用「一、九、九、六」（one-nine-nine-six）表達。雖然這比一般日常生活用語多了許多限制，但卻相當能發揮精確表達的功能。

近幾年來為了處理全球的緊急事故，設計出一些使各組織團體間不至混淆的語言系統，像是在火警救援服務、醫護急難服務，以及警察業務上都是。一九九四年，英國和法國間的海底隧道第一次通車後，國際間新的糾紛和誤解有可能增加，於是研究機構訂定了一套適用於英國和歐洲大陸之間、稱為「警方用語」（Police Speak）[21]的標準溝通方法。

這些改變原來語法、具限制性的語言之所以能大量推行，主因是以語言控制交通運輸的方法，展現出確保國際安全的優越競爭力。有更多的國家被迫在空中運輸上用一定的用語來彼此溝通，情況更甚於在海上運輸。畢竟只有少數國家能發展海運，但所有的國家在今日都必須發展航空運輸。這種歷程的變化乃是時事所逼。一九四〇年，美國的航空運輸業一年大約用三百五十架飛機，載運兩百萬人次的旅客；一九五〇年，飛機總數超過一千架，載運了一千七百萬人次的旅客；到了二〇〇〇年，全球航空旅客已超過十六億五千萬人次[22]。

第二次世界大戰前，英語掌控飛航，成為正式航空用語的情況尚未成型。直到一九四四年同盟國的領袖在芝加哥開會，決定要為戰後全球民航系統打下一些基礎，於是創立「國際民航組織」（International Civil Aviation Organization）。幾年後，他們決議若當飛行員和塔台控制人員使用的語言不一樣時，應以英語為飛航的國際語言。這很明顯選擇了英語作為共同語言。同盟國的領袖講英語，主要的飛機製造商也講英語，戰後大部分的西方飛行員（有很多人曾經是軍機飛官）講的也是英語。

無庸置疑的，大家都同意使用單一語言來控制空中交通。假若飛行員能夠聽懂所有的對話，將會較為安全。飛行員被要求無時無刻都得將他們所配備的雙向無線電訊調到適當的頻率，來保持收聽狀態；他們不只要收聽傳給本身的訊息，也要收聽正在附近地區飛行的飛行員彼此間發出及接收的信息。他們無需參考空中交通的管制資料，即可從其他飛行員的對話獲知氣候和空中交通狀況。更進一步，假使在他人的對話中聽到有誤差，也能夠稍加注意。假使在飛航中使用超過一種語言，那麼空中事故的發生率將無可避免地增加。

然而，還是有一些例子是針對飛航管制使用雙語所發生的強烈爭論，有時這會衍生難以解決的政治問題。一九七六年時，加拿大魁北克省的飛行員和飛航管制員，就曾為了雙語政策的紛爭發動大罷工。支持飛航管制採用雙語的人士強調，並非所有的飛航人員都有良好的英語素養，有的人發音極差，使得塔台管制人員在機場強大的噪音干擾，加上飛行員本身重音錯植的影響下，難以了解飛行員在說什麼。在此狀況下，是不是允許飛行員和管制人員彼此用一種雙方皆能輕易溝通的語言交談，較為安全？這個問題到現在仍在一些有雙語認同問題，或是恰有兩種官方語言的地區（例如，加拿大的蒙特婁便是使用法語）爭論不休。但大致說來，在飛航管制中使用單一語言的強力論調是不受質疑的；英語的角色更是如此。然而，我們要做的，不是簡簡單單選出一種語言即罷，而是要去形塑一個具有經濟效益，在任何時候都能確保飛航安全的語言，這樣才更能符合設立此種語言的目的。

即使在同一種語言中，專用術語和措詞的語法也應該力求標準化，以避免使用時的相互混淆。英語在此作了很多朝向單一化的努力，通稱為「空中英語」（Air Speak）。大家都知道（即使只是從電影情節中得知）飛行員並不使用平常的說話方式來和飛航管制員交談，他們使用具有限制的特定用語及一套複合語法來精確地表達空中的所有狀況，像是「知道了」（Roger）、「照辦」（Wilco）、「救命」（Mayday）等等；還有類似「維持」（Maintaining）兩千五百英呎的高度、「已經看到跑道了」（Runway in sight）等措詞；並使用「Alpha」、「Bravo」、「Charlie」、「Delta」等發音清楚的字彙來表示A、B、C、D等二十六個字母[23]。

超過一百八十個國家接受採用國際民航組織（ICAO）關於英語專用術語的建議，然而，並未強制採納海上或是其他方面用語的建議，就連美國聯邦飛航局（US Federal Aviation Administration）很多時候也採用和國際民航組織不同的用語。因此，最近大家正在討論關於新國際辭彙的提案。這個問題其實也沒什麼，要去成立一個工作小組來編彙一套單一世界用語，還算容易；主要的困難在於，要改變一個國家的傳統習慣，說服每個人都遵照這套用語。

在這種情況下，當局者認為，長期來看，與其試著強制所有人講單一的空中英語，不如改善航空從業人員所說的英語水準，來得容易執行。一直以來，並沒有一套規範航空英語的國際標準，所有飛行員也並不一定要經過某種語言的甄試。即使大部分飛行員的英語程度都遠高於空中英語的標準，但是只要是在飛行環境之外，必須要用到日常生活一般用語時，許多飛行員都會覺得困難。

就安全性而言，當然會牽涉到許多因素，但若是要歸納、仰仗一個單一因素（例如語言），未免太強人所難。但許多個案說明了事故發生的主要禍因似乎是語言。一九七七年西班牙特內里費（Tenerife）大霧彌漫的機場跑道上，有兩架波音七四七飛機相撞，就是肇因於不清楚的英語口音和用詞，這是航空史上最慘烈的悲劇。一位荷蘭航空公司的機長認為西班牙籍的塔台控制人員已清楚地指示飛機「起飛」，但當時那位控制員只不過是企圖下了「出發」的指令而已；一九九五年，彼此溝通的不順暢，使得一架美國航空公司（American Airlines）的飛機在哥倫比亞的加利（Gali）墜毀。根據波音公司所提出的一份事故預防研究發現，一九八二到九一年這十年間，飛行員和塔台管制人員的溝通誤會至少造成全世界百分之十一的空難事件。

許多人一直舉出例證來支持由雙語操控空中交通的論點，或使用較為簡單，類似像世界語的語言來輔助。但是造成問題的，似乎是不清楚的口音、環境的噪音，還有其他各式各樣的問題——根本與所使用的語言無關。因此，英語儘管有著種種的缺點，依舊是世界航空界所倚重的語言。

教育

延續本章前面所提的，英語是獲取世界上大量知識的媒介，尤其是在科技方面，而知識的獲取也算是教育事業的範疇。當我們研究為什麼許多國家這幾年來都把英語當作官方語言，或將英語列為學校教育的主要外語時發現，有一個最主要的原因就是英語的教育功能，這也是最普遍的想法。南非的黑人作家馬沙貝拉（Harry Mashabela）表示[24]：

> 學習並且使用英語不只能滿足我們國內亟需的調和一致，並讓我們徜徉在這充滿想法的愉悅世界；它使我們能夠藉由思想和世界上的各個國王為伍，也因此有可能分享到全世界人類的所有經驗……

而雷恩佛添寫了這一段逸話[25]：

> 在一九七五年我成為聯邦祕書長之後不久，我在可倫坡（Colombo）見到了首相班德瑞那凱（Sirimavo Bandaranaike），然後我們談論聯邦祕書處該如何來幫助斯里蘭卡。她很快地明確做出回應：「派一些人來訓練此地的老師教好英語這個外國語。」我當時想必一定是露出驚訝的神色吧！她接著馬上解釋，她的丈夫二十年前鼓吹錫蘭語（Sinhalese）成為官方語言的政策是如此成功，使得這個亞洲長久以來講英語的聖地，事實上，即使是受過教育的斯里蘭卡人，也已經喪失說英語的習慣了。她關注的是發展層面。農田裡的農夫無法閱讀進口肥料袋上的使用說明，而全球市場的製造商也不會把

這些說明印製成錫蘭文，斯里蘭卡正在喪失這種世界英語的語言能力。於是我們允其所請。我相信今日，英語在斯里蘭卡成為第二語言的推行狀況，一定是好多了。

並非所有人都會像我們在第五章所讀到的，如此正面地看待來勢洶洶的英語。但是一般主流觀點是，比起學習其他語言，一般人還是較想藉由學習英語來接觸各個知識領域中的最新想法和研究。

關於這方面，觀察英語在使用上的改變是相當重要的。在一份一九八〇年的科學期刊上，研究英語使用情形的報告指出，在當時有百分之八十五的生物和物理論文是用英文寫成；而醫學論文的英語使用比例則有點落後，只有百分之七十三；數學和化學則落後更多，分別是百分之六十九和百分之六十七[26]。然而，在之後的二十年當中，這些領域的英語使用率有了重要的成長。以化學來說，有超過百分之三十的使用成長率；而醫學則有超過百分之四十的成長率。而再接下來的十五年，成長數字想必更高。即使在本身就對語言很敏感的語言學科，同樣發生此種效應。例如，在一九九五年的一千五百份語言學論文中，就有將近百分之九十是以英文在《語言學摘要》中發表；在電腦科技中，甚至有更高的比例。

自一九六〇年以來，英語已成為許多國家中習得高深學問的普遍工具，即使在那些未賦予英語官方地位的國家亦是如此，例如，荷蘭許多先進的學科就是以英語教授。假如大部分學生在他們的專題論文和相關期刊上都必須經常使用英文，那麼為了應付那些在學習上不斷遭遇的語文問題，以英語教授那些課程確實有其意義；有個論點甚至說英語和科學間的關聯較具有說服力。但是最近對於是否該使用英語作為共同語言，也掀起了另一番論戰。因為大專學院在迫於壓力之下使用英語授課，同時大量吸收了來自世界各國的學生，致使授課者必須面對使用各式交錯語言的學生。

在過去五十年來，英語教學（ELT）成為全球主要發展事業之一。但英語以世界語言的角色成長卻是在更早之前。在十八世紀最後的二十五年間，我們便可以找到被翻譯成其他語言的英文文法，像是莫瑞（Lindley Murray）的著作[27]。由英國文化協會的工作拓展似乎可以說明這個發展規模的趨勢。二〇〇二年，英國文化協會已經在全球一百零九個國家擁有辦事處，推行文化、教育及學術交流等事宜。一九九五到九六年間，全球有超過四十萬的人才參加由這個協會所註冊認可的英語考試，其中超過一半的應試者將英語視為外語。一年中有十二萬名學生在英國文化協會的教學事業單位中學習英語，或藉由英語當媒介來學習其他技術。若把世上其他好幾千個致力於英語教學的學校或教學中心都算進去，英國文化協會預估，到西元兩千年會有超過十億人口在學習英語[28]。

一九九五年，英國文化協會企畫了一個名為「英語：公元兩千年」的諮詢專案，要求全球一共九十個國家中參與英語教學的專業人士，回覆有關英語在未來角色上的一系列陳述意見的問卷[29]。回函有五個意見等級可供受訪者選擇，包括從「非常同意」到「非常不同意」。將近有一千四百名受訪者回覆了他們的意見。其中有一則陳述是：「英語的教學與學習將在未來超過二十五年中，在全球市場有所成長。」超過百分之九十三的受訪者表示「同意」或「非常同意」。特別是在中歐及東歐，前蘇聯解體後獨立的那些國家，情況更是如此。一般認為，該地區幾乎有十分之一的人（也就是五千萬人）正在學習英語。

其他在同一份問卷上的意見陳述也都獲得了清楚的回覆。包括：

- 英語將會在世界媒體及傳播上維持其優勢語言的地位。百分之九十四的受訪者表示「同意」或「非常同意」。
- 在未來二十五年裡，英語作為接觸高科技傳播資訊的媒介，仍然是邁向進步不可或缺的。百分之九十五的受訪者表示「同意」或「非常同意」。
- 英語仍將會是未來二十五年，國際間彼此溝通時使用的世界語。有百分之九十六的受訪者表示「同意」或「非常同意」。

這類活動並無確切的預言價值，但畢竟提供了一個有用的參考，至少表達出專家們對於整個市場的想法。當從那麼多國家反映出了相同意見的時候，無疑地，更加幫助確認了英語作為世界通用語言的前景。

通信事業

假如我們說英語真的是國際溝通傳播媒介，那麼它在郵務、電話系統及電子網路等通信事業上更是直接而明顯地使用。然而，我們卻難找出這些領域使用英語的相關資料。沒有人會在書寫信件時檢查是否使用英文書寫；也沒有人會特別注意電話交談中所使用的語言；只有在網路中，因為所留信息並未受一定接收時間的限制，我們才有可能在較長的時間中去體驗出，原來日常通信中竟如此仰賴英語。

當然，有許多間接的推論方式。我們可以草擬一個圖表，列出英語具有重要地位的國家，觀察其信件往返和電話交談的數量，雖然這樣推論的結果可能不是很精確。舉例來說，參考《大英百科全書》二〇〇二年年鑑中編彙的資料[30]，在二〇〇一年中由那些英語占重要地位的國家所發出的信件，占全球發出的信件總數約百分之六十三。然而，全球有三十二個國家並未擁有正常的資訊流通管道，所以他們用盡各種方式才得以提供出信件總數量。

其實，光憑美國在二〇〇一年發出的信件總數（約一千九百七十億件），就比全球非英語國家所發出的信件總量還要大。事實上，假如真要拿美國和**所有**其他國家相比的話，美國處理的郵件總數量將近占全世界總數的一半。即使我們估算大約有百分之十五的美國人說英語以外的語言，而且從不用英文書寫，全世界依然有百分之四十的英文郵件是由美國發出的。

有一個大量被引用的統計資料顯示，全球有四分之三的郵件是用英文來書寫的。假如我們想想，有多少人在各自國家的不同企業中，以英語為正式通信工具在工作，那麼以上這個數字就相當有可能；不同國家的科學家彼此通信時，總是使用英語。郵件的資料統計數字頗能反映之前提到的國際社交功能，英語又再被廣布開來。但這倒是沒有一個精確的估算值。

另外一個被普遍舉證的數字，是目前世上百分之八十的電子儲存資料也是使用英文。這類數據資料來自商業、圖書館、保全系統等個別企業或組織；還有電腦網路，不管是電子郵件的收發、參與新聞群體的線上討論、或是提供搜尋資料用的入門網站也都是使用英文。我們得慎重來辨明這類統計數據狀況。因為這不單單是一個統計學差補法所得的數據，還可以從電腦銷售和分布型態，反映出美國在行銷發展電腦產業軟硬體的先鋒角色。特別當一九六〇年代末期，美國高等研究計畫署網路（ARPANET）成立之後，使美國成為網路事業龍頭。我們對「商業周刊」（*Business Week*）[31]於一九九六年所做調查，有百分之六十四的網路網站是設在美國的數據結果，也就不足為奇了。更進一步，還有百分之十二點七的網站是設在其他英語國家。但是我們並無法從這些網站來推測，網路使用者在日常生活裡使用哪些語言來交談或書寫。

本書有一個很重要的主題，就是要看英語是如何在電腦網路事業中成為主流的優勢語言[32]。美國「先進研究計畫署」的連結網絡分散全國，主要目的在聯結國內所有的重要學術性政府機構。在此情況下，即使戰爭爆發，系統也能在區域性的災禍中倖免於難。它當然是使用英語。而當其他國家的人開始想和此網絡聯結時，也就必須使用英語。這整套系統服務在一九八〇年代開放給私人企業及商業組織後，基於本章前述的理由，皆已將英語作為平時工作環境中主要的溝通語言，如此一來，更增強了英語成為優勢語言的領導地位。

在此同時，也有一些科學技術上的理由在鞏固著英語的地位。首先在網路系統中關於傳送資料的設定是使用英文字母。它使用了一組一組的字串（Latin 1），並未具有可供分辨的符號，被傳輸為七位元的「美國資訊標準交換碼」（ASCII）。而八位元碼（Latin 2）以及一組富有可區辨符號的字串，接著發明出來。統一碼（Unicode）是十六位元的編碼，第三版可以呈現五萬個字，三點一版更提升到超過九萬四千字，但仍然不足以處理全球的語言，估計約超過十七萬字[33]。而在發展更成熟的設計技術時，大家也努力創造多種語言系統。主要的問題來自全球必須標準化的趨勢，包括了有關資料陳述和操控的問題，尤其是字串的選定、輸密和轉換、資料顯示的問題

（這類問題的關鍵在於書寫系統的指令，或是如何將字串適當呈現在螢幕的影像範圍中），以及資料的輸入（像是不同的鍵盤配備與技術）。許多特別的解決方法開發出來，卻又帶來各方法間彼此相容與否的問題，這就限制了網際網路實際上無國界的傳輸功能——讓所有網路伺服器和使用者間都能溝通無礙，不管是什麼樣的資料都能順利傳送。

大部分的瀏覽器都還不能處理多種語言的資料，這不僅和區辨符號有關，更必須考慮阿拉伯文、中文、韓文、泰文，以及印度文本身的書寫系統。這些書寫系統有許多都得需要相當大的字串，而且不光是字母的問題，還需考量金錢數目、日期、度量衡，以及其他特別的設定方式。目前，可以使用自己慣用語言在網路上接收及傳送資料的多語全球資訊網，仍然是一個長程目標[34]。

此刻，英語繼續扮演著它在網際網路中主要共同語言的角色，而這也開始獲得許多熱門媒體的認同。例如，一九九六年四月的「紐約時報」就刊載了史別特（Michael Specter）一篇題為〈全球資訊網：三個英文字〉（*World, Wide, Web: 3 English Words*）的專文，大大強調了英語的角色[35]：

> 為了研究分子遺傳學，而想進去哈佛大學圖書館或是瑞典卡羅林斯卡機構（Karolinska Institute）的醫學圖書館查資料的話，你所需要的不過就是一條電話線和一部電腦。

然而，不管你是正在尋找國際電影理論中有關小片段剪輯的法國知識分子；或是正對一組最新發現的原始化石產生興趣的日本植物化石家；或是關心魔術強生投籃的美國青少年，你還得具備良好的英語素養！因為只有在使用英語的時候，全球資訊網才會乖乖配合，幫助你順利進行工作。

史別特結論提到：「假若你想從網際網路中占得最大的好處和便宜，唯一的方法就是學好英語。而英語也成了美國有史以來最大量、最高效益的出口品。」這篇文章繼續探討此種情況國際化的趨勢，特別也包括一些負面影響。副標以「逼迫全世界統一」這個諷刺的插句來強調。史別特引用了一家俄羅斯網路供應商葛雷思網（Glasnet）總裁伯朗若夫（Anatoly Voronov）的一段話：

> 這是聰明的帝國主義所使弄出的終極伎倆。網路這個產品既然來自美國，我們就得接受英語，否則只好停止使用它。這攸關著商業權利。但假使你是在談論科技這玩意兒，那不過就是打開一扇門讓你去和全世界數億人口開玩笑罷了！這種產品把世界分成兩個集團，一個是「什麼都有」；另一個則是「一無所有」。

這真的有可能嗎？除非你懂英語，否則就無法在網際網路提供的知識傳播力中撈到好處？網路當真具備有那麼大的能耐，可以把人分成兩類？「網際網路好手」和「網際網路文盲」？「知識貧乏特區」果真會出現？

這似乎是個大問題，但或許是暫時的現象。伯朗若夫評論：「對一個擁有電腦的俄語使用者，若想要讀杜斯妥也夫斯基的作品，可能下載已經翻成英文的譯本來讀，會比找到俄文版容易多了。」這真是頗令人遺憾的事。但是網路使用的增加速度實在是太快了，這種情況大概還會維持很久一段時間。最終，總會有人認為把杜斯妥也夫斯基的原文作品放在網路上是值得的。也許已經有人正在致力這檔事呢！只要對其他語言的材料需求量增大，就會有人供應這個需求的。雖然這不可能改變英語在網路中獨領風騷的事實，但是總可以降低國際上出現「知識貧乏特區」的風險。其實，這個風險的出現與語言的關係，無論如何都不及與經濟、教育、科技的關係來得深。人們有錢買電腦嗎？他們知道如何使用電腦嗎？國家有符合人民基本需求的基礎建設嗎？光是有錢就表示有能力做電腦資料編纂嗎？造就「電腦文盲」的原因應該歸於缺乏金錢，而非缺乏英語能力。

有沒有一些證據可以提供我們測試在此種狀況下，英語表達是十分重要而強勢的？關於以上所述，有百分之八十的內容是可被證實的嗎？有一項科技是利用某個特別的網站來做一系列的搜尋，查看網路中有多少詞彙是後來才用英文拼寫輸入，來解決原本搜尋不到的困境。在全球資訊網中，一九九六年四月利用網景（Netscape）瀏覽器，使用 Lycos 搜尋發現所有關於製造氚（tritium）的參考資料都是英文的（想也知道，像這種完全科學性的東西必然是如此）；另外，像是有關文化的檢索語，例如「管絃樂隊」（orchestras），在最初的一百份說明文件中，只有一件非使用英文的紀錄文件。有趣的是，有幾個非英語國家的管絃樂隊網頁，居然是用英文完成的，例如中國「上海國家管絃樂團」和芬蘭「拉提交響樂團」（Lahti Symphony Orchestra）。其他語言中有關「交響樂團」的相關搜尋網站中，也呈現了以下的有趣現象：前一百個相關的法文網站中，有三十九個可用英文搜尋。七十六個德文網站中，英文的網站就占了三十四個。而西班牙文的七十八個網站中，則有三十五個網站可用英文搜尋。在一般外語網頁中，附上「此網頁亦可用英文觀看」的訊息相當普遍。但在英語網頁中，若是附上相對應的外語訊息，則顯得極不尋常。

假如我們用此方法去執行一連串的隨機搜尋，以英文和非英文當關鍵字，將會發現約有百分之八十的網站只能在使用英文的狀況下搜尋成功。然而，當愈來愈多國家的民眾開始上網，這個百分比數值將會愈來愈低。從網際網路使用者大量成長這個觀點來看，情況將會快速改觀。根據「網際網路社會」公司的推測，一九九〇年有一百萬上網人口，而在一九九三年就已經有兩千萬人口在上網；到了一九九五年年底，上網人口數超過四千萬人；一九九六年，則仍以每個月百分之十的成長率在持續增加中。那時，有九十幾個國家使用網路；另外還有七十個國家可以使用電子郵件的先進方式傳遞訊息。根據二〇〇二年NUA研究報告第一百一十五頁，使用者分布在二百零一個領土上，大約有五億四千四百萬人使用。非英語人口在網際網路上無時無刻不在增加，一九九九年就已預測，在二十一世紀初期，非英語使用者數量會高過英語使用者，而二〇〇二年的估算結果顯示這預測可能早就成真了[36]。此外，拉丁美洲和非洲上網的人數還很少，這種轉變幾乎很難展開。NUA網路調查機構估算二〇〇〇年到二〇〇一年間，拉丁美洲和加勒比人使用人口大約二千五百三十三萬，而非洲大約只有四百一十五萬。網路使用人口似乎可以反應全球語言人口資料，英語使用人數在百分之三十徘徊。另一方面，搶先以英語起步，比起其他語言，能夠使得高品質的網頁內容以英語呈現，即使英語網站的比例下降，這些網站的高點閱率仍可以持續一段時間。

特別是連那些屬於少數民族語言的使用者，例如：加利西亞語（Galician）、巴斯克語（Basque）、愛爾蘭語、蓋爾語、布列塔尼語（Breton）、威爾斯語，現在也是正在成長中的網路使用群。他們發現，利用網路來傳播自己的語言，比利用收音機這類傳統媒體，真是容易多了，而且網路既有效率又便宜。所以即使有著技術上的困難，在二〇〇二年時仍有超過一千種語言在網際網路中流通[37]。這對之前擔心部分語言喪失會成為世界潮流的人而言，不啻是一個好消息。同樣的，對關心全球化趨勢不應該毀壞社群認同的人亦是一個好消息。對於網路使用者而言，所有的語言都是平等的。英語不過是提供了另一種選擇，而不是一個威脅。

天時地利

這樣從多角度檢視過去英語在現今被使用的方式之後，我們應該下怎樣的結論呢？有沒有一個最受普遍認同的主題，來幫助我們包裝、說明英語非凡的成就？總結本章及第三章的舉證，英語就是一種不斷使本身更能適所適時的語言。

十七及十八世紀，英語是世界上首屈一指的大英殖民帝國的國家語言；而英語在十八及十九世紀時，仍為工業革命發源地——英國——的國家語言；到了十九世紀晚期至二十世紀初期，英語是世界經濟龍頭美國的國家語言；最後，當新科技為語言帶來新機會時，英語在各行各業中，出線成為首席用語，縱橫出版業、廣告業、廣播業、電影業、錄音業、交通業與傳播業。就在同一時期，國際間瀰漫著各國合縱連橫的氣氛，對共同語言有著極大的需求。當然，英語是最佳的選擇。在二十世紀最初的五十年中，英語居於國際政治、學術及社群溝通與對話的領導語言。

到了一九六〇年代，英語之前的卓越地位業已建立，但我們在當時還不能將它說是世界通用語言。之後，有兩個關係英語傳布的事件發生，將兩個事件一起結合，就確立了英語的全球地位。第一件事是政治上的獨立風潮，許多新興國家都將英語列為官方語言或是居特殊地位的語言。當全世界到處洋溢著獨立的呼聲時，英語也有了穩固的基礎，沒有任何語言可與爭鋒；另一個事件是電子時代的來臨，英語更是適時（一九七〇年代）、適所（美國）。

二十世紀的電腦發展幾乎可說是美國事務。就像史別克在他發表於《紐約時報》的文章所說的：「網際網路發源於美國，而讓它發揮實際效益的網際網路使用者幾乎全是美國人。在網路擴展的時代，從首要的硬體建構到最好的軟體系統，所使用的語言型態全是『美國製』。」深受限制、不合自然的低階電腦語言，無可避免地會受到程式設計者所用的母語來影響，而這些程式設計師大部分是使用英語。第一套電腦操作系統在文句結構和字彙使用上，自動採用了英語，你可以常常看到像是「當準備好時按任意鍵」（Press any key when ready）或「B槽的磁片上沒有標籤名稱」（Volume in Drive B has no label）這樣的語法。這些例子來自於美國電腦企業家比爾・蓋茲（Bill Gates）於一九七七年發展出來的一套微軟作業系統（MS DOS）裡，這套系統在一九八一年也被「國際商業機器公司」（ＩＢＭ）所採用到它生產的電腦中。一般皆認為，目前全球有超過一億一千五百萬部使用中的電腦是由電腦業龍頭ＩＢＭ所製造。最新的一套操作系統，仍然展現了英語的影響力，雖說系統也能提供其他語言版本（基於商業考量，利潤必需平衡發展成本的地區，就使用了法語或是德語操作系統）。而這似乎說明了英語的影響力愈來愈大，配合著軟體程式愈臻成熟，甚至到了允許使用者藉由本人的聲音來控制、操作電腦。

預測未來是困難的事，更何況是像網際網路這樣瞬息萬變的工具。再過不了幾個世代，網路就全然不像我們今天所知道的樣子了。電腦上的文句將可以自動合成和指正，還會有自動翻譯的功能。不過在未來這幾年，我們看不出英語的發展速度會緩和下來，一如奔馳在超級高速公路上般。據說要頓挫英語成為全球語言的一大潛在因素——這說來其實極為諷刺，因為這因素若要發生，就得在一個世代之前發生——恐怕得讓比爾·蓋茲說中文長大才成。

第五章

全球英語的未來

就像我們在第三章和第四章所詳述的，待會兒，我會將有關英語成為世界語言的所有社會歷史因素，再做一次回顧整理。在每個大標題之下，將會確切劃分出現代社會裡的幾個主流領域，將這些領域放入歷史的軌跡來討論其運用、依賴英語的情況。經過這樣的一個辯證，我們所得到最為強烈的感覺，就是英語將會繼續生存，持續叫好又叫座，而其風行全球的趨勢，也絕對是無庸置疑的。

但是，語言史鑑之鑿鑿，說明了要預測一種語言的未來發展，聰明的做法是謹慎為上。中古世紀，假如你敢預測當時教育所教授的拉丁語會落得最終亡佚的下場，肯定會笑掉人家的大牙；你若在十八世紀說，除了法語還有其他語言可以成為上流社會典型語言這類的話，下場也是差不多。的確，就瞬息萬變的政治圈而言，一個禮拜的時間已經算很久了；但是，對語言學來說，一個世紀的歲月，一眨眼就過去了。

因此，在推測英語作為世界語言的未來時，我們對那些似乎違反大眾潮流的指陳必須特別小心。而且，我們也要以較寬廣的角度來設想，什麼樣的發展趨勢會阻礙英語的未來？這樣，才會得到一個較客觀的結論。

可以設想有幾種可能的情況。不論是政治、經濟科技或是文化上，有一個巨大的改變，改變了原本權力平衡的狀態，影響到其他語言的地位，這些語言變得很有吸引力，並逐漸取代原本英語使用上的功能。政治因素可能會讓國家內的一群人、整個國家、甚至是幾個國家的人反抗英語。需要表達地區認同的壓力逐漸提高，這將會妨礙英語行使世界通用語言功能的能力。在此，我們可以想像會阻礙英語的主要場景是語言分裂成為數種無法彼此溝通的方言，就像一千年前拉丁文的方言一樣。本章節主要討論這些可能性的相關議題。

拒絕英語

首先，我們要來看的一種情況是，一個國家的人民本身對英語有反感，或是對英語產生某種矛盾心態，使得他們拒絕給予英語在其他國家享有的優勢地位，譬如官方語言或是主要外語。如果有好幾個國家的人民的確抱持此種想法，那麼接著便會影響那些原本就搖擺不定的國家，對英語作為全球語言的前景愈來愈不具信心。這種對英語產生反感的理由，我們在第一章已經簡單討論過了，當時我們也正開始要探求世界通用語言所應具備的一些普遍性內涵。現在，我們可以把這種辯證方法應用在英語這個特殊的案例上。

不可避免的，在後殖民時期，被殖民國家應該會對之前的殖民統治語言產生強烈的反感，而傾向推廣本地的原住民語言。正如同一九七四年時的肯亞總統肯亞特（Jomo Kenyatta）所說：「本國語言是我們獨立建國的基石，而我們可以不用再仿效之前那些殖民者的行徑了。」一九〇八年，甘地以更加感性的語氣，寫下此論點[1]：

灌輸我們各式各樣的英語知識，不過是繼續奴役我們罷了……難道在我想進入法庭時，必須借用英語當溝通媒介不痛苦嗎？難道我成了一名律師，卻不能說自己的母語，還得靠他人將原屬我的語言翻譯成英語給我聽不痛苦嗎？這豈不是太荒謬了嗎？這不正是奴役制度的象徵嗎？

支持吉古語（Gikuyu）和其斯瓦席里語（Kiswahili）的肯亞作家席翁（Ngũgĩ wa Thiong'o），同樣的在其一九八六年的著作《心向獨立》（*Decolonising the Mind*）中，強力闡述自己的立場，決意拒絕把英語當作是工作溝通媒介[2]：

我哀歎著歐洲的中產階級，藉由「新殖民」手段，在壓榨我們的經濟資源之際，也同時竊奪了我們的才華和智慧。歐洲人在十八和十九世紀，強取豪奪非洲的藝術瑰寶，回去粉飾他們的住屋和博物館；二十世紀，歐洲人則是竊奪我們心靈的瑰寶，去豐富他們的語言和文化。非洲人必須要回歸原屬於自己的經濟發展、自己的政治制度、自己的文化、自己的語言，以及自己的愛國作家。

這類爭論的癥結在於身分認同，畢竟語言是最快速也最普遍表達出身分認同的特徵。大家自然而然希望使用自己的母語，並期盼母語能持續生存發展；一旦要接受別種語言文化，他們絕不會泰然處之。雖然外來語言文化附加帶來知識的價值，但是事實上被殖民者的心中，深深烙下了殖民統治時期的不愉快經驗；而且在那一段殖民歷史中，當地語言很容易受到輕視和汙衊。我們自《心向獨立》擷取了另一段摘要，在這裡，席翁回憶他的學校生活[3]：

英語成為教育的正式語言。在肯亞，英語的地位變得超乎「語言」本身。它的確是一種語言，但是不同於一般語言，所有其他語言都得在英語面前低頭。最令人感到羞辱的是，只要有人在校區附近說了吉古語被逮到，就得接受體罰，光著屁股被鞭打三至五下，或是在脖子上掛個上面寫著「我是笨蛋」、「我是傻瓜」的牌子。

從這些被殖民者的回憶中，我們不難理解他們對英語的敵視是如何與日俱增；相同的，我們也很能體會他們對英語的矛盾心情。許多屬於英語外圈國家的作者陷入了左右為難的窘境：假使用英語來寫作，作品便有可能躋身世界文壇，擁有更廣大的讀者群；但是一旦使用英語寫作，就犧牲掉作家本身的文化認同了。

大體上前大英帝國的殖民國家人民一直使用英語（見第二章附表），但是，正如大家所知，還是有一些國家拒絕繼續使用英語。坦尚尼亞在一九六七年前，把英語和斯華西里語一起並列為國家官方語言；之後斯華西里語成為唯一的官方用語。斯華西里語亦於一九七四年取代英語，成為肯亞的官方語言；在馬來西亞，一九六七年的「國家語言法案」廢除了英語的官方語言地位，馬來語成為唯一官方語言；另一方面，英語開始在幾個原屬於其他殖民帝國領土的新興國家風行，那些國家和英語之間並無難堪的殖民統治關聯。舉例來說，前法屬殖民地阿爾及利亞政府在一九九六年就選擇英語為主要外語，取代了法語在該國的地位。相當有趣的是在一九九六年，我們注意到義大利北方派丹尼亞（Padania）在提案立省的會議上的一番激烈辯論，部分與會者認為，英語比標準義大利語還要適合作為該省的共同語言。

也有些國家基於經濟效益方面的考量，不得不降低在發展英語上的投資。一般國家可能會覺得發展區域性語言的獲利會比發展世界通用語言的獲利來得快速，因而把多餘的資源投注在促進地方共同語言的流通。舉例來說，拉丁美洲的西班牙語國家就是因一股腦兒跟隨西班牙說西班牙語，才能在區域經濟發展中分得一杯羹；這跟北非國家追隨阿拉伯說阿拉伯語是一樣的道理；印度語、俄語和德語長久以來也都在鄰近幾個國家流行。畢竟，已經建立起區域性語言的基礎所帶來立即性的獲利，在這些國家看來，實在比推行英語以期待長時間後的獲利來得重要許多。他們也許不想在全球性的經濟世界村中插一腳，或者不願對未來寄予太多空想。最近歐洲經濟共同體成立之後帶給各國的獲利與否成為爭論的焦點，其實這部分的利害關係實在很難去評估[4]。

基於對全球化理解溝通的需求和對自己身分認同的需求，常使得一個國家內的雙方理論支持人馬形成對立。前者的立意在於學習一種流通全球的語言，大部分的人認為是英語；而後者的出發點則是要推展屬於自己民族的語言和文化。當其中有一方處於劣勢時，衝突便會接踵而來。當然有一些避免衝突發生的方法，值得一提的是推行「雙語」或「多語」教育，使人們仍能保持各自擁有身分認同、「涇渭分明」識別。但是，推行雙語教育就時間和金錢方面來說，都是相當昂貴的工程，而且雙語教學所需的歷史因素一旦不復存在，通常就成不了什麼氣候。

任何國家人民會做出反英語的決定，都是基於對本身國家的強烈認同，接著也會在附近的英語國家激起情緒上兼具同情和矛盾的漣漪。但是這些拒絕英語的例子真的是不多，而且通常這些國家的人口也很少，所以大致上並不會對英語的地位造成衝擊。然而，只有一個國家，基於其眾多的人口，將可以推波助瀾，成為社會語言學上的主要變數——那就是美國。

美國的情形

就我們看來，美國在前面幾章所提的各個領域都已經成為最主要的支配因素，英語的未來地位，或多或少一定會和美國有關。許多在二十世紀催促英語快速成長的力量都源自美國。我們也已經注意到，在全球以英語為母語的人口中，美國的人口幾乎是分布於其他國家人口總數的四倍。就世局發展而言，美國與二十世紀科技發展的關係，比其他國家都來得深遠。不僅掌控了新的工業革命（電子業），發揮使英語在世界各地加速流通的影響力；當然也同時挫折了英國、澳洲、紐西蘭、加拿大和南非的國家人民。在這些國家的媒體中，經常透露出一種對「美國風格」入侵的恐懼。

如同我們在第一章所說的，語言發展和強權有著密不可分的關係。假使有任何因素搖撼了美國在軍事和經濟上的優勢，連帶也會影響到英語的全球性地位。假設另一個崛起的政治強權並非使用英語，原本企圖藉由接近此強權而獲利的好幾百萬英語學習人口，將會開始觀望，然後很快地向新崛起的強勢語言輸誠。同樣的權力交替一旦發生在其他國家，影響似乎就不會那麼大了。舉例來說，即使加拿大境內所有的英語人口都決定要開始改說法語，或是所有南非的英語人口都選擇說非洲話，對英語能不能成為全球性語言的衝擊其實都較小。就如同第二章的附表所見，只有少數人會被牽扯進去。

當我們正要跨越千禧年之際，沒有人會認為美國正面臨著嚴重的外部危機。在一九九六到九七年的「軍事均衡」（*The Military Balance*）雜誌中，國際戰略研究組織（International Institute for Strategic Studies）指出，目前美國已經擁有世上最強大的傳統武器戰力，同時也是世上最大的武器製造國。但是世人現在將焦點轉移到美國的內部爭論。根據一連串爭論，足以顯示美國未來大一統的狀態將會受到本身內部矛盾力量的威脅。就如同我們在第二章所說的，英語是維持美國境內良好相互溝通的主要因素，即使一九〇〇年以來，不斷湧入的移民潮已使美國人口激增了三倍；藉由英語的溝通，國家仍能維持表面上的一統。但是實際上，在移民之中，還是有人想要保留住自己原有的文化認同，而在生活中使用自己的母語；當這種人愈來愈多，最終還是衍生出問題來；基於對溝通的需求和身分認同的衝突開始浮現，演變成「說正式英語」運動。雖然說，從各方面來看，擁有多種民族和語言，憲法又特別重視個人自由，是美國特有的現象，但是，其他國家人民也必須要注意有關移民者及少數民族所面臨身分認同的保存和同化，兩者之間的拉鋸其實無所不在。舉例來說，雖然英國和澳洲等國，沒有「說正式英語」運動出現，很難去想像類似情況的發展；但是澳洲最近幾年也湧進了大批移民，九〇年代澳洲政府處理移民的態度，就成了一個受人矚目的政治議題。因此，在我們這本專注於英語未來全球性發展的書中，也會有一些相關的主要議題摘要[5]。

為什麼在一個英語人口大約百分之九十五的國家，還要推動英語官方化運動呢？除非有不得不然的需要，以及相當明確的狀況下，大家才會想到要推動語言的官方化。最典型的情況是有另外一種更強勢的語言出現，逐漸威脅他們慣用的語言，通常一般人需要一段很長的時間才會對這種情況反應過來；以威爾斯語為例，數百年來，英語的強勢正逐漸勢微，但到了一九六七年的「威爾斯語運動」，大家才開始察覺此一轉變，類似的轉變也發生在愛爾蘭、夏威夷、紐西蘭，以及魁北克；在上述例子中，許多人發現自己已處於一種自衛狀態中，並且特別強調英語的傳統地位必須受到保障（例如，求職時，有雙語能力者通常比較占優勢）。然而，在一個英語長期強勢的國家，為何仍有官方化的問題存在呢？

在探究這些理由之前，必須提及支持或反對英語官方化人士的論調，不論是溫和的或是激烈的，而且雙方的主張也往往是很兩極化。在支持者方面，眾議院在一九九五年一月至二月間，共和黨至少提出三項取得跨黨派支持的議案，對限制其他語言的地位與使用，表達不同程度的建議與態度。其中最溫和的一個議案（HR 123）是由愛默生（Bill Emerson）眾議員提出，允許並給予外來移民好的英語學習機會；比較積極的是由羅斯（Toby Roth）眾議員提出的議案（HR 739），允許少數在官方場合使用非英語的特例，並且主張廢止提供雙語教學及雙語投票的一九六五年法案；最積極的要算是金（Pete King）眾議員所提出的議案（HR 1005），只允許更少數使用其他語言的時機；其中，後兩項議案並沒有獲致實際的進展，但愛默生眾議員所提出的議案，則獲得推動美國英語官方地位運動的最高機構——「美式英語組織」（US English）的支持；並且在一九九六年八月於眾議院付諸表決，以二百五十九票對一百六十九票通過「愛默生英語授權法案」。然而，當時正值總統大選，這項法案未能送達參議院，只能靜待下屆議會的決議。

以下對愛默生法案主要條款的摘錄，是以眾議院在一九九五年元月四日所公布的法案為依據，並不包含委員會於一九九六年七月以後提出的修正案：

一、美利堅合眾國是由來自不同種族、文化和語言背景的個體或族群所組成的。
二、美利堅合眾國已因族群的多元化而受益，並且會持續受益。
三、回顧國家歷史，不同族群之間常因語言隔閡而產生紛爭。
四、為了維持統一，避免因語言不同而造成分裂，美利堅合眾國應保有一種所有人民都能通用的語言。
五、英文基於其歷史淵源，已經成為美國理想的共同語言。

六、這項法案的目的在於協助外來移民，使他們能夠更容易融入美國的經濟與社會，並能在職場上爭取就業機會。

七、藉由英文的學習，移民將擁有足夠的語言、書寫技能，進而成為可信賴且具生產力的美國公民。

八、使用單一官方語言，將有助於提升政府行政效率，並且能以更公正合理的方式處理所有人民的事務。

九、英文應由法律認可，成為官方事務所使用的語言。

十、任何源自這項法案的儲備金，都應用於非英語系國家移民者的英語教學。

此後，一系列的條款都是用來釐清，所謂的「官方事務」指的是哪些必須賦予公權力、公信力的政府活動、公文或政策，包括所有的公眾紀錄、法條、法規、判例、官方儀式及集會紀錄。這項法案並未禁止在某些情形下使用他種語言，例如，提供公共衛生及安全服務、外國語文的教學，或是國際貿易或國際關係上有政策需要時，還有為保障人民權利，包括司法審判在內；私人事務則不在此列。條文中並闡述，立法目的並非為了歧視或限制任何人民的權益，也不禁止官方場合上使用他種語言。

想要全面施行這項法案並非易事，同時也遭遇了不少反對聲浪。首先，就有一些文化方面必須做的前瞻性考量；就我們所知，在當時，西班牙語人口總數超過二千八百萬人（依據二〇〇〇年的人口普查報告），而人口數僅數千人的族群，亦不在少數。根據當時的調查，超過一百八十萬人不是說英語或西班牙語，民眾間日常使用語言種類至少有三百種之多。雖然大多數的團體組織都沒有什麼較具權威性的言論發表可供引述，但他們大多有各自的政治議程。以下列舉的言論是摘自各家政見發表、替代性方案、媒體評論或輿論，雖然並不是每一個反對訂定英語為官方語言的團體都一致同意以下每一項論點，但歸納所得的這些意見，多多少少可以代表反對者的聲音。

每一個切入點都有來自正反兩方支持者不同程度的爭議所在。

政治方面（支持）

支持官方化人士眼見外來移民急速大量湧入、對移民語言課程的支持、分離主義日漸擴散、聯想美國國名及格言（由多民族組成的一個國家）（E pluribus unum, “one out of many”）的由來，加上鄰近的魁北克分離主義者在一九九五年所發動的分離運動，也是以語言不同做為號召。在當時幾乎成功，且吸引了許多美國境內分離主義運動者的注意，進而促成美籍墨裔人的分離主義運動（Chicano Movement of Aztlan, MECha）及加州大學學生刊物「邊疆之聲」（*Voice of the Frontier*）的發表，文中作者假想有朝一日美國西南部將回歸西班牙語（墨西哥）管轄，「官方西班牙語」（official Spanish）一詞也因此愈來愈盛行。事實上，前南斯拉夫滅亡的肇因就是來自語言的隔閡，而這一點也當令多語國家引為借鏡，像眾議院的發言人金葛立斯（Newt Gingrich）在參與愛默生法案的辯論時，即以此例做為其強而有力的呼籲。

基於此因，某位支持官方英語立法的專欄作家，於一九九五年發表了一篇文章，他將英語視為社會的黏合劑（social adhesive），認為語言可謂一種保證國家政治統一的黏合劑。另一位作家則將語言視為美國社會安定的基石，而且任何影響此安定力量的威嚇，都可能助長國家分裂情勢，因為語言的界線可會成為族群之間溝通的阻礙，而延緩了彼此的融合及社會化的進展。分裂的導火線的嚴重程度也是大家關注的焦點，尤其是西班牙語的使用。美國人口普查局預測，二〇一〇年時，西班牙語人口數將超過非裔美國人的人數，而且很可能在二〇五〇年時超過八千萬人。

政治方面（反對）

反官方化人士認為這項法案是多餘的，國家根本沒有因此分裂的風險，也沒有類似巴別塔的危機，這些恐懼都是杞人憂天，他們認為多數的移民都已被同化，而且適應良好，特別是第二代移民，這樣順其自然下發展的最終結果，必然可得到新的社會平衡。將英語定為官方語言，在革命時期（Revolution）的確曾被提議過，那是因為當時荷語和德語曾盛行一時，但現在並沒有這個必要。良好的英語能力能夠讓人成功致勝，這是現今社會上顯而易見的現象，光憑這一點，就足以使人獲得學習英語的動機。第一代移民常表示，他們發現要自己的小孩學習母語比學習英語更難。一九九〇年間所有的調查報告都指出，有超過百分之九十五的人民能說得一口「流利」或「極為流利」的英語，所以，事實上，處於危機中的是其他語言，而非英語。

因此，許多人都認為這項法案是聯邦政府在毫無正當理由的情形下，對人民言論自由的一種侵權行為，也破壞了文化的多元性，甚至可以說是一項意圖限制、控制少數民族的政策，增加了人民之間劃分界線的可能性。將英語定為官方語言並不能保證種族間的和諧，一個群體即使已經以單一語言統一，仍有可能因種族、宗教、政治或其他立場不同而分裂。顯然的，在這世界上比語言重要的事情多的是，這點也可從那些反立法人士發表的言論得到證實。比如像是菁英、種族主義者、反移民者，以及反西班牙語人士。

社會經濟方面（支持）

支持立法人士主張，在現今政府財源有限而經費競爭、排擠激烈的處境下，不適合實施如此昂貴的雙語政策，而且不像加拿大那樣，只有一種替代性語言需要被保護，而是要考慮到超過三百種以上的語言。這些人士指出，沒有一個國家的財力有辦法負擔對這麼多種語言提供立法保護的語言政策。以加拿大的例子來說吧！光是處理兩種語言的情況，在一九八〇至九〇年這十年間，就耗費了近七十億美元；反觀美國，人口是加拿大的十倍，語言種類則更多，每年勢必得花費比加拿大多好幾倍的經費來支持這項政策；而所需經費會多到什麼程度，就得視美國選擇支持、保護的語言多寡而定。

而語言的選擇就更困難了，支持立法人士發現，他們很難去認定語言要成長到什麼程度，才夠資格接受官方支持。假如訂定使用人數五百萬人為門檻，那麼使用人數恰好比五百萬人少一點的那些語言使用者，必然會認為這樣的分野不公平。部分政治評論家因此認為根本不可能定出所有人都滿意的門檻，保存語言是無法挑出種類的——不是全部保存，就是全都不保護。因為如果立法全面實施保存語言，那麼一些罕見語言的使用者也很可能會因此法案而要求他們自身的權益，這樣一來，國家必定面臨破產。所以，唯一的替代性方案，就是除了最廣為流通的英語以外，不立法保存任何語言的使用。

例如駕駛執照考試，有數種語言可供選擇這類替代性語言服務的方案，是另一項備受爭議的條款。因為使用率低，而形成了資源浪費。在美國領導這項法案立法的「美式英語組織」，曾留意過這個現象。舉例來說，一九九四年，國家財稅局（Internal Revenue Service）曾發行五十萬份西班牙文的表格和指導手冊，卻只回收了七百一十八份。由此可見，這樣的語言保障政策真是所費不貲。二〇〇二年，加州政府也曾提供三十三種語言服務，供駕駛執照應試者選擇。從這些例子得到的結論，就是不如把經費用來改善美國移民的英語能力，成效可能更好。這些支持立法人士還有另一項強而有力的說辭，就是教導移民本國的母語，對移民而言並沒有實質的幫助，反而會減弱他們學習英語的動機，使他們只能做一些低收入的工作。無庸置疑的，職場是英語的最佳保障，擁有較好的英語能力才有較多的就業機會。不論是對國家或地方來說，如果每個人都擁有自信與能力以英語溝通，將大大地提升工作效率，這也將確保每個人對路標、職業安全規則、醫囑、環境保護警訊等都充分了解。如果因英語能力不佳，而必須採其他種語言參加考試，即使順利取得了駕駛執照，也不可能應付得了路旁繁複多樣的英語路標和指示牌。

社會經濟方面（反對）

反官方化人士質疑，引介新法律的複雜性與成本，是否真能讓政府省下所投入的金錢與時間。他們尤其質疑立法是否真的有可能執行；同時指出對語言上「官方」觀念的詳細定義，以及為「公開使用」及「私下使用」做一個明確而一致的釐清，也很困難。舉例來說，為支援少數民族議題而發動的遊行，到底算是公開事件或是私人事件？應不應該准許遊行者拿不是用英語寫的標語？他們害怕公共領域將會逐步侵蝕私人領域，最後危害到言論自由，特別是在已準備好運用法庭解決爭論的國家，一般認為，這項新的法律所引來的困難會比其解決的問題要大，而且可能要花費更高的代價去履行和維持。事實上，一項不適合應付高度動態與複雜社會現況的立法，很可能因違犯者多過於奉行者而終結。還有一個很重要的困難點，那就是任何層次的聯邦新控制，都要與數個州所制定的個別法律一同實行（二〇〇二年時有二十七個州），而這些個別法律彼此間也有很大的不同。

對語言不是完全支持、就是完全反對的觀點，也依以下的推理被熱烈討論著。要為支持某甲語言的派別與支持某乙語言的派別做一個界定，可能真的沒什麼準則可言，但也不是說，我們就不能為那些說著除了英語以外也廣為使用的語言的人做點什麼，若相對多數的人得到對他們母語的一丁點獲益。先前所提的健康與安全領域，就是我們該付出比現今更多努力的地方。有些評論家對許多擁有高移民人口的國家發生的情況甚為關注；例如，德國的製藥公司必須提供外來人口所使用的土耳其文、義大利文、西班牙文、塞爾維亞／克羅西亞語等五種用藥指示，但他們並不需載明所有德國境內其他語文版本的用藥指示，例如，俄文、波蘭文等。從這個角度來看，採行禁用這些不具代表性的語言政策，被認為是不合理的。畢竟大家都覺得提供藥瓶安全的語言愈多愈好，也很實際，而且能減少誤用藥的可能人數。要幫助所有無法了解英文的人是不可行的，但是政府也不能因此決定全然不協助這些人。

即使適度的官方英語地位並不意圖破壞種族識別或其他語言的自然成長，反官方語言人士聲稱，抽離資源及對英語的新關注，必然會危害其他語言在醫療照顧、法律實施的服務供應。一般也認為，大家對其他外語可能更是興趣缺缺，這對在國際企業競爭和政治外交上，愈來愈被普遍認為外語能力是有利條件而言，是很不好的發展。

教育議題

在教育議題的辯論中，其他數種論調也常被提及，特別是在教育理論與實行上。舉例來說，支持官方語言人士關切許多上雙語課程的學生，被英語水準低落的師資所教導，反覆被灌輸不當的英語用法，而這「灰色地帶方言」將使得這些學生與社會地位低劣的人劃上等號。他們指出，缺乏受過適當訓練的教師，在分派學生去上最適合其程度的課程與上課時數時所遇到之難題，並宣稱雙語課程在培育過渡英語課程成為主流英語班級上，不如純英語課程來得有效。反官方化人士強調雙語的價值在於，那是孩童學習經驗的一部分。如果，社會重視其原屬語言的話，第二代移民往往在學習第二語言時表現較佳。他們強調雙語教育課程成功的可能性，並表示對十八歲的第二代移民的英語成就最好的估測，多憑其花在雙語課程的總時數。若教育體系有任何不適之處，那是因為政府在提供學習資源、教學設備、教師訓練的財務支援上很失敗，而且只有百分之二十五英語熟練度有限的學生能接觸到雙語課程。有人指出，「官方英語議案」對全面性培養流利英語，一點用處都沒有（而不是有了這個議案什麼問題就沒有了）。要評估這兩方的論點，需要對教學方法、研究流程、評估目標做一個詳細而全盤的考慮，而且對本書而言要提出一種處理方式也太過複雜了[6]。但是，很重要的一點是，我很感謝過去這段時間以來，目前仍持續在這個議題上的努力。

許多支持官方化的人覺得，輿論的動向已走到錯誤的方向上。以前認為，能設計出愈快讓學童從過渡課程進入主流英語課程愈好，現在則希望這些課程能保留文化識別及減少融合。從期望移民學習英語的角度，他們注意到現在非移民在學校中反而必須學移民者的語言；從英語是移民找工作時所需的語言來看，他們現在注意到只會英語的人必須學移民者的語言，以使自己合於工作需求。他們害怕優先依語言理由任命，其次才是看能力及經驗的社會。當然，這些恐懼絕不是美國特有的現象。他們粉飾所有施行雙語政策的地方，然而，他們在美國尤以特別強的力道來表達，部分原因可能是有許多美國人的參與，部分是因為其民主傳統是如此受到個人權利的強力支持。

無法被官方化論調說服的許多反官方人士，發現一個無從選擇、卻必須歸納出的事實，「官方英語」代表了菁英主義或是歧視。在他們看來，少數語言並沒有被好好保護，反而處處受限。根據一項代替性的建議案（一九九五年七月由眾議員塞雷諾（Jose Serrano）向眾議院提出的「英語利益提案」），「官方英語法」是一項「對自我表達不正當的聯邦規定」，將會「廢止憲法所賦予的言論自由權利以及對所有法律的平等保護」。而且也否定了最高法院在一九二三年時的案例（Meyer v. Nebraska）上的精神，針對這個案例，最高法院聲明：「對憲法的保護可以擴及全部的人，包括那些說其他語言的人，以及生來即以英語為母語的人。」漠視這項思考的傳統，反而會使這陷入困境的社會狀況，更陷入難解之境。塞雷諾法案聲稱將官方英語立法會「侵害多元文化的傳統」並「依種族界線分化社會」；相對的，多語可以為社會帶來利益，促進不同種族族群之間的移情作用。美國最重要的語言組織「美國語言學會」（Linguistic Society of America）在一九九五年對語言權發表聲明，最後總結大意如下[7]：

> 儘管美國擁有多種語言的歷史，英語扮演共同語言的身分，從來沒有被如此嚴重質疑過。研究顯示，照目前的情形繼續下去，相較於以前的移民世代，新移民持續學習英文。各級政府應合理地資助教授英語課程，讓所有想學英語的居民都有機會學習。雖然

如此，推廣我們的共同語言不需要、也不應該在危害少數語言權利的情況下來辦理。

「英語利益提案」首先認可英語是「美國主要的語言」、承認美國居民說其他語言的重要性，同時主張「這些語言資源應該被保存、開發」；而且不斷強調多語對美國社會的價值在於「加強美國在全球世界的競爭力」、「經由培育國與國之間更深的了解並強化溝通，進而提升美國的外交成效」、「在不同種族團體間促成跨文化的了解」。法案中建議美國政府應繼續下列的政策：

一、開創更多的教育機會，以鼓勵美國居民能完全熟習英語。

二、鼓勵美國所有的居民學習或保有英語以外的語言技能，以保存並開發美國的語言資源。

三、協助美國原住民、阿拉斯加原住民、夏威夷原住民、以及其他在美國土生土長的原住民，努力防止其語言與文化滅絕。

四、持續提供英語以外的語言所需的服務，使其便於使用政府各項基本功能，推行公共衛生與安全，保護基本人權。

五、承認多語於維續美國人利益與個人權利的重要性，並反對「只用英語」的標準，或類似的語言限制標準。

然而，塞雷諾法案在一九九六年卻沒有絲毫的進展，因為政治注意力最終只集中在愛默生法案。

到了一九九六年終，對「官方語言」未來的方向仍沒有定案，語言的爭辯變得愈來愈兩極化，被迫成為選舉年的政黨政策，這項爭辯的情緒層次也逐步拉大，似乎與語言、想法、個體、社會識別間的親密關係有關，而產生更強烈的情緒。官方英語的支持者，無論多溫和，總會被貼上「種族主義者」的標籤，而想使用原有語言的移民，不論多有文化教養，則被苛評為「貪圖福利」，這件事恐怕很難獲得妥協。千禧年過後仍持續爭論，頒布官方語言法案的州，從一九九五年的二十二個增加到二〇〇二年的二十七個，且新一輪的立法在二〇〇一年五月開始，此時「英語聯合條款」（English Language Unity Act）亦傳進眾議院（HR1984）。學術界語言學者團體的反對聲浪依舊強大。

新英語

魯西迪（Salman Rushdie）在一篇名為〈克倫威爾時期英語已不復存在〉的文章中評論[8]：「在一段時期之前，英語已經沒有所有權的問題了。」事實上，當美國這個全世界最大的英語國家證實，國內的英語人口只占全世界英語人口約百分之二十時，我們很清楚，現在已經沒有任何一個民族或國家可以宣稱擁有使用英語的唯一所有權，這或許是定義一個真正的全球性語言的最好方式：語言的用法不再受制於任何國家，或像有些人造語言一般，接受政府體制的操控。

語言所有權的喪失，對那些始終認為自己在歷史軌跡中握有英語所有權的人而言，當然覺得很不舒服，尤其是英國人，但這也是沒有辦法的事。沒有任何地域性的社會運動，像是純粹主義團體般，企圖阻止語言的改變，或是企圖保存想像中過去那一段文雅語言風行的時代，而最終真的可以影響全球化的結果。最後，人們將之歸結到人口成長。在第二章所呈現的英語國家，在內圈以英語為母語的人口（L1）與外圈以英語為第二語言的人口（L2）數相當，約為四億人。但是，將英語當第二語言的國家人口成長率顯然比英語國家人口成長還要來得快速，拿二〇〇二年的人口成長率相比較，約是百分之二·四比百分之〇·八八。假如這樣的人口成長率及學英語的風潮持續下去，雙方的差距將有戲劇性的改變。現在L2人口可能就已經超越L1人口了。在五十年之內，更將會大幅超越百分之五十。屆時，英語的所有權就真的是屬於全球的了。

我們須重視如此眾多英語使者。比如說，印度人口從一九六〇年以後增加了一倍，在一九九九年時超過十億，成為全球人口第二多的國家，僅次於中國，但其生長率卻超過中國（一九九〇年代後期，中國為百分之一．一，而印度為百分之一．七）。縱使是以第二章中所低估的數據，印度說英語的人口也跟英國一樣多，更遑論以較高的估算方式，會有比這數據多六十倍的人。如果目前學英語的趨勢持續（透過衛星電視和其他唾手可得的英語資料），這中間的差異會持續擴大。

這種無可避免的語言發展，將讓我們見識到各種出乎意料的語言改變方式，在世界各地廣泛使用的英語，隨著它在不同地方落地生根，新的、不同的英語使用方法也不停的反映呈現在不同地方。自一九六〇年代後，英語的變化成為一個值得討論的主題，而它多樣的變化也造就了「新英語」（New Englishes）這個詞彙的產生。不同英語中，最為近似的兩種英語就是英式英語和美式英語。兩者的分歧應該是源起於移民者踏上美洲領土的那一刻[9]。到了韋氏（Noah Webster）編寫字典的當時，已經有數百個字彙只出現在美國，而從未出現在英國；英語的發音開始有明顯的出入；而字彙的拼法也正改變中。直至今天，英式英語和美式英語因彼此間文化的不同，誠如蕭伯納（George Bernard Shaw）所謂的「被共通語言的藩籬所隔」，而存在著成千個歧異[10]。

為什麼這些差異會出現呢？就美國方面而言，發展一套具有特色的標準美語，早就是韋氏的構想。他在所著的《英語語言論文》（*Dissertations on the English Language*）中強力推銷自己的見解[11]。他認為：「作為一個獨立國家，擁有一套自己的語言和政府體系是一種莫大的光榮。」這也是因為當時英國的「作家品味逐漸腐化，語言也正走下坡」。當然，另外他覺得該發展自己一套語言的部分原因是「英國距離我們太遙遠，無法成為我們的模範」。屬於美國本土的國家語言或是聯邦語言無可避免地將會產生。因為新領土的開拓勢必會為美國的英語帶來許多新詞彙，而這些都是英國無法與之分享的。但是，當然屬於美國的語言也需培養和醞釀。拼字方法的改革將是此方向主要採取的步驟。「英式英語和美式英語間拼字法的不同……深受政治發展因素所影響。」他說的沒錯，就如同之前幾章所述，語言和政治發展議題息息相關。

造成美式英語發展的力量來自許多方面。方言研究學者凱西迪（Frederic G. Cassidy）做了精采的摘要[12]：

> 大革命和國家獨立的影響是相當深遠巨大的。不光只是韋氏看到了這一個可以擺脫英式陳腐語言的機會，想要為新國家尋找或重新定義一套屬於本國的語言。英國過去曾經有幾次也為了語言改革目標而成立學會來研究，可是最後都失敗了。這一次，在傑佛遜

（Thomas Jefferson）的領導下，我們要重新發揮我們的企圖。但是其他力量也正在運作，尤以大眾的力量，特別強而有力。在傑克遜總統（Andrew Jackson）主政時期，一切以真正的民主為依歸之後，大眾力量真的非過去少數的貴族政治力所能比擬。

當人口隨著西部拓荒而西移，許多當時已經穩固建立的社會制度和標準，也在開拓的先鋒隊伍中被拋棄，這特別反映在語言運用上。由於幾乎沒有或根本就沒有教育環境，為了盡其所能地配合粗劣的物質環境，這些西部開拓者自由隨意地運用他們的語言。他們高談闊論、誇大的幽默、豪氣干雲的用詞，幾乎沒時間想到文雅修辭的問題。

然而，在美國東部，尤其是一些城市，教育問題非常受到重視。由於領導階層如此認知，因而一般社為大眾普遍有這般想法。設置學校成了新移民區的進步指標。尤其對那些具有才華而卻顯謙遜的人而言，自我修養格外重要，而這也同樣普遍讓一般人學習和景仰。當時就學不似現在容易，一些公開的演講一旦在學校中被傳頌，人們就會因為感染到頗具教育內涵的想法而深感光榮。一些創新語辭成為不假思索、一味模仿的新產物。學校學生都流行說著彷彿未受過教育般，卻又饒富智慧的幽默話語。

凱西迪在這裡提到了一些幽默作家，包括比林斯（Josh Billings）、瓦德（Artemus Ward）及一些作風較為輕鬆活潑的哲人，他們在十九世紀末期鼓舞了全美國的聽眾和讀者。比林斯以未加修飾的粗野拼字法寫下了他的評論：「除了新英格蘭區以外，全世界人性都是一樣的，全都自然配合他們的環境發展。[13]」（Humin natur is the same all over the world, cept in Nu England, and thar its akordin tu sarcumstances.）

除非人們能夠看懂他的玩笑，換句話說，得辨識他那不標準的拼字法，還得明白方言措辭的文法和語詞，否則這類幽默寫法就完全失去效果。在比林斯出世的時候，韋氏已經六十歲了。顯然，在很短的時間內，美式英語已經建立起新的身分認同，即使充斥不同方言，仍然能夠提供統一、可供寫作的一套標準，使得整個新國家的人民都能辨識並加以回應。

其他英語國家也同樣發展出具當地特色的澳洲英語、紐西蘭英語、加拿大英語、南非英語、加勒比海地區英語；在英國境內亦發展出愛爾蘭英語、蘇格蘭英語，以及威爾斯英語。其他屬於將英語視為第二語言或特殊語言的外圈國家，在最近這幾十年也發展出多樣化的語言。包括印度、巴基斯坦、孟加拉，以及斯里蘭卡，便發展出所謂的「南亞英語」。另外，在前大英帝國殖民下的一些西非國家，結合成一團體；而在東部非洲，屬於前大英帝國的殖民國家，也結合成一個團體。另外，值得一提的外圈國家，也發展出自己風格的英語，包括加勒比亞海地區及部分東南亞國家，例如新加坡。

這些所謂的新英語，有點像是在理解自己國家境內不同的方言一般，只是它們的範圍是屬於國際性的，包含了所有的國家和地區。和我們所謂國家境內城鄉地區不同口音方言影響僅僅數千人是不一樣的，各種新英語都有著上百萬的使用人口，這是英語全球化擴展無可避免的結果。根據語言歷史的研究指出，兩個不同的社群一旦受山脈或大河阻隔，很快就會各自發展出截然不同的說話習慣。所以當一國內的人民社群彼此居住相距數千里遠時，因受到不同氣候和動植物生態的衝擊，而出現各種新的國家方言，也是理所當然的事。

方言出現的主要作用，是帶給使用者彼此的認同感。假使你想讓大家知道你來自國內的哪個地方，你可以拿著代表家鄉的旗子，穿著印有徽記的外套，或者說著帶有特殊口音或腔調的方言（這也是最方便的一種，因為它總會一直跟隨你）。同樣的，在世界舞台上，如果你想讓大家知道你來自哪個國家，最快速而直接的方式，就是以特殊的語法、語調做區別。這些語言的相異處在一些非正式場合中格外引人注目；例如在當前網際網路上的討論群，就會發生這種狀況。

國際性的語言多樣化，可以區別國家的身分認同，而且也可以減少人們在彼此理解、卻又各有各自身分認同間的衝突。因為假如來自甲國的人說的是英語，那他和來自乙國也同樣說著英語的人，是可以彼此理解溝通的，這一點會因為語言的書寫相同，而更加了解；另一方面來說，因為甲國人的說話方式並未全然和乙國人相同，雙方也都能各自維持自己的身分認同，彼此仍然可以是「涇渭分明」的。

身分認同是二十世紀後半著重的，當時獨立的國家遽增，聯合國成員多出三倍，不難想見結果造成這麼多新英語的發展。一旦國家獨立，會很自然地想要擺脫過去殖民國的語言，在本土語言中尋找象徵國家獨立的語言，但多數時候並不可行。比如說，在奈及利亞有五百個本土語言可以選擇，每種語言都代表一個種族，這種情況下，唯一的辦法是繼續使用原先殖民國的語言，因為幾十年下來，殖民國語言也融入了當地的制度。但語言認同的壓力是不會停止的，在官方宣布採用英語之前，同化便已開始。新的語言制度用法呈現了新的說話和寫作方式，本土用詞開始占優勢。區域性特殊的表達模式出現，有時開始以區域字典計畫的方式被記錄下來[14]。

大多新英語的同化與詞彙相關，以新字（借字——如奈及利亞可從幾百種語言來源借字）、構詞、字意、詞組組合和慣用語等形式表現。許多文化範疇內有新字產生，說話者會改變語言以達到他們要的溝通功能。國家的特殊生物地理特徵會衍生出大量關於動物、魚類、鳥類、昆蟲、植物、樹木、石頭、河流等的詞彙，以及土地管理和解釋相關議題的詞語，這些都是本土居民生活形態的重要特徵；同時也會有關於食物、飲料、醫學、藥物，還有與吃、健康照料、疾病、死亡相關的字；該國的神話和宗教、占星和天文帶來許多人物、信仰、儀式的名詞；口語和書面文學或許在英雄事蹟、詩、演講、民間故事中產生獨特的名詞；當地法令和習俗的專有名詞；文化讓科技有自己的字眼，如交通、建築、武器、衣服、裝飾及樂器。全世界的休閒和藝術有語言規格——舞蹈名、音樂風格、遊戲、運動，還有身體外貌特殊用詞，如髮型、刺青、裝飾。任何社會結構方面皆可能產生複合命名系統，如當地政府、家族關係、社團和社會等。沒有人知道文化到底有多少層面是像這樣基於特定社群的，但一定很多。因此，當社群採用了一個新的語言，並開始在生活各方面使用這語言，那麼無可避免地，一定會產生大量詞彙[15]。

新英語的語言特徵

雖然我們對於為什麼英語會成為世界語言，可以提出可能的答案（第三、四章），但這現象是如此新近，以致英語作為世界語言時到底發生什麼事，我們尚未能完全了解，而過去的經驗亦無法解釋目前正在發生的改變。過去，部分「新英語」已被完整研究，如美式英語及澳式英語，但在以英語為母語人士和非母語人士的背景下所發生的改變，是相當不同的。已經有跡象顯示這改變，但是縱使已知社會、種族、該國家內的語言複雜性及兩個語言相去甚遠的背景[16]，要可靠地推論，仍然很困難。然而若從已執行之個案研究中，去辨認改變的種類，感受改變的程度，的確是可行的。本章節著重在語法和詞彙議題上，但仍提及較廣泛的層次，例如非音段音韻學與結構語意的互動及其角色。

語法

任何語言結構及用法之範疇都可能是語言變體的區別，但比較傳統英語及美式英語，幾乎都著重在字彙和音韻，國際觀點的參考文獻較少提及語法的差別。一本文法書在比較美式英語及英式英語的差別時，提到「語法的差異性是很少的……詞彙差異相對來說多得多」，語法只偶爾在其他區域才具差異性[17]。其他文獻更強調這一點，同時指出「文類中的語法差異，比起方言更為廣泛」，「方言當中的核心語法特徵，其實是滿一致的」[18]。無庸置疑地，除了少數絕對不同之處（如美式英語 gotten），語法給人頗為「一致」的印象，但這印象更可能是因為某些未知的原因所造成。

可能兩點相關的原因。第一，語法著重於標準英語，書面語更基於此，特別是從教學的考量出發[19]，因此非標準的英語語法僅是曇花一現。然而從國際方言學中發現，語法差異正是在此曇花一現中察覺。新英語就像易與地方認同結合的國際方言，便呈現相似的發展方向。第二，新的語言變體主要會跟口語結合，而非與書面語結合，因此也較少受到注意。縱使是一直強調口語重要性的歐洲主要參照語法，也還是不免著重書面語。語料庫更是大量偏向書面語，例如擁有一億字的英國國家語料庫（British National Corpus）語料庫，一開始僅有百分之十為口說語，而英語庫（The Bank of English）有二百萬自然口語轉寫成的文字，也僅是占總語料庫的百分之六，其他書面語高達三億兩千萬字。用於《聖經》等的四千萬字語料庫，語法在比例上增加許多，其中有六百四十萬字為交談式的口語，五百七十萬字為非交談式口語，但百分之三十的語料庫仍為書面語[20]。

傳統上，使用國內和國際英語的人不僅是能讀寫而已，他們更認為能讀寫是他們專業表徵的重要部分。長久以來，大家都覺得使用英語是「受過教育」（通常指「受過高等教育」[21]）的用法。書面語文法的影響也因而普及，學校裡傳統的規範性語法和成人的依賴文法書使得書面語比口語占優勢。僅介紹口語語法的書籍非常少，而且是不探自明的[22]。但隨著英語逐漸全球化，口語終將受到較多的關注。雖然沒有人會認為標準書面語會失去重要性，能讀寫依然是標竿，但證據（稍後提及）顯示新的口說語言變體正在擴大，而這些語言變體與書面語少有關聯，甚至完全無關。書面語語料庫所呈現的地區趨勢，很難預測全球口語的英語將如何在文法上改變。因此，現今觀點所認為的「少有廣域性文法差異」也不見還能適用。

但縱使是在書面語一面倒的文獻中，也有跡象說明，實際情況比起一般人的印象有較多的文法差異。比貝爾（Biber）等人所著的文法書中有最多的證據，書中比較不同語體的統計結果，著重於詞彙和語法間的互動關係，並參照英式英語（BrE）和美式英語（AmE）。「核心語法特徵在方言間相對而言是滿一致的」這點看法大致證明了，但我們如何解釋，端看所指「核心」的精確度，以及要怎麼取捨「相對而言」。當然，當我們檢測語法搭配詞（colligation）（意指特殊語法文本中的詞語搭配）時，會看到許多不同處。比貝爾在書的索引中指出六十多個具某些不同的位置，大多數都是詞彙語法的不同。【表三甲】呈現不同副詞，屬於這類型的語言變體；【表三乙】為修飾形容詞的副詞，摘錄交談中表示的不同處。這一類語言變體在文法書中數處皆有所呈現，比如說，較古的半助動詞（亦即have to, be going to）在美式英語中「較常出現」，而較新的半助動詞（亦即had better, have got to）「更常出現」在英式英語中[23]。不同的用法還有時態、助動詞、否定、人稱一致、代名詞、互補分布等其他方面，以及幾個地區一起呈現的累積差異，特別是語法搭配詞。這可能是美式英語及英式英語給人不同印象的來源，縱使無法在兩者中發現非常獨特的語法或詞彙特徵。

無論何種美式英語和英式英語的語法差異，比起與新英語的差別，這些都算是小的。而與新英語的不同有些更觸及我們認為的「核心」。以下將會列出部分區域個案研究的例子，但要特別指出這些皆為有限的研究，目前這些例子僅為地區語法發展可能趨勢。有少數人試圖以較為廣泛的觀點，來看某一語言變體的特徵能否在其他區域中找到，不論是附近或遠方[24]。正如比貝爾等人所闡述的，這些個案研究並非都採用相同的跨區域變異觀點，或有詞彙語法互動的現象。這些

【表三甲】英式英語及美式英語副詞用法上的一些不同，
根據比貝爾等人（一九九九）著*

副詞	語體	例子 使用頻率	英式英語 使用頻率	美式英語	頁數
yesterday	報紙	X happened yesterday	高很多		795
星期	報紙	X happened Wednesday		高很多	795
may be, kind of, like	會話	I kind of know		高很多	867
sort of	會話	I sort of knew	高很多		867
當連綴副詞 用的so	會話	so, I'm hoping he'll go		較高	886
當連綴副詞 用的then	會話	we'll use yours, then	較高		886
形容詞當 副詞使用	會話	make sure it runs smooth		較高	542
當副詞 用的good	會話	it worked out good		高很多	543
real+形容詞	會話	that was real nice		高很多	543

* 表格讀法為（從第一行）：副詞 yesterday 在英語報紙的使用頻率，如 X happened yesterday，英式英語比美式英語高很多（根據比貝爾等人的論述）；這些資料在他們書中第七百九十五頁。

【表三乙】會話中特定副詞＋形容詞組的不同，根據比貝爾等人（一九九九）所著第五百四十五頁

發生率	英式英語	美式英語
每百萬次出現一百次以上	very good very nice	pretty good pretty nice
每百萬次出現五十次以上	quite good really good	too bad very good
每百萬次出現二十次以上	pretty good quite nice too bad fair enough	real good real quick really bad too big very nice

研究多是有語言學訓練過的觀察者小心蒐集得來的印象，無法像系統性調查一樣能廣泛適用。另一方面，九〇年代中漸漸有較多以語料庫為本或引導式的測試方式[25]。

以下所提及的文獻中缺乏統計數據，表示這些非標準的語言變體（相較於英式英語或美式英語）有待質疑。幾種可能的情況：某語言變體在當地區域是標準形式，不論書寫或口說語境中，或者僅局限其一；可能是正式或非正式，或僅限於某語體，如只出現在報紙新聞，學生間的俚語[26]，或其他限定環境；可能是個人特異用法，如文學創作；可能與英式英語或美式英語的其他語言變體共同出現；也可能是在區域裡被指責的，甚至連當地人都視為錯誤。如果要花四十年的

時間，研究語料庫中英語主要的語言變體情形，以達比較某語體特定的分析（如比貝爾等人的研究），我們不難想像何以其他地方的文獻相較之下少得多。但不表示像【表四】中只列舉例子，蒐集原始語料，就沒有價值。相反地，他們為語言變體現象研究提供了著重在某區域的語料，並提供了無價的可能假設。

【表四】列舉了已經注意到的特徵，有些甚至大家都認為非常接近「核心」，像這樣的表格需要小心解釋。表格的主要目的在舉例具區別性的新英語語法特徵，而非要窮舉各種例子或列出具代表性的例子。舉個例子，譬如說迦納，並不表示這特徵只在於迦納，而是迦納僅是可以找到這特徵的國家之一（不只一個作者指出這一點），一定還有其他地方也可以發現。這些例子都是從個人研究中取得，我們並沒有要評論作者這些聲明的立場，許多例子只是一些軼事，在當地報紙、廣告、談話等處觀察得來。正是這些有趣的例子，讓我們在調查新英語的區別性語言特徵時，知道語法範疇一定是核心的，與詞彙和音韻並列。

從【表四】的例子我們可以提出一些有趣的問題。我們總無法確定新的特徵是因接觸當地語言而轉移的結果，抑或是英語外語學習的一般特性，雖然通常研究結果會認為是其中之一。改變的過程顯然快速而廣泛，而起因常很可笑，我們需要更多的歷代類型學研究才可得知[27]。但同一個時期的相互比較很有啟發性，且值得研究，這些具區別性的英語句構，因和當地語言接觸而有

【表四】一些新英語潛在的不同語法特徵

構式（句型）	例句	例子來源
句子功能		
修辭性問句	Where young!（＝我根本不年輕）	Mesthrie （1993b）
	Where he'll do it!（＝他根本沒做）	Mesthrie（1993b）
	What I must go!（＝我根本不想走）	Mesthrie（1993b）
附加問句	He can play golf, or not?	Baskaran（1994）
	He can play golf, yes or not?	Baskaran（1994）
	You stay here first, can or not?	Baskaran（1994）
	You didn't see him, is it?	Tripathi（1990）
	He left, isn't?（＝他走了，對吧？）	Mesthrie（1993b）
	You are coming to the meeting, isn't it?	Kachru（1994）
子句成分		
主詞動詞（SV）順序	at no stage it was demanded...	Baumgardner（1990）
	Why a step-motherly treatment is being...	Baumgardner（1990）
	What they are talking about?	Baskaran（1994）
	When you would like to go?	Kachru（1994）
	She is crying why?	Baskaran（1994）
補語	busy to create（＝忙著創造）	Baumgardner（1990）
	banning Americans to enter	Baumgardner（1990）
	decision for changing	Baumgardner（1990）
受詞省略	Those who cannot afford	Fisher（2000）
副詞位置	You must finish today all your practicals	Baskaran（1994）
	Sushila is extremely a lazy girl	Baskaran（1994）
	Seldom she was at home	Baskaran（1994）

構式（句型）	例句	例子來源
	Hardly they were seen in the library	Baskaran（1994）
句末連接詞	She can talk English but	Mesthrie（1993b）
	I cooked rice too, I cooked roti too（＝我煮了飯和麵包）	Mesthrie（1993b）
主題化（並非一定是用以強調）	Myself I do not know him	Tripathi（1990）
	That man he is tall	Tripathi（1990）
	My friend she was telling me	Mesthrie（1993a）
	His uncle he is the cause of all the worry	Baskaran（1994）

動詞詞組

省略助動詞或聯繫動詞	When you leaving?	Baskaran（1994）
	They two very good friends	Baskaran（1994）
時貌和時態	I am understanding it now	Mesthrie（1993a）
	He is having two Mercs	Baskaran（1994）
	I finish eat（＝I have eaten）	Mesthrie（1993b）
	I already eat	Platt and Weber（1980）
	You never see him?（＝你見過他嗎？）	Mesthrie（1993b）
	waited-waited（＝等了很久）	Mesthrie（1993b）
	to give crying crying（＝總是在哭）	Kachru（1994）
	I have been signing yesterday	Baskaran（1994）
	I would be singing next week（表示很遠的未來 v.s. will）	Baskaran（1994）
	The government shall be responsible	Fisher（2000）
動詞片語	cope up with [something]	Tripathi（1990）
	stress on [something]	Baumgardner（1990）
	fill this form	Skandera（1999）

構式（句型）	例句	例子來源
	pick the visitor（＝接載客人）	Fisher（2000）
	participate a seminar	Baumgardner（1990）
	pluck courage	Fisher（2000）

名詞詞組

前置成分	milk bottle（＝一瓶牛奶）	Baumgardner（1990）
	knife bread（＝麵包刀）	Tripathi（1990）
	under construction bridge（＝建造中的橋樑）	Baumgardner（1990）
	detrimental to health medicines	Baumgardner（1990）
同位語	Johnny uncle（＝強尼叔叔）	Mesthrie（1993b）
	Naicker teacher（＝老師、內克先生）	Mesthrie（1993b）
單複數	aircrafts, equipments, luggages, machineries,	Ahulu（1998b）
	stationeries, damages（＝損害）, jewelleries,	cutleries, furnitures
	trouser	Awonusi（1990）
冠詞使用	a good advice	Ahulu（1998b）
	a luggage	Ahulu（1998b）
	There'll be traffic jam	Baskaran（1994）
	She was given last chance	Baskaran（1994）
省略代名詞	Did you find?（先前已經提過的某事）	Mesthrie（1993a）
	If you take, you must pay	Baskaran（1994）

構式（句型）	例句	例子來源
其他句型		
介系詞	request for	Gyasi（1991）
	investigate into	Gyasi（1991）
	gone to abroad	Gyasi（1991）
	ask from him	Awonusi（1990）
	discuss about politics	Awonusi（1990）
	return back	Tripathi（1990）
比較句	more better	Tripathi（1990）
	younger to	Tripathi（1990）
	junior than	Tripathi（1990）
後置詞	Durban-side（＝接近德班）	Mesthrie（1993b）
	morning-part（＝在早上）	Mesthrie（1993b）
	twelve-o-clock-time（＝在十二點時）	Mesthrie（1993b）
語尾副詞	I told you, what（＝你不記得我告訴過你的啊）	Baskaran（1994）
	He is really serious, man（＝跟你說）	Baskaran（1994）
	He's a real miser, one（＝典型的小氣鬼）	Baskaran（1994）
	He's not the eldest, lah（＝跟你說）	Baskaran（1994）
	Where you going ah?	Preshous（2001）
	We are going, oo（＝現在）	Ahulu（1995b）
	He is tall, paa（他很高）	Ahulu（1995b）
重疊詞	now-now（＝很快、馬上）	Mesthrie（1993a）
	who-who（＝誰〔複數〕、不論是誰）	Mesthrie（1993b）
	what what（＝不論爲何）	Fisher（2000）
	one-one（＝每一個）	Mesthrie（1993b）

構式（句型）	例句	例子來源
	quick-quick（＝非常快）	Mesthrie（1993b）
	tear-tear（＝撕成碎片）	Ahulu（1995b）
	big big fish（＝許多魚）	Mehrotra（1997）
	good good morning（親密的語調）	Mehrotra（1997）
構詞	coloured television	Awonusi（1990）
	repairer（＝repairman維修工人）	Awonusi（1990）
	second handed	Awonusi（1990）
	proudy	Tripathi（1990）
	poorness	Mesthrie（1993b）
	imprudency	Fisher（2000）
	delayance	Gyasi（1991）
	costive（＝costly昂貴的）	Gyasi（1991）
	matured（＝mature成熟的）	Gyasi（1991）
	storeyed（＝好幾層樓）	Fisher（2000）

相對應的句構，因為正是如此的交互作用，最能影響新英語的身分認同。舉例來說，亞薩哥夫、鮑、魏（Alsagoff, Bao and Wee）分析新加坡式英語（CSgE）口語中 why + you 的構式，如「Why you eat so much?（為什麼吃這麼多？）」——一種需要正當理由解釋原因的構式（也就是，「除非有正當理由，否則你不應該吃這麼多」）[28]。英式英語和美式英語中有類似的句子：「Why eat so much?」（通常表示「我認為你不應該」），相對於「Why do you eat so much?」（可以解讀成「我真的想要知道」）。作者指出這種構式中的

動詞是以原型（而非-ing）且為動態動詞（非靜態）呈現，因此和祈使句有些共同點，也如此地繼承了祈使句的特質。他們注意到像「You hold on, OK.」這樣的句構，在英式英語和美式英語中是不禮貌的，但在新加坡式英語中卻不會冒犯到別人，甚至第二人稱出現比不出現來得較有禮貌。因此他們的結論是「Why you eat so much?」比「Why eat so much?」更有禮貌，並認為這是受到中文的影響，中文裡允許第二人稱出現在祈使句當中，以減少「危害到他人面子」（face-threatening）的可能。

接觸到的其他語言當然也可能會有類似中文的祈使句構式，進而以同樣的方式影響當地英語，很可能這樣的互動只會在個別國家的接觸情境中產生。特別是多語國家，英語被其他本身已經是熔爐（melting-pot）的語言影響，像是馬來西亞語、坦米爾語及新加坡裡的中文，某些群組影響可達很遠的地方。具區別性語法特徵逐漸和混合語言相關，從語言轉換（code-switching）衍生出來（見下面的語言轉換章節）。從新加坡式英語的例子裡發現，縱使有些語法特徵表面上很像標準的英式英語或美式英語，一旦將語用功能納入考量，就會成為具區別性的語法特徵；例如，助動詞就很容易造成不同的語言變體，雖然其影響不易辨認。總結來說，隨著時間過去，英語文法的「核心」特質很可能會變成新英語的主要特徵。

如同之前所述，只要語言進入到新的地區，新的詞彙要進入這個語言並不用花太多時間。從本地語言中借字是最顯著的，譬如，第一批永久性英國移民至北美，是在一六〇七年到維吉尼亞州的詹姆斯敦（Jamestown），書面語中馬上就出現從印第安語的借字。史密斯上尉（Captain John Smith）在一六〇八年寫下 racoon（浣熊）一字；一六〇九年 totem（圖騰）一字出現；一六一〇年提到 caribou（北美馴鹿）和 opossum（負鼠）[29]。但是，借字在「新英語」的區別性認同中並沒有清楚的角色。以美式英語的事例而言，很少有來自北美印第安語的借字在十七世紀和十八世紀中被記載下來，永遠成為標準語的一部分。孟肯（Mencken）提到一百三十二個北美印第安人用的亞爾岡京語借字，只有三十六個仍然存在於標準美式英語中，其他的字被淘汰或僅存於當地方言中（如 squantersquash、cockarouse、cantico）。之後的澳洲也少有本土字彙。另一方面，由於社會政治的壓力影響，從本土語言借字的量逐漸增加，譬如現在的紐西蘭有許多從毛利語的借字[30]。

共存文化的數量以及他們的語言地位，也會影響借字的多寡。在高度多語的國家中，像是南非、馬來西亞或是奈及利亞，身分認同很重要，我們可以預期這些地方的英語會大量使用借字，像《南非英語字典》（*Dictionary of South African English*）[31]就蒐集了許多這一類的詞彙。在這本書中，依據借字來源語言的字首，列出一連串的借字——aandag、aandblom、aap、aar、aardpyp、aardvark、aardwolf、aas 及 aasvoël，以上全都來自南非語。接著是 abadala、abafazi、abakhaya、abakwetha、abantu、abaphansi、abthagathi 及 abelungu，皆源自恩古尼語（Nguni）。只有在這本字典的下一頁，我們才看到英式英語的詞彙，像是 administrator 和 advocate 等字。翻譯借字中也可以看到當地語言的影響，像是 afterclap 和 after-ox（分別為南非語的 agter + klap 以及 agter + os），同時也有外語字根加上英語詞綴這樣的混合形式，如 Afrikanerdom 和 Afrikanerism，或有兩個語言在一個混合字裡，如 Anglikaans。早在一九九四年憲法認同包含英語在內的十一個官方語言之前，南非英語中已經有很多的借字出現，在這之後，這些語言勢必會有更多的借字出現在南非英語中，但實際的結果，會因這些官方語言背後的經濟和政治地位不等，而有不同的結果，同時，英語化影響這些語言詞彙本身改變的程度亦會是干擾因素。有些文化範疇比其他範疇會更快顯現借字的增長——如餐廳的菜單[32]。

當分析新英語的區別性語言特徵時，會碰到所有的標準造詞過程[33]。詞彙構詞的例子已經在【表四】呈現。例如，多種構詞方式在巴基斯坦英語中扮演重要角色[34]，我們會看到英語元素的複合詞，像是 wheelcup（指「轂蓋」），side-hero（指「配角」），有些元素甚至很容易和其他詞結合，像 -lifter（參見 shoplifter「偷竊商店貨品的扒手」）衍生的 car lifter、luggage lifter、book lifter 等，以及 wallah/walla（「做某事的人」）所衍生出來的 exam-centre walla、coachwalla。混合複合詞，如烏都語和英語元素的混合，兩種順序都很常看到：khas deposit「特殊存款」、double roti「麵包」。可以看見特殊的字首構詞，比如 anti-mullah 及 deconfirm；也有以英語或烏都語為字根，特殊的詞尾構詞：endeavourance、ruinification、cronydom、abscondee、wheatish、scapegoatism、oftenly、upliftment、alongside begumocracy、sahibism、sifarashee（sifarash「口味」）、babuize（babu「店員」）。詞性轉換的例子如下列動詞所示：to aircraft、to slogan、to tantamount，而名詞如 the injureds、the deads。縮寫的不同方式——截短法或省併詞，有以下例子：d/o（「……之女」）、r/o（「……之居民」）、admit card、by-polls。鮑戈德納（Baumgardner）一九九八年的文獻中舉出特殊搭配詞，只有英語部分（如 discuss threadbare、have a soft corner）及英語與烏都語混合的部分（如 commit zina「通姦」、recite kalam「詩節」）。

最後一類是新英語不改原本英文字或詞組結構，僅添加了新的意義。在牙買加英語裡我們發現 cockpit 被用來指「一種山谷」，而 beverage 僅表示「檸檬汁」[35]。迦納英語中 heavy 可指「華麗的」，brutal 有「非常好」的意思，除此之外，maiden name 用來指「名字」，適用於男性，linguist 則指「首長的發言人」[36]。南非的某些地方中，lounge 表示某類提供娛樂的餐廳——有時會看到印度餐廳的名字取作 Bhagat's Vegetarian Lounge，或是出現 beer lounge 這樣的詞組[37]。也有許多字保留原本的意義，但與英式英語或美式英語相較，使用頻率則很不一樣，如牙買加英語則很常使用 bawl 這個字表示「大叫」或「大哭」。

這樣的詞彙例子可以從許多來源找到，但都會有相同的問題。由於調查者僅著重在某一個國家，就跟先前語法那部分的討論一樣，很難知道這些特定的字的用法是只在該國使用，還是鄰近國家都是如此使用。特別是在南亞和西非，幾個鄰近國家的語言認同都還在討論中，但任何地方也都可能會有這樣的問題。同時，在資料有限的歷史研究，我們也無法得知，有多少區域特殊性的詞彙實際上是個人特異用法（臨時起意之用或者只是玩弄文字），或者已經不再使用。作者有時也在描述中表達他們的懷疑，例如，凱西迪和樂貝基（Cassidy and Le Page）在他們的討論 corner 表示「變化」（一首歌的歌詞中出現 It no have no more corner）之後，加上「或許是個人特異用法」。要說巴基斯坦、印度、奈及利亞的英語及其他詞彙基準正在出現或許是真的，但要引證說明這樣的主張，則須謹慎。

當區域的詞彙都蒐集完成，區域字典則會迅速增加到數千詞條，第一版的《南非英語字典》中有三千多條，之後的版本持續增加，像是一九九六年的版本就新增了二千五百個詞條，光是南非印度英語就有一千四百個詞彙在其中。《紐西蘭英語字典》（*Dictionary of New Zealand English*）有六千個詞條；《牙買加英語字典》（*Dictionary of Jamaican English*）有超過一萬五千個詞條，而《加勒比英語用法字典》（*Dictionary of Caribbean English Usage*）有二萬個，其中千里達語（Trinidad）和托貝哥語（Tobago）就有八千個[38]。這些數字是個別詞彙項目的總和，也許包含一些稀稀落落的片語，但整體上來說並不呈現不同的搭配詞。然而搭配詞在眾多變異處當中，才是最特殊的。【表五】挑選列出一些不同的搭配詞，並給予慣用語例子。

縱使有些國家區域化的詞彙相對來說比較少，但影響當地英語可能很大，原因有二：這些新的字在當地社區中經常使用，因為他們的生活與該處特殊概念相關，且字詞不會單獨出現，如果說有段對話是關於當地政治，那政黨名稱、口號及其他暗示的詞就會一起出現在同一對話中，不是在這個圈子的人會很難理解這些對話。英國報紙可能會出現這樣的文字：「Blairite MP in the New Labour Sleaze Trap, say Tories（保守黨人士說，布萊爾派在新工黨的骯髒陷阱中）」，連著幾個字的短語就有六個字有政治意義或弦外之音。在新英語的地區，就是會聽到、讀到這樣一堆外國詞句。南非的「週日郵報」（*Sunday Times*）則會出現皆源自非洲語的字[39]，「It is interesting to recall that some verkrampte Nationalists, who pose now as super Afrikaners, were once bittereinder bloedsappe.（很有趣的是，回憶那些有偏見的國家主義者，以前是波爾戰爭中堅守統

【表五】巴基斯坦、奈及利亞、迦納不一樣的搭配詞及慣用語

例子	註解	例子來源
observe a death anniversary	參加悼念會	Baumgardner（1990）
raise slogans against	舉起抗議的口號	Baumgardner（1990）
take out a procession	脫隊	Baumgardner（1990）
take light	斷電	Awonusi（1990）,Bamiro（1994）
senior sister	姊姊	Awonusi（1990）,Bamiro（1994）
wash mouth	刷牙	Awonusi（1990）,Bamiro（1994）
next tomorrow	後天	Awonusi（1990）,Bamiro（1994）
morning meal	早餐	Awonusi（1990）,Bamiro（1994）
baby lawyer	年輕的律師	Awonusi（1990）,Bamiro（1994）
hear French	瞭解	Awonusi（1990）,Bamiro（1994）
hear the smell	聽聞	Gyasi（1991）,Ahulu（1994, 1995b）
lorry station	卡車車站	Gyasi（1991）,Ahulu（1994, 1995b）
chop box	存放置食物的盒子	Gyasi（1991）,Ahulu（1994, 1995b）

慣用語

declare a surplus	辦聚會	Awonusi（1990）,Bamiro（1994）
recite offhead	脫口而出	Awonusi（1990）,Bamiro（1994）
put sand in one's gari	干擾某人的好運	Awonusi（1990）,Bamiro（1994）
take in	懷孕	Awonusi（1990）,Bamiro（1994）
give me chance/way	讓我通過	Gyasi（1991）,Ahulu（1994, 1995b）
I'm not financial	沒有錢	Gyasi（1991）,Ahulu（1994, 1995b）

一黨的死硬派，現在卻以超級南非人的姿態出現。）」（verkramp 有偏見的；bittereinder 波爾戰爭中的死硬派；bloedsappe 固守統一黨的分子）。

語言轉換

從上述南非「週日郵報」的句子，不難看出接下來的差異可能會如何發展，例子中，不僅是南非語的名詞會不一樣，而是形容詞加上名詞的結合，因此所開啟的那扇門並不局限在詞組。甚至英式英語也有如子句或是句子長度的結構，整個由外語借過來，像是 je ne sais quoi（我不知道）或是 c'est la vie（生活就是如此）？所以不論是日常生活或是在社交上，和其他語言接觸的情況是非常普遍的，於是我們可以想見這過程會大規模出現，最終會以「語言轉換」的形式影響到語言的特性，所謂的語言轉換就是指人們以兩種或更多種語言即時相互交談。

語言轉換的增加，顯然是新英語出現場合最受矚目的特徵。借字可被視為語言交換的最小單位的例子，但若以擴展到有語法定義的語句，這概念就會更普遍。麥克阿瑟（McArthur）以香港銀行（Hongkong Bank）一九九四年出的傳單為例，這份傳單是給菲律賓來香港的工作者，他們要把錢送回給家人[40]。這是雙語的傳單，有英語和塔加拉語（Tagalog），但在塔加拉語的部分則參雜了很多英語。節錄一段文字如下：「Mag-deposito ng pera mula sa ibang Hongkong Bank account, at any Hongkong Bank ATM, using your Cash Card. Mag-transfer ng regular amount bawa't buwan (by Standing Instruction) galang sa inyong Current to Savings Account, whether the account is with Hongkong Bank or not.」這樣的語言我們會以複合名詞來描述，以這個例子來說，就是「塔加拉英語」（Taglish，Tagalog-English 的複合字）。雖然不能夠確定這樣的語言混合方式是否為特定機構、文體或地區的特別使用方式，但至少顯示了可能的趨勢，並保留了一部分的英語在其中。是否要稱之為英語的語言變體或其他名稱，目前還不太清楚[41]。

與英語相關的混合語言到處可見，各自有具特色的小名——法式英語（Franglais）、墨西哥英語（Tex-Mex）、中式英語（Chinglish）、日式英語（Japlish）、新加坡式英語（Singlish）、西班牙英語（Spanglish）、德式英語（Denglish 或 Angleutsch）及其他種種。這些名稱使用很廣，不用管到底是哪種語言混在哪種語言中，它們用在描述已經大量「英語化」的語言變體現象中。至於混合的方向是否有差異，我們還不確定。有個重點要注意，對於如此的現象，雖然還是很多人反對，但一般的態度已經轉變。以前，這些名稱只是一般大眾用來諷刺的稱號，人們嘲諷著墨西哥英語，說這語言四不像，或者是以沒學好說話的人使用的「水溝語言」（gutter-speak）來指稱。但我們現在很難把像是塔加拉英語這樣的語言變體說成水溝語言，因為一間主要銀行機構的文件以這語言書寫，並且當我們分析這些「混合」語言的時候，發現它們相當複雜且措辭精細，這正如我們所預期的，如果大家可以利用兩個語言的資源，而不是只有一個的話，結果就會如此。

麥克阿瑟的主要目的是強調現今英語狀況的「混亂」程度，特別是在第二語言的語境下。典型的新英語並不是一個同質的實體，有明確的分界及可以簡單確認的音韻、句法和詞彙。但相反地，使用英語的社區共同體卻以幾種不同的方式使用，如同麥克阿瑟所說，「穩定和變遷是一體的，向心性和離心力也同時運作」[42]。當分析實際使用的語言例子，如馬來西亞和新加坡這樣的多語環境，所有不常見的混合語言都會出現，不同程度的語言混合也都很容易見到：一端是非常標準的英文句子；另一端則參雜了許多當地語言的字或是結構，使得這共同體以外的人無法理解；在兩者中間則是不同程度的混合，從一個句子中只有一個借字，到許多借字，或者從加入一個借來的語法構式（如附加問句）到重寫一個句子結構。此外，發音上當然也有相似程度的變化，從標準的英式英語和美式英語的口音，到音段和非音段（語調、音律）上皆與標準英語非常分歧的口音[43]。

從一段只有幾行的對話中就可以看出這些特點，以兩位吉隆坡的女律師用馬來西亞語（馬來西亞英語）交談為例[44]，第一位說話者是坦米爾人，第二位是中國人，兩個人都以外語學過英語和馬來語。

CHANDRA: Lee Lian, you were saying you wanted to go shopping, nak pergi tak?

LEE LIAN: Okay, okay, at about twelve, can or not?

CHANDRA: Can lah, no problem one! My case going to be adjourned anyway.

LEE LIAN: What you looking for? Furnitures or kitchenwares? You were saying, that day, you wanted to beli some barang-barang for your new house.

CHANDRA: Yes lah! Might as well go window-shopping a bit at least. No chance to ronda otherwise. My husband, he got no patience one!

LEE LIAN: You mean you actually think husbands got all that patience ah? No chance man! Yes or not?

CHANDRA: Betul juga. No chance at all! But if anything to do with their stuff – golf or snooker or whatever, then dia pun boleh sabar one.

LEE LIAN: Yes lah, what to do? It still is a man’s world, in that sense! Anyway, we better go now – so late already – wait traffic jam, then real susah!

卡珊卓：李蓮，妳說妳要逛街，要去嗎？

李　蓮：好啊，大約十二點，可以嗎？

卡珊卓：可以，沒問題！我的案子快結束了。

李　蓮：你要找什麼？家具還是廚具？妳那天說要替新房子買些東西。

卡珊卓：對，至少也去逛逛商店櫥窗。要不然都沒機會逛一下。我先生沒有耐心。

李　蓮：你的意思是你以為先生們都有耐心嗎？不可能的啦，對不對？

卡珊卓：也對，不可能的。但如果是和他們的事情相關——高爾夫球、撞球或其他，那他們也可以很有耐心。

李　蓮：對，能怎麼辦，畢竟還是男人的世界。不管怎樣，我們最好現在動身，已經很晚了，等塞車真的很難。

我們重新組合節錄的資料，來呈現混合的狀況。最上面的句子是所謂標準的口語英文（Standard Colloquial English）；下面是離這標準愈來愈遠的其他句子，不論是語法或是詞彙逐漸混合；最下面是全然的馬來語口語（Colloquial Malay）。

標準英語

Might as well go window-shopping a bit at least.

It still is a man’s world, in that sense!

語法上逐漸混合

My case going to be adjourned anyway.（少了助動詞）

wait traffic jam（少了介詞和冠詞）

Can lah, no problem one!（表示「可以」。lah 和 one 是用來強調的語助詞）

Okay, okay, at about twelve, can or not?（不一樣的英語附加問句）

you were saying you wanted to go shopping, nak pergi tak?

（馬來語的附加問句「要不要去？」）

詞彙上逐漸混合

No chance to ronda otherwise.（馬來語「閒逛」）

then real susah!（馬來語「困難」）

You were saying, that day, you wanted to beli some barang-barang for your new house.

（馬來語「買……東西」）

But if anything to do with their stuff – golf or snooker or whatever, then dia pun boleh sabar one.

（馬來語「他也可以有耐心」）

馬來語

Betul juga.（馬來語「也對」）

這樣的連續集合長久以來都被視為混合語的研究。麥克阿瑟指出，不一樣的地方是在於這個現象相當廣泛，同時在全世界的社群發生。檢視幾個說話方式情況之後，他下結論：「全球性的溝通中心在標準英語，但從中心向四方擴散到各種英語和其他各種語言，有時很清楚，有時很困惑，到處都是新的和胡說八道的東西。最後結果常常都是一團亂，但若不管模糊邊緣，這正是現代巴別塔要達到的目的。[45]」

其他範疇

文法和詞彙並非全球新英語僅有的語言特殊性，語用和言談也需要納入考量的範疇，然而這方面的研究很少，不是個別軼事就是明訂主題計畫去做的研究，上述新加坡的例子，是少數有深度描述細節的研究。就如標題的意思一樣，【表四】只列舉一些偶發例子，有親屬稱謂和禮貌原則。例如，在奈及利亞，職稱可以涵蓋比英式英語（如某工程師）還要大的範圍，並允許不同的組合，像是某女士教授、某酋長工程師主任。在尚比亞語和迦納語言的研究裡，像「父親」、「母親」、「兄弟」、「姊妹」這樣的稱謂，應用的範圍不相同，反應家庭的內部結構，比如「父親」這稱謂會用到一個人以上。在迦納以及其他地方，用「對不起」來表示同情他人不幸的狀況，縱使錯不在說話者身上。這些都是單一觀察，尚未有對全球英語的語用做系統性描述的研究。

至於音韻方面，有更多可以說明，大部分【表四】中的描述性報告是由於母音和子音音段特徵上的不同，但有少數是新英語的非音段特徵的描述，特別是語調和音律，以及非音段與子音及母音互動的方式[46]。在這方面缺少研究是很可惜的，非音段因素可能影響主要結構，特別是在口說英語的理解方面。一個作者評論[47]「大多數奈及利亞的語言是音節決定節奏（syllable-timing）的語言……一個徹底的奈及利亞人，如果他的子音和母音發音特質都很好，但用音節決定節奏的方式講英文，對任何一位以英語為母語的說話者，也會面臨完全無法理解的情況。」以音節為節奏的語言（如法語、希臘語、義大利語、西班牙語、印度語、優魯巴語、特拉古語、印尼語，還有世界上大多數的語言）和以重音為節奏（stress-timing）的語言（如英語、俄語、阿拉伯語、葡萄牙語、瑞典語、泰語、德語、威爾斯語），兩者的差異可追回派克（Kenneth

Pike）所言[48]：「前者表示所有音節的時間間隔都一樣，不論是不是重音；後者表示重音音節有相同的時間間隔，不論有沒有被非重音音節分開。」儘管批評聲浪不斷，這樣的區別在英語語言教學手冊中一再提及。現在認為語言的不同是在有多少音節節奏和重音節奏，並且音律比節奏重要：音段的響度（segmental sonority）、音節分量（syllabic weight）、詞彙重音（lexical stress），都是主要影響聽覺的音律[49]。在一個語言中，可以聽到以音節和以重音決定節奏的兩種方式，只是有程度上的不同，比如說，愈正式的語言會愈有音律感。洛奇（Peter Roach）下了結論：「沒有語言是完全以音節決定節奏或是以重音決定節奏，所有的語言都有兩種決定節奏的方式……而節奏在同一個說話者但不同場合、不同語境下也會不同。[50]」賴佛（Laver）更建議將這兩個名稱分別改為以音節為基礎（syllable-based）和以重音為基礎（stress-based），本書將跟隨這項建議[51]。

大多數人，至少五百年內，都會同意派克的評論：英語這個語言基本上是以重音為基礎，只有偶爾是以音節為基礎。但與其他新英語成員的語言接觸後，情況就改觀了。這些新英語大多是以音節為基礎，如同下面的觀察描述[52]：

> 讓多數母語是以音節決定節奏的非洲人發 society 這樣的音……與英國人和美國人相

較，是很不相同的……用音調而非重音，用音節而非重音來決定節奏，使得非洲英語在音高和節奏上與其他英語的語言變體很不一樣……新加坡式英語最大的一個特點是以音節決定節奏……以節奏上來說，標準的菲律賓英語是以音節決定節奏……夏威夷英語的節奏是由音節決定，和以重音決定節奏的英語很不同，這是夏威夷英語混合語的一大特色。

乙類的印度說話者（也就是有翹舌音腔調的），有時會以和本土英語很不一樣的重音模式發音，音律也和以重音為節奏的本土英語不同。

南非黑人英語（SABE）維持一定速度的音節發音（拍子），與南非英語（SAE）不同……因此這點上，南非黑人英語展現以音節為節奏的特徵。

解釋這些印象的時候要謹慎，隨著愈來愈多細節研究出現，概括性的描述也需要修正。例如，一般認為，在音節節奏語言中，有結構意義的字會是重音，這概念要有限制條件，因為有些字比起其他字來得容易變成重音。譬如說，新加坡式英語中，強調指示詞和助動詞是這一個語言變體的特徵[53]。也有其他研究報告英語為第二語言處理節奏時的個別策略[54]。我本身也曾描述以音節為基礎的不同口語，從印度、迦納、蓋亞那、牙買加語料中節錄分析[55]。這些不同處是否為系統性區域差別，仍不清楚，但這些語言變體不會改變以下印象：普遍來說，有些英語為第二語言的學習者會以音節為基礎的方式說話，影響非洲、南亞、東南亞和迦勒比亞等地新的語言變體。

以往是以重音為基礎的英語領導，現在以音節為基礎的英語卻廣泛出現，當兩類說話者相遇時一再造成理解困難。只使用以重音為基礎的系統的聽話者，會誤解個別單字，因為無法辨認其音韻結構；會誤聽句法結構，因為不熟悉有結構意義字的重音方式；詞彙則完全無法辨認；以重音為基礎的說話者要理解以音節為基礎的說話者時，會遭逢以上困難之處。若為相反方向，是否也會造成困難則不清楚，或者以音節為基礎的說話者之間誤解的程度是否更甚於以重音為基礎的說話者？無庸置疑地，當接觸到語言變體，問題會產生，也可能會很嚴重。當全世界四分之三說英語的人，說著以音節為基礎的英語語言變體，勢必在以重音為基礎的系統掛上一個問號。

以重音為基礎的標準英式英語或美式英語，有一天會成為以音節為基礎嗎？目前第二語言的語言變體還沒有優勢到足以成為第一語言的模範，雖然有些以音節為基礎的語言變體已經成為年輕一代的音韻表演曲目，特別是在流行的饒舌歌歌曲中，以及外星人橋段的戲碼中那種單調的說話方式[56]；而要轉換局勢僅需少量的社會改變——像是在第一語言國家中任命母語有強烈西班牙口音或非裔美籍口音的人擔任高層官員。但目前，在大多數第二語言的國家，以重音為基礎的模式仍然是占優勢的，且因衛星電視的普及（像是印度）使得人們更有機會接觸，這樣的優勢有增強的傾向。當然語言學習的捲入也要納入考慮：遠離典型的學習環境，老師（他們的英語已經是音節基礎）教學生（他們的母語為音節基礎的語言）的時候，很難聽到以重音為基礎的母語人士發音。如果環境正在改變的過程中，透過第二語言的教育模式，我們最終會看到音節基礎的基準形成。

長久之後，重音基礎的語言是否會取代音節基礎的語言，或是反過來，實在很難說。但也有第三種可能性，就是第二語言的學習者，能夠將兩種說話方式駕馭自如，在當地對話時繼續用音節基礎的說話方式，以表國家認同，而在進行國際性溝通時轉換至重音基礎模式，以顯示他們是知識分子。多重地方方言早已存在於社會語言環境中，最後在音律上結合是很自然的。畢竟音律永遠會在說話方式中呈現，比起特定音段的音素、核心聲調、詞彙還有其他風格的標誌，更容易獲得身分的認同。不論是以何種語音為基礎，音律的社會語言未來是可以確定的。

英語為世界通用語言的未來

語言是相當民主的體制，學習語言便是對語言有掌控權。可以隨心所欲在語言裡加入一點、修改語言、玩語言、創造語言、忽視一部分的語言。英語的路徑會受母語說話者的影響，同樣也會受第二語言的說話者影響。流行對於語言如同其他地方一樣，有重要意義，而且流行也影響著數據。正如我們在第二章所見，就比例上來說，全球以英語為母語的說話者總數在下降。帶領語言的流行風潮的，極有可能是第二語言或外語使用者，抑或是由說英語語言變體的混合語和洋涇濱語的人引導，吸引其他說話者，就像上一節提出的繞舌歌曲的例子。隨著第二語言和外語說話者的增加，他們逐漸在國內和國際舞台上占優勢，以前被批判為「外國」的用法，例如新的一致性規則（第三人稱單數）、可數名詞的語言變體（furnitures、kitchenwares）、動詞的使用（he be running）等，可能成為當地標準受過教育的語言一部分，最終也可能成為書面語。

這些新英語的語言變體有什麼樣的力量和特權？事情發生得如此迅速，很難讓人確定，而有關的研究還很少。印象中我們可以看到一些語言特徵，在他們個別的國家，愈來愈廣為大眾接受。在國內報刊，不再凸顯字本身（像是放在引號中，或是以注解方式呈現），這些逐漸被當地以英語為母語的說話者接納，一開始要一點努力，隨後變得很自然。當地政治得當的認同，會促進地區語言的使用，給予最多的優勢權力。一個很好的例子，就是毛利詞彙在紐西蘭新英語的普及，並且偶爾有毛利語的語法特徵，譬如在「毛利人」一詞前省略定冠詞。更重要的是，當地的詞彙在優勢階級中使用——政治家、宗教領袖、社會名流、流行曲音樂家等。在國內，使用當地字詞不再被視為不修邊幅或無知的象徵，相反地，這是很體面，甚至很「酷」的一件事。

下一步，就是從國內移到國際層次。在社區共同體中重要的人物——不論是政治家或是明星——開始到外國去。全球其他地方的人向他們看齊，也許是希望能取得這些人所擁有的，或者是要賣東西給他們。結果就成了現在很普遍的局面——在一個國際場合中（政治、教育、經濟、藝術……），年長的拜訪者故意或不自覺地，用了自己國家中的字或詞組，然這些並非是英式英語或美式英語傳統用的詞彙。很久以前，聽到這些的反應是以自動忽略的方式譴責，但現在，如果來訪者的階層較高、擁有較大的公司、或是在社會各方面地位相當，就很難這樣子忽視了。這種情況下，我們很可能要試著與這些新用法共存，畢竟這是英語逐漸多樣化的特徵。也許整個過程要花上一代或兩代，但確實是發生了。英國和美國之間在五十年間就發生過：比如說，一八四二年，狄更斯（Charles Dickens）觀察美國英語的使用情形，很令人訝異地，美國人在很多方面用「fix」一字時是表示愉悅而非沮喪[57]。不管你對新用法的態度為何，一定會有人輕蔑這些用法，但無可抹滅的事實是，這些區域性的語言變體正帶著聲望，站上國際舞台。

如果新英語以有教養的區域認同身分進行標準化，那是什麼將他們在自己國家中的社會地位帶往他處呢？雖然這方面很少有描述性的研究，但有足夠的個別軼事報告可以推測他們未來的方向。在分析多語環境的語言使用情況時，如馬來西亞和新加坡，即刻會遇到如前面章節提到的不同層次的語言轉換。像那樣是受過高等教育的說話者之間的交談，現在可以在全球英語社會體中的草根階層間聽到[58]。然而，政府機關團體對於語言變體仍然持負面態度。例如，一九九九年，新加坡總理吳作棟在國慶大會演說裡，花幾分鐘懇請新加坡人減少使用新加坡式英語（一種英語、中文和馬來話的混合語），並維持標準英語的使用，他認為如果國家目標要達到更大的國際角色，就必須這樣做。他用新加坡語呈述，並表達他對於媒體的焦慮，特別是最受歡迎的電視喜劇「潘厝港」（Phua Chu Kang，簡稱ＰＣＫ）的主角，以快速、流暢的新加坡式英語著名。總理並進一步聯絡新加坡電視有限公司（Television Corporation of Singapore），要求他們想辦法改善；於是他們同意讓ＰＣＫ去上英文課，好讓他的標準英語進步。這動作在國內和海外大肆報導，也引來不少懷疑；英國「獨立報」（*Independent*）報導，對潘厝港的責罵「就像是英國女皇在國會開始時訓斥超值便利王（Del Boy）一樣」[59]。

語言達如此高的地位以致須在國情咨文中陳述，是很讓人訝異的，而政府首長需要去影響電視喜劇也是語言政策上空前僅有的。但這卻也闡明了語言發展的未來走向。現在新加坡英語在新加坡一定相當重要，因為這語言竟然如此受關注和受譴責。反應的本質是問題本質的呈現，這問題所有新英語在早期都會遇到，也是較晚期的英語變異語言會遇到的：這種觀點認為英語只能有一種標準英語存在，其他的都應該被消滅。這種心態從十八世紀開始主導，英國和其他國家花了二百五十年去克服，並以較平等的教育課程替代。目前的看法呈現在英國境內課程，要維持標準英語的重要性，同時也維持地區口音和方言的價值。這一項政策的意識型態體認到語言有許多功能，標準英語的存在是以能夠相互溝通為目的，與地區方言促進身分認同的目的並不相同。這樣的論點甚至能以更大的力道，應用在全球等級的討論上。新加坡的標準英語和新加坡式英語，兩者的存在並沒有內在衝突，前者存在的目的是讓不同語言背景的新加坡人能夠互相交談或與外國人交談，這並不同於後者出現的理由——提供本地認同感。很諷刺的是，這位新加坡總理認同這兩個目標的重要，認為新加坡的未來要向外看經濟和文化，同時向內在新加坡生活中感到「特別和珍貴之處」。雙方言（或雙語）政策會讓人們同時看到兩種方式，能夠最有效地讓國家達到目的。促進標準英語是這一政策的基礎；譴責新加坡式英語則不是。

在全世界英語以非本國語發展的地方，都會在不同層次上遇到類似的態度。隨著愈來愈多學生說與標準英語不同的方言，第二語言或外語的英文老師常常要處理這狀況。有多少的地區音韻、語法、詞彙和語用是可以允許進入標準英語，這問題很難且很主觀。但無疑地，說英語的世界逐漸有明確改善的趨勢，以前認為是本土或低階的，現在都可以達一定地位。這趨勢的發展速度，端看經濟和社會因素。如果使用標榜認同的混合語言變體的人變得很有影響力，大家的態度就會轉變，用法也較為可以接受。在五十年的時間裡，我們就會看到英語本身含有一大塊經由接觸而有影響的詞彙，從馬來語或中文等借字，在新加坡、馬來西亞和其他移民社群中積極地使用。從這些地方來的人，很本能地在對話中選用這些字彙。大家都會認為這些字是合理的選擇——至少從被動偶爾接觸到積極使用。英語歷史上曾出現過相似的情節，而現在則全球都在發生。

確實，這樣的情節在英語中並不陌生，《牛津英語字典》（*Oxford English Dictionary*）有源自超過三百五十種通行語言的詞彙，其中就有超過二百五十個字的字源是馬來語。可見基礎已經打好，未來新接觸的語言詞彙當然會提供更多樣的額外選擇——例如桌子和椅子等當地每日的用詞，而不是補充性質的詞彙——如動物群或植物群等區域限制的概念。像這樣詞彙拼湊的概念不是新的，長久以來一直是語言的一部分。

英語語系？

新英語的產生必然會引起語言碎裂零散化的疑慮；也就是，當英語的限制和標準全都消失殆盡後，將會化為幾種截然不同、彼此難以溝通的語言，正如一千多年前的拉丁語一般，衍生出法語、西班牙語和義大利語等許多不同的拉丁語系語言。過去五十年的那股力量導致了眾多新英語，也暗示了這樣的結局。假使如此重大的改變在短時間內被注意到，這些語言變體在下個世紀難道不會變得差異更大？於是我們得到如麥克阿瑟的論點——英語成為一種「語系」[60]？

關於這種結果的預言已經存在一陣子了。一八七七年，英國哲學家史威特（Henry Sweet）（蕭伯納在「窈窕淑女」〔*Pygmalion/My Fair Lady*〕有可能是以他為希金斯〔Henry Higgins〕的雛形）即認為，一百年後，英國人、澳洲人和美國人彼此所說的英語已經難以溝通理解，主要是因為英語「發音」在這幾個地方都各自變化[61]。事實上，早在史威特提出此看法的一個世紀前，韋氏在一七八九年的作品《英語語言論文》（*Dissertations*）中就認為，這種語言發展趨勢「不但必要，而且無可避免」，結果將應證在「北美洲與未來的英國說著不同的語言；就像是當時的荷蘭、丹麥、瑞典、德國都說著不一樣的語言。[62]」當然就韋氏支持美國獨立的觀點來看，這種結果也不見得是什麼壞事。

這些學者中並未有誰證明是預言準確的先知。確實，語言零散化的問題是不會只有單一答案。語言的過去歷史證明這樣的事件是常見的現象（就如著名的拉丁語例子）。但歷史不再是嚮導。我們現在活在眾所皆知的地球村，會即刻接觸到其他語言及英語語言變體，這是最近才發生的事情，並且有強烈向心力的影響。隨著愈來愈多新的聽力模組日漸普及，透過衛星電視，我們可以很容易同時觀察新英語的種種去向。身分認同的需求，使得新英語與英式英語愈來愈不同；代表知識分子的需求，藉由持續使用標準英語的方式，則使得它們愈來愈接近；這兩種需求拉力彼此互相抗衡，前者使大家變得互相不能理解溝通，但後者則否。

在社會語言的意義下，這些都不足以阻擋英語語系的出現；而與其他新英語使用者相互理解溝通，並非新英語的想法基礎，國內的口音和方言才是。雖然有些著名例子是來自不同區域的人使用方言卻無法彼此溝通，特別是說話速度很快的地方——在英國，倫敦佬的方言（Cockney）、新堡的喬地方言（Geordie）、利物浦方言（Scouse）、格拉斯哥方言（Glaswegian）是最常引述的例子。但當說話者速度慢下來以後，問題大多就能解決，或者困難會減少成個別的字詞。英語的區域性語言變異對於語言學理論而言，不再是什麼問題，就像法律或科學範疇的職業性語言變異體一樣。用「不同的英語語言」稱倫敦佬或利物浦方言，與用這名字稱法律和科學專用語，同樣奇怪；若有人要將「語言」的意義擴充到這個範圍，便會一發不可收拾，最後將所有原本具區別性的詞彙全數混在一起。

「能夠相互理解」這項準則傳統上很難支持英語「語系」的論點，但我們從近數十年來的社會語言學理論中得知，這標準絕不能適當地解釋世界語言命名方式，因為這排除了語言態度的考量以及身分認同標準。這些標準讓我們認定挪威人、瑞典人、丹麥人說不同的語言，儘管他們彼此之間能相當程度地溝通。若一個社群希望大家認為他們所說的話是「語言」，且有一定的政治力量作為後盾，那麼就沒有什麼可以阻止他們這樣做。現在的社會精神特質允許社會共同體自行處理內部的政策，只要不對他人有威脅即可。然而，要促進自動化的語言政策，須符合兩項標準：第一，社群須對這件事有一致的想法；第二則是要有政經力量，使經常互相接觸的圈外人尊重這決定。缺乏這些準則的話，任何社會運動都注定失敗。

少數英語衍生出來的語言變體會用完全不同的名字，被列為「語言」的又更少（相對於「方言」來說）。世界上英語衍生的混合語或洋涇濱語是有這樣的例子，如托皮金語語、嘎勒語（Gullah）。但任何尋求語言地位的提案，絕對會引發爭議。比如說，一九九〇年代中期，有人提出將非裔美國人的口說英語語言變體為「黑人英語」（Ebonics）（黑色語音學的省併詞〔Ebony + Phonics〕），這在以往都稱為黑人地方話英語（Black Vernacular English）或非裔美國地方話英文（African American Vernacular English）[63]。雖然提案背後的意圖很高貴，並得到一些支持，但卻也受到一些來自政治和人種角度的譴責，包括一些名人如教育部長理察（Richard W. Riley）、黑人民權運動領袖傑克森牧師（Rev. Jesse Jackson）、作家安傑洛（Maya Angelou）。這提案很顯然沒有獲得上述兩個標準：美國黑人社群對於此事件並沒有一致的看法，且那些有政經力量、可以做決定的人對此事也有不同的觀點。

向來都被視為是英語語言變體的黑人英語，想藉由一個全然不一樣的名字，跨越集體潛意識的那一條線。實際上要賦予英語語言變體一個新的名字，並不尋常，除了在幽默文學中可以找到「澳洲英語」（Strine）（以澳洲發音方式發Australia一字所得到的音）。確實，世界很多英語地區在他們的幽默文學作品中，將當地的口音或方言例子，滑稽地「翻譯」成標準英語[64]。然而這樣的轉換是文字遊戲的文體之一，作者和讀者都可辨認出來。這些並不是認真地想要將方言提升為獨立的語言，翻譯的手法僅是象徵性的。在面對「非標準」的語言變體時，這樣的幽默的確盡在不言中，而讀者可以辨認出作者所指。這沒有理解上的問題，也沒有身分認同的問題。

蘇格蘭語（Scots）是一個很明確的例子，它是特定區域的英語語言變體，接受了一個新的名字，也如其所願地在當地被認可為標準語。以下是麥克阿瑟對於這情況的結論[65]：

> 蘇格蘭的人民在英語世界的歷史和文化位置上占了很特殊的位置。他們在行政、法律、教育、媒體、全國國家機構使用標準語言（帶著獨特的音韻、語法、詞彙及慣用語），且大體而言，在與以英語為母語的外人接觸時使用。但在日常生活中，大多數的人將「正統英語」（the King's English）和早期稱為「正統蘇格蘭語」（the King's Scots）

兩者混在一起。

那蘇格蘭是怎麼面對上述的兩項準則呢？實際情況很複雜，因為蘇格蘭社群對這議題並沒有一致的想法，也沒有足夠的政經力量讓圈外人尊重這項決定。關於前者，研究蘇格蘭的主要學者艾特肯（Jack Aitken）強力主張贊成的論調，他的結論如下：

> 全部的現象都重新計算——蘇格蘭語的不同處，持續不斷在日常對話中出現，曾經一度是一國的語言，有自己獨特的語言歷史，採用（有些蓋爾人〔Gael〕稱之為掠奪）國家的名字，以及大量的傑出文學作品，這些在在都互相支持彼此論點，還有一個值得注意的現象——就是自古以來至今的想法，蘇格蘭語確實是「蘇格蘭的語言」。

這段倡導的文字，伴隨著另一部分有不同想法的蘇格蘭社群，呈現了複雜的社會語言狀況；艾特肯在文章最後甚至從邊緣拉回來：「我相信我所寫的這些顯示，如果目前蘇格蘭語還不算是一個『語言』，它也絕不僅僅只是個『方言』。一位傑出的德國學者稱之為 Halbsprache——半語言。」至於第二項準則則有待觀察，蘇格蘭的政治情勢正在改變（一九九七年的中央權力下放，公民投票同意組織新的蘇格蘭國會），不知是否會因此有力地聲援蘇格蘭。麥克阿瑟對此感到懷疑：「任何蘇格蘭地區的政治情勢，很難對不穩定的蘇格蘭語或蓋爾語有直接影響，因為蘇格蘭自主權的運動（在歐盟中），並不牽扯到語言的範圍。」如果他是對的，傳統上最強烈要爭取脫離英語語系的競爭者就會消失。

在這些萌芽的語言地位案例中，比起社會政治本體，說這些語言的人算起來都是少數。我們還無法想見，若是在新英語說話者為大眾且握有政治力量的國家裡，或是在剛形成的跨國家政治關係地區，情況會是如何。例如，雖然在歐盟中，有些語言並列為官方語言，但基於實際語言現況，這些地區還是以英語最為廣泛使用（見第一章）。但是，當德國人、法國人、希臘人和其他國家的人相互接觸後，各自用著帶有母語影響的英語溝通，會有什麼樣的共通英語出現？定會遇到社會語言的彼此同化[67]，結果出現新的語言變體「歐洲英語」（Euro-English）——euro- 這一詞過去十幾年用來指提到歐盟的特殊詞彙（其他還有歐洲戰機〔Eurofighters〕、歐元〔Eurodollars〕、疑歐派〔Eurosceptics〕等），並會擴展成包含不同混合的口音、語法結構、言談型態。在一些場合中，我遇到一些英語為母語在布魯塞爾工作的政治家、外交家、公務員，他們評論自己的英語是如何被外語模式影響，一個共同的特徵就是以音節為節奏的音律。其他還有簡化的句子結構、避免慣用語和口語字詞、較慢速度的說話方式、較清楚的發音方式（避免在母語語境中很自然的同化音和省略音）。在此須強調這不是早期英語語言教學時期所報導的「外國人的說話方式」。這些人不是以「貶低態度」與同事談話，也不是故意要用簡單的詞彙，因為與他們對話者的英語也許跟他們自己一樣流暢，這是調整的自然過程，可能會引向新的標準形式。

混合語言和語言變體產生各種理論及教育問題，有些在九〇年代開始提出[68]，他們將「母語」、「第二語言」、「外語」長久以來的區別弄模糊。當發現有一群在當地地區受過教育且有影響力的人，將混合語很有信心、很流暢地說出來，我們要重新思考「標準」的概念。各種新問題取代了傳統中很清楚「不能溝通」的觀點（回到馬來語的例子），當我們從「全然了解」變成「可以精確了解大多數的說話內容」，到「可以精確了解少數的說話內容（了解大意或主旨）」，再到「完全不了解說話內容，除了有一部分很像英語」，到底什麼稱作在交談中無法溝通？移到社會語言的範圍，混合語讓我們對語言態度有新的挑戰：例如，當我們堅持與談話參與者不能溝通、需要翻譯而招致反感的時候，他們仍認為他們在「說英語」，縱使我們聽不懂？

另一方面，屬於這類關於語言發展的課題相當新近，很難有把握下斷言。新的語言形式發展十分快速，連在社會上確立定位都還沒有，更遑論要知道如何反應了。有一些案例顯示某些地域性的英語在社群裡的發展的確出現矛盾，有些充滿熱情的作家嘗試要讓語言變得更為特殊花俏，但一些作家則寧可固守英式英語或美式英語的標準。另外，有些教師會在課堂上教授英語新用法，有些老師則把它排除在外。

印度作家蘿（Raja Rao）對新的印度英語發展有一番期待，他在一九六三年寫道[69]：

英語對我們而言並非真正的外國語，它已經融合了我們充滿智慧的性格——像過去的梵語（Sanskrit）和波斯語（Persian）一樣——但是並不具有我們屬於情感方面的性格……我們無法像英國人那般書寫英語，我們也不應該如此。我們更不能只書寫印度文。我們已經把這廣大的世界當作是自己的一部分了。而表達自我的方式得藉由我們自己的英語，總有一天它會被證明如同愛爾蘭英語或美式英語般的特殊和豐富。

魯西迪的評論，亦闡述了相同觀點：

我不認為需要用一種反殖民或後殖民的態度來抵制英語。那些曾被殖民過的民族現今流利地說著英語，他們將英語調整為和民族本身可融合一起的語言，也因此他們使用起英語也愈來愈輕鬆。英語的彈性和流通性將可作為幫助他們壯大自己、登上國際舞台的急先鋒。

舉我最熟悉的印度當例子吧！英國殖民過後的印度是否適合使用英語，是自一九四七年以來就爭論不休的話題。但是，直至今日，只有老一輩的人才會明白這個爭論的意義何在。獨立印度的新生一代似乎都不認為英語是殖民時代殘留下來不可抹滅的汙點。他們像是使用印度語言般使用著英語，彷彿是手上一個隨時掌握的工具。

奈及利亞作家亞凱伯（Chinua Achebe）在一九六四年的著作《創世紀之晨》（*Morning Yet on Creating Day*）中，清楚地闡述了他「中間路線」的立場[70]：

> 要成為世界語言的代價，就是一定要準備好接受此語言各式各樣的使用方式。一個非洲作家應該嘗試使用英語來紓發自己的情懷，在想盡辦法發揮到淋漓盡致的同時，卻也要注意不能將語言本身改變到令它失去國際溝通媒介的價值。非洲作家應該要力求讓流通快速的英語更能適切地表達其本身的非洲經驗……。我覺得英語可以傳神地表達出我的非洲經驗。但是，那必須是仍然散發著原鄉風味的新式英語，只是入境隨俗地做了些改變。

自從這些評論出現後的這幾年，很清楚的，同樣的狀況已經不只在非洲發生，同樣影響到所有把英語當作第二語言或特殊語言的英語外圈國家，甚至可以說連一些把英語當作是外語的國家，為了自身不同的目的，也許正量身形塑他們所需要的新英語，正如前述歐洲英語的例子。地區性的使用漸漸出現，並在該區中有標準的地位。例如，現在「歡迎在埃及」（Welcome in Egypt）這樣的用法在說英語的埃及人中可以立足於各個教育和社會階層中，並得將之視為標準語的變體，就如同美國和英國報時間用的「quarter to」和「quarter of」的差異[71]。

即使英語在歲月流動的過程中，差異會愈來愈大，最終世界英語也不至於會毀滅瓦解。有可能大家會學習使用多種方言英語來應付國際事務的需要。一種新的英語形式——姑且先稱為「世界標準英語」（World Standard Spoken English, WSSE）——幾乎已經確定將會崛起。事實上，有個基金會為了此目標，已經開始運作了。

大部分人已經或多或少使用多種方言英語。他們和家人或鄰居在家裡聊天時，使用著方言英語：那是一種非正式的英語形式，充滿隨意而輕鬆的發音，口語化的文法，以及地方俚語；而當他們遠離家鄉，到國內其他地方，和來自不同地方的客戶或夥伴交談時，使用的又是另一種方言英語：這是較為正式的英語，發音會比較講究，字彙使用力求準確，也較符合慣用文法。這些人若是能讀能寫，那他們將使用第三種英語的形式來書寫在英語世界裡最一致的標準書面英文，但還是會有些許的不同，例如某些字彙的拼法，在英美兩地就不一致。

未來，會有許多「國家型英語」的出現，一旦成形便不會改變。人們在自己國家裡可以使用他們本國的方言英語交談，若需要和他國人士溝通時，就必須套用「世界標準英語」。如此一來，一般跨國公司就可以毫無顧慮的舉辦國際會議，來自各地的代表都能夠表達所代表地區的公司營運狀況。從加爾各答來開會的代表，也許在趕著參加會議的途中，還以非正式的印度英語在計程車內交談；從拉哥斯（Lagos）前來開會的代表，在前往開會場所的計程車裡，所使用的聊天用語會是奈及利亞英語；而從洛杉磯前來開會的代表，在途中所使用的溝通語言則是非正式美語。這些屬於不同團體的開會代表，要是無意中聽到了其他代表團的對話，恐怕也是有聽沒懂。但是當他們在會議桌前坐定，一切語言問題都能迎刃而解，大家都使用「世界標準英語」。

包括經常參加國際會議的人士、擁有全球讀者群的作家，抑或是頻繁使用網際網路交談的網路族，可能都已經感受到了這股新勢力。「世界標準英語」所採用的形式，是主動捨棄那些在你國家以外的地區都難以被理解的字彙和語辭，而使用另外的方式來表達，可能得改變你慣用的發音和文法。目前來斷言或定義此種語言形式的發展似乎還太早，「世界標準英語」還在培育階段。實際上，要達成世界標準英語的工作，的確非常困難。

如果有人恰巧在適當的時間、適當的地點，就會看到世界標準英語誕生時的痛苦掙扎。九〇年代末期，我在歐洲參加一場國際會議時曾見到這劇痛。桌面上是二十個國家的代表，其中兩個來自英國，兩個來自美國，其他的皆來自英語為第二（官方）語言或外語的國家。會議的共同語言是英語，每個人似乎都有能力使用這語言溝通，甚至母語人士也是。我們正討論一篇引起不同意見的論文，有人批評、有人反批評。當時有人正在發表顯著的評論，四座一片沉靜，直到一位美國代表說話打破沉默：「真是從左外野來的（That came from out in the left field. ── 這評論真是奇怪）。」接著又是一陣沉默，然後我看到有些代表偷偷摸摸地轉向他們隔壁的代表，就像當一個人不知道現在到底發生什麼事情的表現，他們想看看是不是只有自己不知道。但他們當時並不是在思考那個顯著的評論，而是在彼此詢問「從左外野來」是什麼意思。坐在我旁邊的代表轉身問我，身為一個母語使用者，他相信我一定知道。但實際上我並不知道，棒球在那個時候對我來說像是闔上的書本，我一點也不懂──到現在大部分仍然還是不懂。

有一位比較勇敢的代表說話了，他問：「從哪裡？」這很讓那位美國代表感到意外，很顯然從來沒有人對這慣用語質疑過；他試著解釋那是從棒球來的比喻，指從不尋常的方向飛過來的球，而他那句話的意思是說，這樣子的評論很讓人訝異、出人意表之外。於是一桌子人都點點頭，鬆了口氣。一位英國代表插話說：「你直握球板（You played that with a straight bat. ── 你講話真坦率）。」美國人問：「啥？」我改編說詞：「喔，我說，那不是板球（That's not cricket.

——真不應該）。」一位從亞洲來的代表問：「不是嗎？」這下子他已經完全搞不清楚了。會議在接下來的幾分鐘內有點混亂，大家都忘記原本的議題，而很熱烈地與鄰近的代表討論板球和棒球的慣用語。有些人加入他們當地版本，說明他們如何形容這樣的事情——他們賴以生存的運動譬喻。最後主席叫大家回歸秩序，於是大家繼續討論論文。但我的注意力已經分散，接下來的時間我沒有在聽那些代表說什麼，而是聽他們怎麼說話。

顯而易見的，以英語為母語的使用者說話方式變得較不口語化，尤其是不再有任何國內慣用語出現，說話者開始避免任何慣用語。最後輪到我發表意見，我記得當我很小心注意「不要再用任何板球詞彙」的時候，說話是需要思考的，之後在吧台上，其他人也承認這樣一個過程。我的英國同事說他很刻意不用「fortnight（兩星期）」這一字，而用「two weeks」代替。夜晚緩緩地來到，當注意到自己或其他人使用國內慣用語，大家開始很滑稽地道歉。這開始變成一個遊戲——語言學家很喜歡玩的那種。有一段很有趣的是，美國、英國、澳洲代表發現自己說話變得有點不連貫，因為他們已經在限制自己用任何自然的表達詞彙來表示「在路邊可以很安全行走的路徑」——人行道（英國用 pavement、美國用 sidewalk、澳洲用 footpath）。就像前例一樣，由於缺少區域性的中性字詞，用字變得迂迴繁複。

這只是一個小故事，但卻是一個會激起好奇心的故事，它說明了往「世界標準英語」方向移動時，一個可能而非唯一的方向。那時參加研討會的人也很有可能是走另一條路：將「從左外野來」視為一個慣用語，每個人都把它加入個人習語中——也就是把它去美國化（de-Americanize），雖然當時並沒有這樣做，但其他很多場合確實是如此。在「世界標準英語」發展的過程中，美式英語將會比英式英語發揮更大的影響力。已經有段時間這種影響的方向多是單向的。許多英式英語的慣用文法早已深受美語影響而改變；美語的拼字方式亦在英國普遍流通，尤其是電腦用語；許多原本只出現在美國的詞彙，藉由媒體的影響力，在英國已經眾所皆知，但是相對的情況卻不見得發生在美國。而另一方面，「世界標準英語」的發展也受到其他具有第二語言身分的英語影響，變得異常複雜。這些所謂第二語言的英語恰巧在使用人口數上最占優勢。直至目前，這些第二語言英語的特徵，也並無顯示它們屬於標準英式英語或標準美式英語的一部分。就使用人數上的差異而言，沒有理由排除掉這些身為第二語言的英語入主「世界標準英語」的可能性。第二語言英語特徵若是極為流行，被多種方言英語所使用，那就可能有部分或全部被「世界標準英語」所採用。例如音節的長短節奏，或是明顯改變「th」的發音，因為很多人都發不出「th」原本的發音。

我們看好「世界標準英語」的未來發展，是因為它可以幫助人類再度保持彼此涇渭分明的「特殊性」。「世界標準英語」的概念是在輔助國家方言，而非取代它。同時會使用這兩種語言的人，將會穩站在比只使用一種語言的人更有利的位置。他們可以繼續以國家的方言表達對國家的身分認同，必要時，又可以使用另一種語言在國際舞台上順利溝通。網際網路就頗能表現出這種具雙重作用的趨勢，你可以使用完全能被理解的全球性標準英語和那些具有不同身分認同的網友作非正式的溝通。對於那些想要改變某些語言特質的人來說，這的確很有趣。他們一方面想追求最「勁爆」的語言特色，卻苦於語言本身根本缺乏共通性。最終，還是得以最「淡而無味」的標準表達方式，讓別人了解自己的看法。

當然，更為貼近「涇渭分明」的狀態，就是使用完全不同的語言來作為國家身分認同的標記。比如參加國際會議途中的計程車裡，分別使用印度語、尼日語，或是西班牙語。當大家在會議場合碰面後，才轉成以「世界標準英語」來溝通。他們不需要為了參加一個國際會議就放棄對原來國家語言的認同。當然，前提是印度語、尼日語、西班牙語在他們自己的國家社群裡仍然被尊重、使用，並良好保存。

就語言學來說，一個社群使用多個語言變體（或語言）以因應不同目的，是相當普遍的，這情況近似「高低雙語現象」，譬如在希臘語、德語和阿拉伯語中發現「高」和「低」的語言變體[72]。英語在世界階層逐漸成為高低雙語現象的語言，在新加坡等地已經有兩種口說語共同存在，一是國際理解用（標準英式英語），另一是身分認同用（新加坡式英語）。菲律賓也有相似的場景，標準美式英語和塔加拉語共存。如果世界標準英語勢必以中性的世界通用語言變體身分出現，英式、美式英語的區別將會消失。英式英語和美式英語當然依舊會存在，但旨在為顯示英國和美國的國家認同，若是全球溝通的目的，世界標準英語就足夠了。

獨一無二的事件？

從來沒有一種語言像英語一樣廣泛地被許多人使用，也因此沒有前例幫助我們了解，當一種語言真正具有世界級地位的時候，會發生什麼事情。如前述韋氏和史威特所做的預言，似乎都沒有實現。在謀求全球性溝通了解和區域認同之間所達成的平衡點，其實格外脆弱，極容易受到社會變遷所影響。例如移民政策的轉變、新政治聯盟的組合，以及國內人數的變動，都會破壞個中的平衡。

英語以純正世界通用語言地位出現的重要性超過語言本身，沒有語言前例達到如此的使用層級（先屏除拉丁語，因為當時的「全球」比現在的世界小很多），我們也不知道當他們在這情況下會如何。因此調查世界英語可以提供社會語言學各種假設新的測試基礎，這些假設以前都只在區域性範圍驗證有效；也提供可以遇見新現象的範疇，也許有一天會重新組織全球概念。當一種語言的第二或外語人口比母語人口要多出好幾倍，會發生什麼事？如果英語有一天走向拉丁語和法語的路，變得較不具全球性地位，下一個興起的語言（葛拉多〔1998〕第五十九頁提到，可能是西班牙語、中文、阿拉伯語、印度語或烏都語）無疑將受制於同樣的支配要素。雖然我們已經略知這些要素是什麼，但我們不太清楚要素之間怎麼互動，而當達到全球地位時，語言結構特徵又會如何？

假使我們不能預測未來，至少可以做出一些推論。事實上，已經有一些吸引我們注意的推論出現；和早先的說法相同之處，在於英語已經獨立於任何形式的社會控制之外。但還是有一群人不這麼認為，他們批判這種說法，認為單一團體或國家聯盟可能阻止英語的發展或影響英語的未來（類似在核子物理學界那群批評者的理念）。假若真的有一個重大事件發生在英國，影響其英語使用情況，真的會在世界潮流中造成影響嗎？這似乎不可能。而且，就如同我們所看到的，美國即使是英語國家的龍頭，也逐年失去其語言影響力，因為全世界的總人口數正不斷成長中。

五百年後，一個人是否可能在出生後就被引導到英語世界裡？（那時，當新生命還在母親懷裡時，非常有可能已經身處英語世界中。）假如這是一個未來新生兒豐富的多語環境經驗，肯定是件好事。如果到時候，英語是人類所知的唯一語言，那可能是地球上所發生過最大的智慧劫難。

假如有這麼一群批評者不斷提出質疑，那是不是意謂在人類進化史中，全球語言的崛起果真是樁獨一無二的事件？也許，英語將會以某種形式，永遠在我們這個世界社區裡值勤。

注釋

第一章　為什麼要談世界通用語言？

1 多倫多「環球郵報」（*Globe and Mail*），一九九九年七月十二日。

2 Ryan（1999）。

3 例如「回到巴別」（*Back to Babel*），一部四小時的影集，二〇〇一年由英國外交部製片中心（Infonation）製作，二〇〇二年以後於世界六十四個國家販售，影集內容訪問數國英語使用者對英語的態度，這也是第一部專為瀕危語言製作的節目。二〇〇二年增加一些鏡頭並以DVD版本販售。網址：www.infonation.org.uk。

4 「第二語言」或是「官方語言」這些有關語言地位的詞彙術語都須小心使用，特別是世界上很多地方這個詞都不用於官方地位，而只是反應理解或使用程度，傳統上，在英國領域中表示具影響力，但在美國歷史上卻沒有這樣的意涵。

5 多數說明與文法相關，而不是構詞，雖然對於在拉丁源環境長大的人來說，構詞等同於文法。三千五百個說明的數據是來自Quirk, Greenbaum, Leech及Svartvik（1995）的索引，不包含僅與詞條相關者。

6 詞句改寫來自十九世紀關於大英帝國的格言，二十世紀初期仍被使用，如Randolph quirk（1985），第一頁。

7 洋涇濱語的崛起，參見Todd（1984）。

8 這些危機及本章節中提到觀點，都在《語言的死亡》（*Language Death*）這本書內有更詳細說明。

9 巴別塔的故事廣泛流傳，因為這是《聖經》的故事（〈創世紀〉第十一章），但縱使在《聖經》中，認為巴別塔所表示的多語政策是一種「詛咒」或是「處罰」是沒有根據的，因為在此之前，早就是多語言的狀況。〈創世紀〉第十章中提到約瑟夫之子的排列是以「他們的國家和各自的語言來命名的」。見Eco（1995）。

10 關於雙語習得，請見 De Houwer（1995）、Baker 和 Prys Jones（1998）。

11 這覺悟絕不僅限於說英語的社區，與歐洲委員會（European Commission）二〇〇二年所發表的二〇〇一歐洲年度語言（European Year of Languages）相關的活動都有呈現。

12 與多語言政策和外語學習相關的經濟論點，可見「國際語言社會學」（*International Journal of the Sociology of Language*）一九九六年議題中的〈從經濟看語言和語言計畫〉（Economic Approaches to Language and Language Planning），及 Coulmas（1992）。

13 Ramphal（1996）。

14 Grant Thornton（2002）。

15 較新的說明，請見 CILT（2002）。

16 這是提出來的大概平均數值，較詳盡的估計請見 Crystal（2000）第一章。

17 這些機構包含東京的國際瀕危語言資訊交換中心（International Clearing House for Endangered Languages）、英國的瀕危語言基金會（The Foundation for Endangered Languages）、美國的瀕危語言基金（The Endangered Language Fund），其他相似的機構，詳細資料可以在 Crystal（2000）附錄中找到。

18 像是在拉丁美洲，傳統上英語的影響力是微不足道的，中南美洲數以百計的美洲語言都已消失，是由於他們說西班牙語和葡萄牙語，而非英語。中文、俄語、阿拉伯語及其他主要語言，在整個歷史上也都影響到少數語言，並持續影響。語言保存和復甦的責任，是大家都得分擔的。

19 英語從超過三百五十個其他語言借字，而四分之三的英語詞彙是源自於古典（古希臘、羅馬）及羅曼語（法、義、西、葡、羅馬尼亞等語）。很顯然的，認為借字會造成語言衰退是很荒謬的，因為英語比其他語言都要借得多。因為借字，語言當然會改變符號，但也這使純粹主義者感到苦惱，他們似乎無法欣賞相對更豐富的獲得——能夠從更多樣的詞彙中選擇，像是在「三胞胎」kingly（盎格魯撒克遜語）、royal（法語）、regal（拉丁語）當中選擇詞彙。更多例子，請見古典資料來源，Serjeantson（1935）、Crystal（1995a）。並請參考 Görlach（2002）。

20 Philipson（1992）及 Pennycook（1994）。

21 這觀點也被 Lysandrou 和 Lysandrou 提到（即將出版，第三頁）。「大約過去十年採用英語的腳步是這麼快速，以至於很難接受這些權力不對等的現象。」這點在瀕危語言的相關文獻中再度提到，清楚指出語言的存活是非政治因素以外的原因影響，如 Brenzinger（1998）、Crystal（2000））。Mufwene（2001, 2002）以非洲為例，許多非洲語言喪失生命力，是因為說這個語言的人群採用了其他語言，確保自己可以在經濟上過得更好。

22 例如 Fishman、Conrad 及 Rubal-Lopez。

23 這樣的中傷出現於 Pennycook（2001）第五十六頁，在第一版中提及 overmarketed 的字眼。進一步被委婉稱為「辯論」的例子，請見 Phillipson（1998/1999）及 Crystal（1999/2000）。

24 Lysandrou 和 Lysandrou，出版中，第二十四頁。

25 全球權勢委員會（1995）。

26 Graddol（1998）呈現這局面。

27 世界政治地位的推測使 Dalby（2002）想像兩百年的時間內會有二百種語言存活，Janson（2002）以語言學角度看啟示性觀點，反應在兩百萬年以後的人類語言狀態。

28 Douglas Adams（1979），第六章。

第二章　為什麼會是英語？歷史觀點篇

1 關於早期遷移的完整描述，請見 Crystal（1995a）第一部分，在此並可見到其他本章節提及區域的較完整說明。

2 關於美國方言，見 Williamson 和 Burke（1971）。美洲印第安人口的移動，以及歐洲移民造成他們的悲劇結果，皆於 Crystal（2000）第七十二頁中描述。

3 相關的議題與討論，請見 Herriman 和 Burnaby（1996）第六章，及本書第五章。

4 關於加拿大的當代社會語言狀況，請見 Herriman 和 Burnaby（1996）第七章。

5 與非裔美式英語相關的議題及評論，見 Harrison 和 Trabasso（1976）。關於英國的西印度語言，請見 Sutcliffe（1982）。

6 關於紐西蘭和澳洲的當代社會語言狀況，見 Herriman 和 Burnaby（1996）第三、四章，及 Burridge 和 Mulder（1998）。

7 關於南非的當代社會語言狀況，請見 Herriman 和 Burnaby（1996）第二章。

8 例如百分之三的數據常被引述，用於八〇年代中期，見 Kachru（1986）第五十四頁。

9 《大英百科全書》（*Encyclopaedia Britannica*）二〇〇二年，七九六頁。

10 《今日印度》（*India Today*）的調查報告，引自 Kachru（2001）第四一一頁。

11 關於西非及東非的當代社會語言狀況，請見 Bamgbose（2000）。

12 關於東南亞社會語言的狀況，請參考下述資料：香港，Li（1999），Evans 及 Green（2001）；馬來西亞，Said 和 Siew（2000）；菲律賓，Bautista（1997）；新加坡，Gopinathan, Pakir, Kam 及 Saravanan（1998）。

13 見 Kachru（1988）第五頁的例子。

14 英國文化協會（1997）。

15 比較過去四十年來母語（L1）、官方語言（L2）及外語（F）大概的使用人數，是很有趣的。

——Quirk（1962）第六頁，母語（L1）為 250，官方語言及外語為 100。

——七〇年代時數據上升為 300（L1），300（L2）及 100（F），見 McArthur（1992）第三五五頁。

——Kachru（1985）第二一二頁，300（L1），300-400（L2），600-700（F）。

——《民族語》（*Ethnologue*）（1988）及 Bright（1992）II.74 用《時代》雜誌一九八六年的估計，認為 403（L1），397（L2），800（F）。

——九〇年代，雖有些變異，但 L1 和 L2 再度提升，哥倫比亞百科全書（*Columbia Encyclopedia*）（1993）指出 450（L1），400（L2），850（F）。《民族語》（1992）引用一九九一《世界年鑑》（*World Almanac*）的數據，450（L1），350（L2）。

16 Graddol（1999），第六十一頁。

第三章　為什麼會是英語？文化基礎篇

1 引用自 Kemp（1972），第一〇五頁，提到約翰沃利斯著，Grammatica Linguae Anglicanae，第 xxiii 頁的作者前言。
2 Mulcaster（1582）。
3 Chesterfield（1754）。
4 Hume（1767）。
5 Adams（1780）。
6 Grimm（1851）。
7 引用 Bailey（1991），第一〇七頁，提到《紳士雜誌》（*Gentleman's Magazine*）九九期二月，第一二一頁至一二三頁，〈英語的腐敗〉（Corruptions of the English language）。
8 Pitman（1873），第二八九頁。
9 White（1872）。
10 本書其他章節亦出現此一措辭，對某些人來說，這用法顯然帶著狹隘愛國主義的光環，或許對於如此諷刺口吻該加以注意。我如此用，是想不誠懇地表示英語這樣的表現非常幸運，就如同某人「適時」地進到酒吧，可能會剛好碰到有人請全部的人喝酒一樣。若不曾被 Phillipson（1998/1999）引用第一版內的這一詞來顯示優越心態，這簡短的附記大可不需要。
11 Pitman（1873），第二九〇頁。
12 Russel（1801），第九十三頁。
13 White（1872），第三頁。
14 Parker（1986），第三九一頁。
15 Millar 等人（1989）。
16 Nunberg（2000）。

第四章　為什麼會是英語？文化遺產篇

1 聯合國（Union of International Association）（1996）。
2 歐洲委員會（European Commission）（2002b）。同時參見 Baker 和 Prys Jones（1998），第二五九頁。
3 無名氏（1996），第三三〇頁。
4 關於印刷的歷史，見《大英百科》（1986），第 XXVI 卷，第四八三 ff 頁。
5 《大英百科》（2002），第五八〇 ff 頁。
6 Wallenchinsky, Wallace 和 Wallace（1997），第一一四頁。
7 關於廣告的早期歷史，見 Presbrey（1929）及 Elliot（1962）。
8 在一七五八年出版的《遊手好閒者》（*The Idler*）。
9 關於廣播的歷史，見 Crisell（2002）。
10 《大英百科》（2002），第五八〇 ff 頁。
11 Byford（2001）。
12 關於電影的歷史，請見 Nowell-Smith（1996）。
13 《照片人週刊》（*Picturegoer Weekly*）（1933）。
14 Dyja（2001）。
15 Robinson（1995），第二四五頁。
16 報導出處同上。
17 關於錄音的歷史，請見 Gronow, Saunio 和 Moseley（1998）。
18 Reynolds（1996），第九頁。
19 世界旅遊組織估計大約下降百分之〇・六，該組織在《旅遊市場趨勢》（*Tourism Market Trend*）叢書中報導（二〇〇二年九月號）。其他資料亦出自同一系列書籍。
20 Weeks、Glover、Strevens 及 Johnson（1984）。

21 Johnson（1993）。

22 國際民用航空組織（International Civil Aviation Organization）二〇〇一年年度報告。

23 例子請見民航局（Civil Aviation Authority）（2002）。

24 Mashabela（1983），第十七頁。

25 Ramphal（1996）。

26 Large（1983），第十八頁。

27 Tieken-Boon van Ostade（1996）。

28 英國文化局（1997）。

29 英國文化局（1995）。

30 《大英百科》（2002），第五八〇 ff 頁。

31 商業週刊（1996）。

32 這主題在 Crystal（2001），第七章中有詳細討論。一項 NUA 網路調查 <www.nua.ie>，在二〇〇二年估計有五億四千四百二十萬線上使用者，其中，三分之一（一億八千一百萬）在美國和加拿大；百分之四十六的人在使用英語的國家。

33 Goundry（2001）。統一碼網站為 <www.unicode.org>。

34 在「巴別」網站（Babel site）可以同時找到「亞力斯科技」（Alis Technologies）和「網際網路協會」（Internet Society）兩家公司的網際網路國際合作企畫，提供了網路科技最新的發展進度 <http://babel.alis.com:8080>。

35 Specter（1996）。

36 例子請見 Dillon（1999），根據電腦經濟公司（Computer Economics Inc.）調查，二〇〇二年會變成以非英語為多數，而二〇〇五年英語會下降至百分之四十。一項二〇〇二年 <global-reach.biz> 的調查發現，英語已經下降至百分之四十。更進一步關於媒體改變的觀點，請見 Wallraff（2000）。

37 見 Crystal（2000）第七章的回顧。

第五章　全球英語的未來

1 Gandhi（1958），第五頁。

2 Ngũgĩ wa Thiong'o（1986），第 xii 頁。

3 該書同一個地方，第十一行。

4 Graddol（1998）探究另一種經濟情況。

5 當今美國社會語言狀況，可參見 Herriman 和 Burnaby（1996），第六章。關於美國英語地位，詳見 <www.us-english.org>。關於批評只說英語的角度，請見 Nunberg（1999）。

6 雙語和教育的關係在 Baker 和 Prys Jones（1998）中有詳細論述；特別見第二九〇至二九一頁官方英語運動相關的部分。

7 美國語言學會（Linguistics Society of America）（1996）。

8 Rushdie（1991）。

9 例子在「詞彙」那一章節可以看到。

10 歸因於他在「讀者文摘」（*Reader's Digest*）一九四二年十一月號；相似的觀點也可在王爾德（Oscar Wilde）和湯瑪斯（Dylan Thomas）的作品中看見。

11 Webster（1789），第二十二頁。

12 Cassidy（1982），第二〇四到第二〇五頁。

13 一系列例子的作者可見於 Crystal（1995a），第八十四頁。

14 早在一九六七年 Whiney Bolton 和我替卡賽爾（Cassell）出版社編纂《英語使用者字典》（*Dictionary of English-speaking peoples*），這是一個計畫，一開始是聯絡辭典編纂學家（至少是有辭典編纂概念的語言學家），他們在各自新獨立的國家內工作（也有早已建立的國家）。我們收到詞目的清單，有些早已構成數千詞條。很顯然在獨立幾年之後，大家都意識到區域詞彙的認同。這計畫的規模很快地大過預期，隨著費用增加，出版社的熱忱被澆熄了。一年後計畫終止，僅留下詞目清單（現在早已由其他出版社的區域編輯取代，如 Avis 等人著〔1967〕），僅留下一篇給出版社的報告，及《牛津語言學圈》（*Oxford Linguistic Circle*）的論文為其墓誌銘。

15 有些研究開始提供以語意為基礎的新詞彙分類，如 Dako（2001）的研究。

16 例子如 Burchfield（1994）書中所提，同時參見 Bauer（1994），第四一五頁，毛利英語，及 Kachru（1994），第五一八頁，南亞英語。

17 Quirk、Greenbaun、Leech 及 Svartvik 在 1985 年的文獻，第十九至二〇頁。

18 Biber、Johnson、Leech、Conard 及 Finegan 著，1999 年，第二〇至二十一頁。

19 Quirk 著，一九六二年出版，第九十五頁。

20 關於這些語料庫的種類和例子，請參見 Crystal（1995），第四三八至四四一頁。

21 Quirk（1960）。

22 見 Brazil（1995）。

23 Biber 等人（1999: 488-9）。

24 這點在 Crystal（1995a），第三五八 ff 頁討論。有一個例外是 Ahulu（1995a）所提，比較西非和印度的用法，在他的詞彙和語法的語言變異兩部分研究中，如可在後殖民國家中發現的一樣（1998a, 1998b）。

25 見 Mesthrie（1992a），Skandera（1999）。

26 Longe（1999）。

27 像是 Schneider（2000）所舉的例子。

28 Alsagoff，Bao 和 Wee（1998）。

29 Mencken（1945），第一六九頁。

30 例如 Orsman（1997）所提，六千個詞目中有七百個源自毛利語。

31 Branford 和 Branford（1978/91）。

32 關於例子，Awonusi（1990）列出 agidi、ari、eba、iyan、edikagong、suya、dodo、foofoo、moinmoin、efo elegusi，還有其他在奈及利亞英語菜單中可發現的項目。此外可參考 Dako（2001），第四〇頁的食物清單。

33 Bauer（1983），第七章。

34 Baumgardner（1993, 1998）。

35 Cassidy 和 Le Page（1967）。

36 第一個例子選自 Ahulu（1995b），第二個例子從 Dako（2001）。

37 Branford 和 Branford（1978/91）。

38 這段落的數據來自以下文章：關於南非，Branford 和 Branford（1978/91）及 Silva（1996）；南非印第安英語，Mesthrie（1992b）；紐西蘭，Orsman（1997）；澳洲，Hughes（1989）；牙買加，Cassidy 和 Le Page（1967）；迦勒比語，Allsopp（1996）；千里達和托貝哥，Winer（1989）。Gorlach（1995）提供詞彙編纂的回顧。

39 Branford 和 Branford（1978/91），在 SAP 之下。

40 McArthur（1998），第十三頁。

41 參閱 Gorlach（1996），第一六二頁的討論。

42 McArthur（1998），第二頁。

43 參見下方，及 Crystal（1996）和 Goh（1998）。

44 Baskaran（1994）。

45 McArthur（1998），第二十二頁。

46 非音段語音學是指整個韻律（prosodic）和語言的語音訊息（paralinguistc）特徵，參見 Crystal（1969）。Jowitt（2000）舉出對於奈及利亞英語的語調和對比細節令人深刻的例子。

47 Dunstan（1969），第二十九至三〇頁。

48 Pike（1945），第三十五頁。

49 Laver（1994），第五二七頁。

50 Roach（1982），第七十八頁。

51 Laver（1994），第五二八至五二九頁。

52 第一段引用自 Wells（1982），第六四二、六四四、六四六、六四七、六五一頁；第二段引用自 Bansal（1990），第二二七頁，第三段來自 Lanham（1990）第二五〇頁。
53 Deterding（1994）。
54 Bond 和 Fokes（1985）。
55 Crystal（1996）。
56 Crystal（1995b）。
57 在他的《美國紀行》（*American Notes*），一八六八年修訂，這例子取自第九章。
58 例如 Mesthrie（1992a）和 Siegel（1995）。
59 例如《海峽時報》（*The Straits Times*）一九九九年八月二十三日。《獨立報》，一九九九年十月七日。
60 McArthur（1998）。
61 Sweet（1877），第一九六頁。
62 Webster（1789），第二十三頁。
63 Perry 和 Delpit（1998）。
64 見 Crystal（1998），第十八至二十四頁，區域方言遊戲。
65 McArthur（1988），第一三八頁，這裡所提到的和以下提及麥克阿瑟的說明。
66 Aitken（1975: 44）。
67 Giles and Smith（1979）。
68 參閱 Schneider（1997）和 Foley（1999）所提及的議題。
69 Rao（1963），第 vii 頁。
70 Achebe（1964），第六十二頁。
71 已經在當地版本的英語教學教科書中成為可以接受的用法。
72 Ferguson（1959）。

參考書目

Achebe, Chinua. 1964. *Morning yet on Creation Day*. London: Heinemann.

Adams, Douglas. 1979. *The hitch-hiker's guide to the galaxy*. London: Pan.

Adams, John. 1780. Letter to the President of Congress (5 September 1780). In C. F. Adams, *The works of John Adams*. Boston: Little, Brown, 1852.

Ahulu, Samuel. 1994. Styles of Standard English. *English Today* 40, 10–16.

1995a. Variation in the use of complex verbs in international English. *English Today* 42, 28–34.

1995b. Hybridized English in Ghana. *English Today* 44, 31–6.

1998a. Lexical variation in international English. *English Today* 55, 29–34.

1998b. Grammatical variation in international English. *English Today* 56, 19–25.

Aitken, A. J. 1985. Is Scots a language? *English Today* 3, 41–5.

Allsopp, Richard. 1996. *Dictionary of Caribbean English Usage*. Oxford: Oxford University Press.

Alsagoff, Lubna, Bao, Zhiming and Wee, Lionel. 1998. *Why you talk like that?* The pragmatics of a *why* construction in Singapore English. *English World-Wide* 19, 247–60.

Anonymous [Joe Klein]. 1996. *Primary colors*. New York: Random House.

Avis, Walter S., Crate, Charles, Drysdale, Patrick, Leechman, Douglas and Scargill, M. H. 1967. *A dictionary of Canadianisms on historical principles*. Toronto: Gage.

Awonusi, Victor O. 1990. Coming of age: English in Nigeria. *English Today* 22, 31–5.

Bailey, Richard W. 1991. *Images of English: a cultural history of the language*. Cambridge: Cambridge University Press.

Baker, Colin and Prys Jones, Sylvia. 1998. *Encyclopedia of bilingualism and bilingual education*. Clevedon: Multilingual Matters.

Bamgbose, Ayo. Ed. 2000. *Sociolinguistics in West Africa*. Berlin: Mouton de Gruyter.

Bamiro, Edmund O. 1994. Innovation in Nigerian English. *English Today* 39, 13–15.

Bansal, R. K. 1990. The pronunciation of English in India. In S. Ramsaran (ed.), *Studies in the pronunciation of English*. London: Routledge, 219–30.

Baskaran, Loga. 1994. The Malaysian English mosaic. *English Today* 37, 27–32.

Bauer, Laurie. 1983. *English word formation*. Cambridge: Cambridge University Press.

1994. English in New Zealand. In Burchfield (1994), 382–429.

Baumgardner, Robert J. 1990. The indigenization of English in Pakistan. *English Today* 21, 59–65.

Ed. 1993. *The English language in Pakistan*. Karachi: Oxford University Press.

1998. Word-formation in Pakistani English. *English World-Wide* 19 (2), 205–46.

Bautista, Maria Lourdes S. Ed. 1997. *English is an Asian language: the Philippine context*. Sydney: Macquarie Library.

Biber, Douglas, Johansson, Stig, Leech, Geoffrey, Conrad, Susan and Finegan, Edward. 1999. *Longman grammar of spoken and written English*. Harlow: Longman.

Bond, Z. S. and Fokes, J. 1985. Non-native patterns of English syllable timing. *Journal of Phonetics* 13, 407–20.

Branford, Jean and Branford, William. 1978/91. *A dictionary of South African English*. Cape Town: Oxford University Press.

Brazil, David. 1995. *A grammar of speech*. Oxford: Oxford University Press.

Brenzinger, Matthias. Ed. 1998. *Endangered languages in Africa*. Cologne: Rüdiger Köper.

Bright, William. Ed. 1992. *International encyclopedia of linguistics*. Oxford: Oxford University Press.

British Council. 1995. English in the world: the English 2000 global consultation. London: The British Council.

1997. *English language teaching*. London: The British Council.

Burchfield, Robert. Ed. 1994. *Cambridge history of the English language*, Vol. V. *English in Britain and overseas*. Cambridge: Cambridge University Press.

Burridge, Kate and Mulder, Jean. 1998. *English in Australia and New Zealand: an introduction to its history, structure and use*. Oxford: Oxford University Press.

Business Week. 1996. A World Wide Web for tout le monde. *Business Week*, 1 April 1996.

Byford, Mark. 2001. BBC World Service: annual review 2000–1. London: BBC.

Cassidy, F. G. 1982. Geographical variation of English in the United States. In Richard W. Bailey and Manfred Görlach (eds.), *English as a world language*. Cambridge: Cambridge University Press, 177–209.

Cassidy, F. G. and Le Page, R. B. Eds. 1967. *Dictionary of Jamaican English*. Cambridge: Cambridge University Press.

Chesterfield, Lord [Philip Dormer Stanhope]. 1754. Letter to *The World*, 28 November 1754.

CILT [Centre for Information on Language Teaching and Research] 2002. *Speaking up for languages*. London: CILT.

Civil Aviation Authority. 2002. *Radiotelephony manual*, 12th edn. London: Civil Aviation Authority.

Columbia encyclopedia, The. 1993. New York: Columbia University Press.

Commission on Global Governance. 1995. Ingvar Carlsson and Sridath Ramphal (co-chairmen), *Our global neighbourhood*. New York: United Nations.

Coulmas, Florian. 1992. *Language and economy*. Oxford: Blackwell.

Crisell, Andrew. 2002. *An introductory history of British broadcasting*, 2nd edn. London: Routledge.

Crystal, David. 1969. *Prosodic systems and intonation in English*. Cambridge: Cambridge University Press.

1995a. *The Cambridge encyclopedia of the English language*. Cambridge: Cambridge University Press.

1995b. Documenting rhythmical change. In J. Windsor-Lewis (ed.), *Studies in general and English phonetics*. London: Routledge, 174–9.

1996. The past, present and future of English rhythm. In M. Vaughan-Rees (ed.), *Changes in pronunciation*, Newsletter of the IATEFL Pronunciation Special Interest Group. Whitstable: International Association of Teachers of English as a Foreign Language, 8–13.

1998. *Language play*. Harmondsworth: Penguin.

1999/2000. On trying to be crystal-clear: a response to Phillipson. *European English Messenger* 8 (1), 1999, 59–65; expanded in *Applied Linguistics* 21, 2000, 415–23.

2000. *Language death*. Cambridge: Cambridge University Press.

2001. *Language and the Internet*. Cambridge: Cambridge University Press.

Dako, Kari. 2001. Ghanaisms: towards a semantic and a formal classification. *English World-Wide* 22 (1), 23–53.

Dalby, Andrew. 2002. Language in danger. Harmondsworth: Penguin.

De Houwer, Annick. 1995. Bilingual language acquisition. In Paul Fletcher and Brian MacWhinney (eds.), *The handbook of child language*. Oxford: Blackwell, 219–50.

Deterding, D. 1994. The intonation of Singapore English. *Journal of the International Phonetic Association* 24, 61–72.

Dickens, Charles. 1842/68. *American notes*. London: Hazell, Watson and Viney.

Dillon, Nancy. 1999. Web should prepare for a non-English majority. *Computerworld*, 14 June.

Dunstan, E. Ed. 1969. *Twelve Nigerian languages*. London: Longmans Green.

Dyja, Eddie. Ed. 2001. *BFI film and television handbook: 2002*. London: British Film Institute.

Eco, Umberto. 1995. *The search for the perfect language*. Oxford: Blackwell.

Elliott, Blanche B. 1962. *A history of English advertising*. London: Business Books.

Encyclopaedia Britannica. 1986. Publishing. *Macropaedia*, Vol. XXVI. Chicago: Encyclopaedia Britannica, 457–92.

2002. *Britannica Book of the Year*. Chicago: Encyclopaedia Britannica.

Ethnologue. 1988, 1992. *Ethnologue: the languages of the world*. 11th, 12th, 13th edns. Dallas: Summer Institute of Linguistics.

European Commission. 2002a. *European Year of Languages 2001: some highlights*. Brussels: European Commission, Language Policy Unit.

2002b. Languages in Europe. http://europa.eu.int/comm/education/languages/lang/europeanlanguages.html

Evans, Stephen and Green, Christopher. 2001. Language in post-colonial Hong Kong: the roles of English and Chinese in the public and private sectors. *English World-Wide* 22, 247–68.

Ferguson, Charles. 1959. Diglossia. *Word*, 15, 325–40.

Fisher, A. E. C. 2000. Assessing the state of Ugandan English. *English Today* 61, 57–61.

Fishman, Joshua A., Conrad, Andrew and Rubal-Lopez, Alma. Eds. 1996. *Post-imperial English*. Berlin and New York: Mouton de Gruyter.

Foley, James A. Ed. 1999. *English in new cultural contexts*. New York: Oxford University Press.

Gandhi, Mohandas K. 1958. *Evil wrought by the English medium*. Ahmedabad: Navajivan.

Giles, H. and Smith, P. 1979. Accommodation theory: optimal levels of convergence. In H. Giles and R. St Clair (eds.), *Language and social psychology*. Oxford: Blackwell, 45–65.

Goh, Christine. 1998. The level tone in Singapore English. *English Today* 53, 50–3.

Gopinathan, Saravanan, Pakir, Anne, Kam, Ho Wah and Saravanan, Vanithamani. Eds. 1998. *Language, society and education in Singapore: issues and trends*, 2nd edn. Singapore: Times Academic Press.

Görlach, Manfred. 1995. Dictionaries of transplanted Englishes. In Manfred Görlach, *More Englishes: new studies in varieties of English 1988–1994*. Amsterdam: Benjamins, 124–63.

1996. And is it English? *English World-Wide*, 17 (2), 153–74.

2002. Ed. *English in Europe*. Oxford: Oxford University Press.

Goundry, Norman. 2001. Why Unicode won't work on the Internet: linguistic, political and technical limitations. http://www.hastingsresearch.com/net/04-unicode-limitations.shtml

Graddol, David. 1998. *The future of English*. London: The British Council.

1999. The decline of the native speaker. In David Graddol and Ulrike H. Meinhof (eds.), *English in a changing world*. *AILA Review* 13, 57–68.

Grant Thornton. 2002. *European business survey*. London: Grant Thornton.

Grimm, Jakob. 1851. Über den Ursprung der Sprache. *Kleineren Schrifte* 1, 1965, 255–98.

Gronow, Pekka, Saunio, Ilpo and Moseley, Christopher. 1998. *An international history of the recording industry*. London: Continuum.

Gyasi, Ibrahim K. 1991. Aspects of English in Ghana. *English Today* 26, 26–31.

Harrison, Deborah Sears and Trabasso, Tom. Eds. 1976. *Black English: a seminar*. Hillsdale: Erlbaum.

Herriman, Michael and Burnaby, Barbara. Eds. 1996. *Language policies in English-dominant countries*. Clevedon: Multilingual Matters.

Hughes, Joan. Ed. 1989. *The concise Australian national dictionary*. Melbourne: Oxford University Press.

Hume, David. 1767. Letter to Edward Gibbon (24 October 1767). In J. Y. T. Greig (ed.), *The letters of David Hume*, Vol. II. Oxford: Clarendon Press, 1932.

Janson, Tore. 2002. *Speak: a short history of languages*. Oxford: Oxford University Press.

Johnson, Edward. 1993. *PoliceSpeak: police communications and language and the Channel Tunnel*. Cambridge: PoliceSpeak Publications.

Jowitt, David. 2000. Patterns of Nigerian English intonation. *English World-Wide* 21 (1), 63–80.

Kachru, Braj. 1985. Institutionalized second-language varieties. In Sidney Greenbaum (ed.), *The English language today*. Oxford: Pergamon, 211–26.

1986. *The alchemy of English*. Oxford: Pergamon.

1988. The sacred cows of English. *English Today* 16, 3–8.

1994. English in South Asia. In Burchfield (1994), 497–553.

2001. World Englishes and culture wars. In T. C. Kiong, A. Pakir, B. K. Choon and R. B. H. Goh (eds.), *Ariels: departures and returns: essays for Edwin Thumboo*. Singapore: Oxford University Press, 392–414.

Kemp, J. A. 1972. *John Wallis's grammar of the English language*. London: Longman.

Lanham, L. W. 1990. Stress and intonation and the intelligibility of South African Black English. In S. Ramsaran (ed.), *Studies in the pronunciation of English*. London: Routledge, 243–60.

Large, Andrew. 1983. *The foreign-language barrier*. London: Deutsch.

Laver, John. 1994. *Principles of phonetics*. Cambridge: Cambridge University Press.

Li, David C. S. 1999. The functions and status of English in Hong Kong: a post-1997 update. *English World-Wide* 20, 67–110.

Linguistic Society of America. 1996. Statement on language rights. In *1995 Annual Report*. Washington: Linguistic Society of America.

Longe, V. U. 1999. Student slang from Benin, Nigeria. *English World-Wide* 20 (2), 237–49.

Lysandrou, Photis and Lysandrou, Yvonne. In press. Global English and proregression: understanding English language spread in the contemporary era. To appear in *Economy and Society*. Paper given to conference on 'The cultural politics of English as a world language', Freiburg, June 2001.

Mashabela, Harry. 1983. Isintu is a self-denial. *Frontline* 3 (8), 17.

McArthur, Tom. 1992. *The Oxford companion to the English language*. Oxford: Oxford University Press.

1998. *The English languages*. Cambridge: Cambridge University Press.

Mehrotra, Raja Ram. 1997. Reduplication in Indian Pidgin English. *English Today* 50, 45–9.

Mencken, H. L. 1945. *The American Language*, Supplement 1. New York: Knopf.

Mesthrie, Rajend. 1992a. *English in language shift*. Cambridge: Cambridge University Press.

1992b. *Lexicon of South African English*. Leeds: Peepal Tree Press.

1993a. English in South Africa. *English Today* 33, 27–33.

1993b. South African Indian English. *English Today* 34, 12–16, 63.

Millar, David, Millar, Ian, Millar, John and Millar, Margaret. Eds. 1989. *Chambers concise dictionary of scientists*. Edinburgh: Chambers.

Mufwene, Salikoko S. 2001. *The ecology of language evolution*. Cambridge: Cambridge University Press.

2002. Colonization, globalization, and the future of languages in the twenty-first century. Translated paper based on a contribution to a UNESCO debate, Paris, September 2001.

Mulcaster, Richard. 1582. *The first part of the Elementarie*. Ed. E. T. Campagnac. Oxford: Clarendon Press, 1925.

Ngũgĩ wa Thiong'o. 1986. *Decolonising the mind*. London: Heinemann/Currey.

Nowell-Smith, Geoffrey. Ed. 1996. *The Oxford history of world cinema*. Oxford: Oxford University Press.

Nunberg, Geoffrey. 1999. Speaking of America: why English-Only is a bad idea. In Rebecca S. Wheeler (ed.), *The workings of language*. Westport: Praeger, 117–28.

2000. Will the Internet always speak English? *American Prospect*, 11 (10), 27 March–10 April.

Orsman, Harry W. 1997. *The dictionary of New Zealand English*. Auckland: Oxford University Press.

Parker, Geoffrey. Ed. 1986. *The world: an illustrated history*. London: Time Books.

Pennycook, Alistair. 1994. *The cultural politics of English as an international language*. London: Longman.

2001. *Critical applied linguistics*. New York: Erlbaum.

Perry, Theresa and Delpit, Lisa. Eds. 1998. *The real Ebonics debate: power, language, and the education of African-American children*. Boston: Beacon.

Phillipson, Robert. 1992. *Linguistic imperialism*. Oxford: Oxford University Press.

1998/1999. Review of Crystal (1997). *European English Messenger* 7 (2), 1998, 53–6. Expanded in *Applied Linguistics* 20, 1999, 265–76.

Picturegoer Weekly. 1933. *The picturegoer's who's who and encyclopaedia of the screen to-day*. London: Odhams.

Pike, Kenneth L. 1945. *The intonation of American English*. Ann Arbor: University of Michigan Press.

Pitman, Isaac. 1873. English. *The Phonetic Journal* 32 (37), 13 September 1873, 289–90.

Platt, John and Weber, Heidi. 1980. *English in Singapore and Malaysia*. Oxford: Oxford University Press.

Presbrey, F. S. 1929. *The history and development of advertising*. New York: Greenwood.

Preshous, A. 2001. Where you going ah? *English Today* 65, 46–53.

Quirk, Randolph. 1960. The survey of English usage. In *Transactions of the Philological Society*. Reprinted in *Essays on the English language medieval and modern*. London: Longman, 1968, 70–87.

1962. *The use of English*. London: Longman.

1985. The English language in a global context. In Randolph Quirk and H. G. Widdowson (eds.), *English in the world*. Cambridge: Cambridge University Press, 1–6.

Quirk, Randolph, Greenbaum, Sydney, Leech, Geoffrey and Svartvik, Jan. 1985. *A comprehensive grammar of the English language*. London: Longman.

Ramphal, Sridath. 1996. World language: opportunities, challenges, responsibilities. Paper given at the World Members' Conference of the English-Speaking Union, Harrogate, UK.

Rao, Raja. 1963. *Kanthapura*. London: Allen and Unwin.

Reynolds, Nick. 1996. Worldwide popular music. *Concord* 3, 9.

Roach, Peter. 1982. On the distinction between 'stress-timed' and 'syllable-timed' languages. In David Crystal (ed.), *Linguistic controversies*. London: Arnold, 73–9.

Robinson, David. 1995. The Hollywood conquest. In *Encyclopaedia Britannica Book of the Year*. Chicago: Encyclopaedia Britannica, 245.

Rushdie, Salman. 1991. *Imaginary homelands: essays and criticism 1981–1991*. New York and London: Viking.

Russel, W. P. 1801. *Multum in parvo*. London: Barrett.

Ryan, Keith. Ed. 1999. *The official commemorative album for the millennium*. London: Citroen Wolf Communications.

Said, Halimah Mohd and Siew, Ng Keat. Eds. 2000. *English is an Asian language: the Malaysian context*. Sydney: Macquarie Library.

Schneider, E. W. Ed. 1997. *Englishes around the world*. Amsterdam: Benjamins.

2000. Feature diffusion vs. contact effects in the evolution of New Englishes: a typological case study of negation patterns. *English World-Wide* 21 (2), 201–30.

Serjeantson, Mary. 1935. *A history of foreign words in English*. London:

Routledge and Kegan Paul.

Siegel, J. 1995. How to get a laugh in Fijian: code-switching and humour. *Language in Society* 24, 95–110.

Silva, Penny. Ed. 1996. *A dictionary of South African English on historical principles*. Oxford: Oxford University Press.

Skandera, Paul. 1999. What do we *really* know about Kenyan English? A pilot study in research methodology. *English World-Wide* 20 (2), 217–36.

Specter, Michael. 1996. Computer Speak; World, Wide, Web: three English words. *The New York Times*, 14 April 1996, section 4, 1.

Sutcliffe, David. 1982. *British Black English*. Oxford: Blackwell.

Sweet, Henry. 1877. *A handbook of phonetics*. Oxford: Clarendon Press.

Tieken-Boon van Ostade, Ingrid. Ed. 1996. *Two hundred years of Lindley Murray*. Muenster: Nodus Publikationen.

Todd, Loreto. 1984. *Modern Englishes: pidgins and creoles*. Oxford: Blackwell.

Tripathi, P. D. 1990. English in Zambia. *English Today* 23, 34–8.

Union of International Associations. 1996. *Yearbook*, 2nd edn. Brussels: Union of International Associations.

Wallechinsky, David, Wallace, Irving and Wallace, Amy. Eds. 1977. *The book of lists*. London: Cassell.

Wallraff, Barbara. 2000. *What* global language? *Atlantic Monthly*, November, 52–66.

Webster, Noah. 1789. *Dissertations on the English language*. Gainesville: Scholars' Facsimiles and Reprints, 1951.

Weeks, Fred, Glover, Alan, Strevens, Peter and Johnson, Edward. 1984. *Seaspeak reference manual*. Oxford: Pergamon.

Wells, John. 1982. *Accents of English*. Vol. III. *Beyond the British Isles*. Cambridge: Cambridge University Press.

White, William. 1872. Reasons for a phonetic representation of the English language. *The Schoolmaster*, 28 December.

Williamson, Juanita V. and Burke, Virginia M. Eds. 1971. *A various language: perspectives on American dialects*. New York: Holt, Rinehart and Winston.

Winer, Lise. 1989. Trinbagonian. *English Today* 18, 17–22.